NAME
クリス・エッセ・アイズベルト
「あぁ、愛しき我が子たちよ！
豊かな人生に
あたたかな祝杯を捧げましょう！」

EVERYTHING FOR
THE SCORE
[VOLUME]
FOUR
DANSHI KINSEI GAME
SEKAI DE
ORE GA YARUBEKI
YUIITSU NO
KOTO
4

男子禁制ゲーム世界で俺がやるべき唯一のこと４
百合の間に挟まる男として転生してしまいました

端桜 了

MF文庫J

口絵・本文イラスト●hai

燃える。

正義も、理想も、未来も。

なにもかもが、燃えて、散って、消えてゆく。

赤と橙《だいだい》の火炎に舐《な》められたアイズベルト邸は、老人の背骨が折れるような音を立てて崩壊する。長年、この家屋に住む一族を護《まも》ってきた邸宅は、長い長い断末魔の声を上げながら終わりを迎えようとしていた。

「…………」

手を視《み》る。

真っ赤に染まった手、その色は自分のものか相手のものか。

大量に出血している腹部に手を当て、その度に鮮やかさを増す赤色を俯瞰《ふかん》し、クリスはもたれた壁に全体重を預けた。

燃え盛るジャーマンシェパードが、吠《ほ》え猛《たけ》りながら死路を駆け抜ける。

逆さ十字に磔《はりつけ》にされた従者が、劫火《ごうか》の只中《ただなか》で絶叫しながら身悶《みもだ》えする。

蒼白《そうはく》の閃光《せんこう》を発しながら、アイズベルト家は殺し合いの舞踏に興じる。

クリス・エッセ・アイズベルトは、燃え死んでゆく生家を眺めながら、何故《なぜ》、自分は実の母と妹を殺そうと思い立ったのだろうかと思った。

アイズベルト家全体を巻き込んで、何故、私は家族を殺したいと願ったんだろう。

夢。

そう、夢。

契機はひとつの悪夢で、ひとつの啓示で、ひとつの聖女だった。

「あぁ！　なんという！　なんという、悪夢！　守護の決意に冒された正義の末路は、赤と橙《だいだい》の業火で揺られるゆりかご！　なにひとつ得られず！　なにひとつ護《まも》れず！　なにひとつ顧みず！　貴女《あなた》は、死出の旅路を進み始めた！」

クリスの夢の中に出てきた聖女は、修道服とウィンプルを揺らしながら、軽やかにスキップとターンを繰り返す。

その後ろから、母が顔を突き出した。

『クリス！　クリス、貴女はなんてダメな子なの！　この出来損ない！』

「……めろ」

『妹ひとり護れない敗者！　アイズベルト家の家名を汚すクズ！　なにも出来ないゴミ！』

「やめろぉッ！」

クリスが掻《か》き切った喉から血を流しながら、虚《うつ》ろな両眼《りょうめ》を天井に向けた母親《ソフィア》は、聖女が操る繰糸通りに両手足を動かして罵声を発した。

母の顎を掴《つか》んで、パクパクと口を動かしていた聖女は嬉《うれ》しそうに口端を上げる。

「あぁ、あぁ、泣かないで幼子よ！　私が！　私が来ましたからね！　虐げられた貴女の復讐《ふくしゅう》は啓示通りに達せられた！　涙で溺れる愚者へと窮することはない！」

血と涙と涎《よだれ》で、顔中を汚したクリスの面を掴んだ聖女は微笑《ほほえ》む。

「何故、悲劇ぶるのですか、クリス・エッセ・アイズベルト……コレが、私を欲した貴女の『幸福』なのでしょう……？」

「ちがう……ちがうちがうちがう……っ！　わ、わた、私は、こんなこと……こんなこと望まなかった……わ、私は、ただ……家族を……家族を護れる力を……わ、私は……」

――お姉様は、わたしの主人公《ヒーロー》なんです
呆然《ぼうぜん》と、クリスは乾いた唇から言葉を漏らした。

「家族の……妹の……私の……主人公《ヒーロー》になりたかった……」

「なれたではないですか」

満面の笑みで、聖女は燃え盛る地獄を示した。

「主人公《ヒーロー》に」

血で穢《けが》れた両手で顔を覆い、クリスは絶叫しながら頭を振る。

「ちがぁう……っ！　ちがうちがう……っ！　わた、私！　私はぁっ！　お、お姉様を！　お母様を！　リウを！　リリィを！　妹を！　妹を救いたかったんだ！　この手で！　この手で救いたかった……っ！　皆で……皆で、もう一度……もう一度ぉ……っ！」

へらへらと嘲笑《あざわら》いながら、顔を上げたクリスは一筋の涙を流した。

「星を……眺めたかった……」

「あぁ、大丈夫！　泣かないで！　貴女《あなた》の願いは、きっと必ず叶《かな》う！」

クリスの両手を取った聖女の背後で、ドシャリと音を立てて黒ずみが床に落ちる。

「…………それは？」

「詰めの甘い貴女への手土産ですよ」

聖女は、優しく、クリスの額へと口付ける。

「さようなら、クリス・エッセ・アイズベルト。貴女の幸福が輝きますように」

聖女は豪炎の中へと消えてゆき、取り残されたクリスは黒焦げの塊へと目線を移した。

数秒後、クリスはそこに人の形を見出《みいだ》す。

なにかを護《まも》るように。

丸まった胎児のような体勢で、生きたまま焼かれた人間の遺骸はそこに備わっていた。

小さい。子供。子供の焼死体だ。

心臓が大きく跳ねて、頭がぼやけて、予想する己に反駁《はんばく》する。

違う。違う違う違う。あの子は、裏口から逃げていった。わざと逃した。だから。だから、有り得ない。有り得ない有り得ない有り得ない。

震える手で、クリスは触れる度に崩れるその焼死体の腕を退《ど》けて——視《み》る。

玩具《おもちゃ》。

彫刻刀で荒削りに整えられて、下手くそな汽車の形を保っていた木製の玩具が、小さな手のひらの中で護られていた。

——おねえさま……あそびませんか……？

それは、まだ幼い時に。

工作の時間に作って、妹に贈った粗末な玩具だった。

「ぁ……ぁあ……っ」

ゆっくり、ゆっくり、そのかけがえのない祈りをなぞる。

何時《いつ》か、また大好きな姉と遊びたいと願った妹が、その機会を逸したまま胸に抱いていた——小さな祈りだった。

「ぁあああッ！」

己の耳朶《じだ》が己の絶叫で鳴って、視界が真っ赤に染まり、酸欠になるまで続いた悲鳴は脳が痺《しび》れて涙が床を浸してから終わった。

気づけば。

もう動かないと思っていた四肢を動かし、更に小さくなった妹を抱いたクリスは、床に燃《も》え屑《くず》を散らしながら歩いていた。

全てを失ったクリスは、血を垂らしながら思い出の中を進む。

「憶《おぼ》えてるか、ミュール……お前が赤ん坊の頃には……私とお前は一緒に暮らしてたんだぞ……何時《いつ》も……何時も何時も何時も、一緒で……ま、毎日、抱っこさせろとせがむから苦労したと……お母様が言っていた……」

口を開く度に、ぽたぽたと涙が零《こぼ》れる。

「お前が物心がついた頃からは、一緒に暮らせなくなったが……い、一年に一度くらいは会うことを許されていたんだ……お母様は、お前を護《まも》るためだと言ったけれど……私は……ひ、卑怯《ひきょう》な私は……良い姉のフリを続けながら……あ、アイズベルト家の評価を気にして……お前からの誘いを断ってばかりだった……」

何時もは軽い扉に全身を押し付け、全力で力を籠《こ》めて押し開く。

「わた……私は、主人公《ヒーロー》じゃなかった……お前が描いた主人公《ヒーロー》になんてなれなかった……わ、私は……い、何時も……何時も何時も何時も……じ、自分のことばかりで……な、なにひとつ……な、なにひとつ護れなかったんだよ……」

小さな子供部屋。

幼いミュールが黄の寮《フラーウム》で暮らすようになってからも、ひとつひとつの家具の配置すらも動かすことを許さなかった母の命《めい》通りに保たれた思い出の一室。

そっと、床に妹を下ろしたクリスは、泣きながらその頬《ほお》を撫《な》でる。

「ほら、見て、ミュール……お、お前の部屋だよ……わ、私があやしたこと憶えてるか……？　ゆ、ゆりかごの縁に沿って汽車を走らせると、お、お前は何時も笑ったんだ……その笑顔は……か、可愛《かわい》くて……と、とっても大切で……ま、護りたくて……だ、だから、お前に玩具《コレ》をあげた……」

次から次へと溢《あふ》れる涙が、黒い炭となった妹へと染みていく。

その中の一粒が、頬に当たる位置に落ちて――す〜っと、流れて床に落ちた。

「ほ、本当は、毎年、ひとつずつ線路《レール》を贈るつもりだった……こ、この部屋を……この部屋をな……汽車が……私が贈った汽車が一周するんだ……す、すごいだろ……すっごく大掛かりな計画だ……い、今は持ってきてないが……私の部屋に置いてあるんだ……い、何時か、この家の問題が片付いたら……お、お前と一緒に走らせようって……」

嗚咽《おえつ》を漏らしながら、クリスは妹の頬を撫でる。

「そう……ずっと……想《おも》ってたんだよ……なぁ、ミュール……ゆ、夢を見たんだ……お、お前と……ずっと一緒で……あ、アイズベルト家なんて気にせず……今度こそはと期待を滲《にじ》ませながら、遊びに誘ってくるお前を断らなくて良い……幸せな夢を……」

限界を迎えたクリスは、ずるずると崩れ落ちて横になり、小さな小さな妹の頭を撫でつけながら幸福な夢へと縋《すが》る。

その夢の中で、小さな妹は小さな汽車を持って立ち尽くしていた。

「あそぼう……みゅーる……」

震える声で、クリスは、妹の誘いに応えた。

「いっしょに……あそぼう……たくさんたくさん……あそぼう……日がくれるまであそんで……いっしょにご飯を食べて……夜おそくまでおしゃべりして……お母様におこられてから……また、朝が来たらいっしょにあそぶんだ……」

眼《め》の前が霞《かす》んで――クリスの眼前に、妹の笑顔が浮かんだ。

だから、彼女は満面の笑みでささやく。

「きっと……たのしいよ……ね、ミュール……」

瞳孔が、ゆっくりと押し広がる。

「…………………」

燃え尽きた死骸の手を握りながら、なにひとつ護《まも》れなかった少女は、儚《はかな》い夢に縋ってその生涯を終えた。

＊

「「デュエル！」」

互いの叫声が響き渡り、俺は、山札からカードを引く。

「俺のターン！　遺〇状の効果で、魔導サイ〇ンティストを特殊召喚！　続けて、魔導サイ〇ンティストの効果で、アクア・ド〇ゴンを特殊召喚する！　カタパルト・〇ートルの能力を使って、アクア・ド〇ゴンを射――」

「初心者相手にワンターンキルデッキとか、フザケてんのかコイツ……」

最早《もはや》、実家のような安心感さえある大学附属病院。

クリスとの決闘によって重傷を負った俺は、入院を余儀なくされていた。

俺の着替えを持ってきたり、暇つぶしの相手になってくれたり、果物の皮を剥《む》いて食べさせてくれたり……入院が決定した時には激怒していたメイドは、瞬間的な感情の決壊を終えて優しいママへとフォルムチェンジしていた。

「なにか食べたいものはありませんか？　傷の具合は？」

余所《よそ》行《ゆ》きの雰囲気を纏《まと》い、スノウは柔らかく微笑《ほほえ》んだ。

「スノウさんの献身的看病と罵倒のお陰で、腹も胸もいっぱいだよ。口の回りが早いメイドのお陰で傷の治りまで早い。何時《いつ》も、迷惑かけてすまねぇなぁ」

「それは言わない約束でしょ」

苦笑して、スノウはリンゴの皮むきに戻った。

暴力的ディスカッションの真髄を掴《つか》み、殺人的ディベートの巧緻を極め、歩くネガティブキャンペーンとまで謳《うた》われたメイドの優しさに俺は感じ入る。

この感じだと、M◯GでMoM◯をキメても怒らなそうだな。またとない機会だし、ありとあらゆる極悪デッキを駆使し、スノウの怒り剥《む》き出《だ》し臨界点を測定してみるか。

ふと、スノウは動きを止める。

彼女の視線は、カーテンで目隠しされている隣のベッドへと移っていた。

「お隣様にご挨拶しておきたいんですが、オン・ザ・ベッドではないんですか？」

この病院には、個室、二人部屋、四人部屋……三種類の病室が存在している。

個室は高スコア専用で、二人部屋は割増料金、四人部屋には低スコアが押し込まれる。

今回、俺が寝泊まりしているのは二人部屋だ。

俺の入院費を受け持ってくれている有志の都合のお陰で、スコア0の底辺男はワンランク上の病室に泊まることが出来ていた。

ニヤつきながら、俺は、カーテンを引いた。

「うぃ〜す、どうもぉ、お加減いかがっすかぁ〜？」

びくっと、反応したクリス・エッセ・アイズベルトは、ゆっくりとこちらを振り返る。

両耳にはワイヤレスイヤホンを装着し、回復体位で丸まっていた彼女は、無防備なパジャマ姿を晒《さら》されて頬《ほお》を染めた。

「き、貴様！　なんの用だ、このゴミがッ！」

「あ、すんませ～ん！　あのぉ、うちのメイドがぁ、挨拶したいって言うんでぇ。あのぉ、ちょっとぉ、アレっすねぇ～、いいすか（笑）」

憤怒で身を震わせたクリスは、ピクピクと目元を蠢《うごめ》かし魔眼を開きかける。

ぺしりと、スノウは俺の額を叩《たた》いた。

「三条家《さんじょう》の末席を汚すな、このアホ主人が」

起立したスノウは、綺麗《きれい》に背筋を伸ばし深々と頭を下げる。

「大変失礼いたしました。わたくし、三条燈色《ひいろ》の従者を務めております『スノウ』と申します。こちらの大変失礼な面をした我が家の珍獣が、ベッド檻《おり》から脱走してしまい申し訳ございません。どうか、平にご容赦願います。なにかあれば、わたくしの方にお申し付けください」

柔らかな笑みを浮かべて、スノウはフルーツ・バスケットをクリスに手渡す。

「アイズベルト家のお嬢様のお口には合わないかもしれませんが」

「…………チッ」

バスケットを受け取り、勢いよく、クリスはカーテンを閉じる。

瞬時に、俺は、そのカーテンを開いた。

「おい」

俺は、デッキを構えて、真顔でささやく。

「決闘《デュエル》しろよ」

「配慮に関する神経、全部、ブチ切れてんのかお前は」

バシバシとスノウに叩《たた》かれて、俺は、仕方なくカーテンを閉じる。

「死に損ないの重傷者になにをするんだ、このメイド。自惚《うぬぼ》れの美酒で喉を潤すのは勝者の特権よ。強きが弱きを喰《く》らうが社会の縮図、敗者の心は踏みにじってなんぼでしょうが。勝者の高みから、敗者の低みを見下ろすこの爽快さ！　実に清々《すがすが》しいなぁ！」

「……スコア0」

「クリスさん、御御足《おみあし》でも舐《な》めましょうか？」

スノウの毒舌をもって、立場を思い出した俺はその場で跪《ひざまず》いて頭《こうべ》を垂れた。

折り悪く、俺の入院費用を全額負担してくれた後援者《パトロン》がやって来る。

リリィさんを引き連れて、病室に入ってきたミュールは、俺の姿を視認するなり綺麗《きれい》なUターンを決めた。

その様子を確認した後、ゆっくりと首を曲げて、スノウは俺を睨《ね》めつける。

「え、なにその眼《め》。排水溝に詰まった髪束に向けるソレと同じじゃん。魔眼か？」

うおっほんと。

再入室してきたミュールが、偉そうに咳払《せきばら》いをして注目を集めた。

「さ、三条燈色《さんじようひいろ》。た、多忙を極めて輪をかけて、借りたい猫の手がミリオン単位で必要なわたしがわざわざ見舞いに来てやったぞ」

なぜか、顔を赤らめているミュールの隣で、リリィさんはくすくすと上品に笑う。

「ココで残念なお知らせですが、俺の忙しさは、寮長のソレを遥《はる》かに上回っている。今週のヒイロくんは『一日十二時間、百合《ゆ》謝恩祭の施行』、『一日八時間、睡眠中の寝言』、『一日四時間、クリスへの声掛け』の三本です。ククッ、俺の忙殺ぶりに勝てるかな」

「二十四時間、同室者への嫌がらせ率百パーセントのフルタイムクソ野郎じゃないですか。陰加湿器稼働させて、病室びちょびちょに濡《ぬ》らしてんじゃねぇぞ暇人が」

スノウに殴られながら、俺は、ニヤリと笑う。

かのアイズベルト家の御令嬢たるクリスが、嫌悪の眼差《まなざ》しを向けている男との同室を余儀なくされている理由はひとつ。

目眩《めくら》ましである。

スコア0の男と私闘を起こし、敗北の不名誉で名を汚したのだ。入院の噂《うわさ》が広まれば、天才の二文字は過去の栄光になりかねない。

華族はメディアから保護されているし、情報をもみ消すことも出来るだろうが、この情報化社会にあっては、どこからその事実が漏れるかわからない。

男嫌いを公言しているクリス・エッセ・アイズベルトが、男性との同室入院を良しとするわけもない。その意識の裏を突くような形で、俺という目眩ましが用意されていた。

ミュールからすれば、俺は、愛する姉の殺害を目論《もくろ》んだユリキラー。

見舞いというのはおためごかし、上っ面だけの詭弁《きべん》に過ぎない。

裡《うち》に秘めたる憎悪を押し隠し、憎き俺と向き合うミュールの心中を思うと……湧き上がる歓喜が、身を震わせるのを隠せなかった。

確定的！　確定的、不和ッ！

クリスとの決闘によって姉妹百合の花弁はふんわりと広がり、俺とミュールの間に植えられた不和の種はすくすくと育っている。

今後、俺がどう動こうとも、ミュールがヒイロに好意を持つことはない。百合ＩＱ１８０を誇る俺の高性能計算能力によれば、じゃまなヒイロくんは死んじゃえばいいなって思う。

勝利の美酒は、斯《か》くも舌触りが良いものか。

なめらかで、かぐわしく、とろけおち、それでいて……優美だ。

勝利の余韻に酔っていた俺は、空想のワイングラスをサイドテーブルに置いた。

諸君、本日の主菜《メインディッシュ》は『サンジョーヒイロ産、姉妹が織り成す見舞い風景のサンチマンタリスム〜恥じらいを添えて〜』だ。

憧れていた姉とようやく向き合えるようになった妹が、気恥ずかしそうに顔を伏せる姿は万病に効くと言い伝えられているしな（参考文献：森羅万象）。

俺は、息を吸って、眼《め》を開く。

来いッ！　来いよッ！　そのトキメキでッ！　俺の心臓を止めてみやがれッ！

そっと、リリィさんに背中を押されて、顔を真っ赤にしたミュールが前に出る。

俺は、ニコニコとしながら、その姿を見守る。

俯《うつむ》いた彼女は『健康祈願』の御守《おまもり》を俺に差し出し、もごもごと口中で言葉を噛《か》み潰《つぶ》す。

「なるほど、さすが寮長だ。『恋愛成就』ではなく『健康祈願』の御守とは天晴《あっぱれ》。恋愛成就を神に願うなどという惰弱な精神性を撥《は》ね除《の》け、己《おの》が身ひとつで姉への愛を示そうというその気概。入院中の姉を健康体に仕立て上げ、永久の愛を担える下地を作れば、自家製チャペルの完成ということですか」

満面の笑みで、俺は御守を受け取り――彼女が、俺の手を握る。

「そ、それは……お前の、だ……」

驚愕《きょうがく》のあまり、俺は、手の内にある御守を凝視する。

巧妙に偽装された呪いの類い……いや、対人集束爆弾で直接、命を狙いに来たか……？

矯《た》めつ眇《すが》めつ見分を行っても、それは御守以上でも以下でもなかった。そのことを理解した瞬間、俺はガタガタッと音を鳴らしながらベッド端にまで逃げる。

「お、御守だ……」

隅で丸まった俺は、頭を抱えて、サイドテーブル上の御守を凝視する。

「御守じゃねぇかァアッ！」

「何度、捨てても戻ってくる西洋人形を見た欧米人みたいなリアクションするな」

呆《あき》れるスノウを無視して、俺は、ミュールに目を向ける。

「なぜ、当人の許可も得ず、俺の健康を祈願してしまったんですか……？」

「お、お前がしてくれたこと、月檻桜《つきおりさくら》から、全部、聞いた……わ、わたしのために、お姉様と戦ってくれたって……お前のお陰で、こうして、お姉様の傍《そば》にいられる……」

頬《ほお》を染めたミュールは、ちらちらと俺を窺《うかが》いながら口を開く。

「ありが――」

「リバースカード、オープンッ！」

俺は、勢いよく、隣のカーテンを引いた。

お見舞い《ミュール》の気配を感じていたのか。居住まいを正したクリスが姿を現し、彼女は小さな妹を横目で捉える。

「ミュール」

足を組んだクリスは、右斜め下を睨《にら》みつける。

「……少し、お腹《なか》が減った」

「あっ……」

ぱぁっと、顔を輝かせて、ミュールは嬉《うれ》しそうに笑った。

「お、お待ち下さい！　た、たくさん！　たくさん、お見舞い用の果物を持ってきました！　お姉様のお口に合う素晴らしいものをリリィと厳選して！　ね、リリィ!?」

「はい。たくさん、はしゃぎながら」

笑い合う三人を見て、俺は微笑《ほほえ》みを浮かべる。

自然な動きで立ち上がろうとすると、ぐいっとスノウに座らせられる。

「この間まで、四足歩行だった重傷の珍獣がどこの見世物小屋に行くつもりですか」

「こ、こんな百合《ゆり》が生まれるかもしれない部屋に男がいられるかッ！　俺は、自分の家に帰らせてもらうッ！」

もがいて脱出しようとするものの、ミュールとリリィさんに両脇から腕を掴《つか》まれる。

「座れ、三条燈色《さんじようひいろ》。ふふん、こう見えても、わたしは果物の皮を剥《む》くのが上手《うま》いんだ。皆、わたしの巧みな刃捌《はさば》きによる皮剥きを見て悲鳴を上げるくらいだからな！」

「ひぃ！　可食部が殆《ほとん》ど残ってないぃい！」

「えーいっ」

「リリィさん、可愛《かわい》らしい掛け声と共に腕を引っ張るのはやめてください！　抜くぞ!?　あんたが発生させた引力と同時に肩を抜いてトラウマを残すぞ!?」

「……チッ」

「お前はこの病院に舌打ちの練習しに来たのか、敗北者がッ！　何時《いっ》もの憎まれ口ラッシュで、とっとと俺を病院外にまで押し出せ！　罵倒角界の三流小結がッ！　なんだその可愛いパジャマ、サ◯リオピュー◯ランドで長年熟成させてきたのか!?」

「まったく」

スノウは、苦笑する。

「しょうがないんだから」

ギャーギャー喚《わめ》いているうちに、先生がやって来て、めちゃくちゃに怒られる。

そんな喧《やかま》しい日々を送っているうちに、俺の入院生活は終わりを告げた。

＊

トーキョー、シンジュク。

繁華街、歓楽街、オフィス街……多岐にわたる名称を持つその街は、ダンジョン街とも呼ばれる程にダンジョンの数が多い地区のひとつである。

原作では、シブヤ、イケブクロ、シンジュクの三大副都心は、ダンジョン数が多く、能力値《パラメーター》上げや導体《コンソール》掘りに適しているポイントだった。

主人公《つきおりさくら》月檻桜の目的は、『全てのダンジョンの核を潰すこと』である。

設定資料集によれば、トーキョーには大小合わせて一〇三二個のダンジョンがあり、その数は増加の一途を辿《たど》っている。一般人に過ぎない少女が、ガールズハントに明け暮れながら、片手間で潰し切るのは無理がある。

そのため、主人公の目的はゲームの進行と共に移り変わる。魔神と魔人の討伐、ヒロインとの恋愛、学園内権力闘争、世界一のチーズケーキ屋さんになる……最終的には、ダンジョンの『ダ』の字もなくなっていたりする。

本作をプレイする前に実況配信を覗《のぞ》いた時には、真顔の男性が謎の国家運営を続けながら、Aボタン連打でチーズケーキを作っている地獄絵図がそこにあった。かと思えば、ダンジョンの暗がりの中で、ヒロインたちは一度も姿を見せることなく『エンディングだぞ、泣けよ』と言わんばかりの画面暗転《ウインドウ》（退学エンド）を見せつけられた。

本作は、百合《ゆり》ゲーの『百』も『合』もなくなることもあるので、過激な百合好きからは『嘔吐物《ゲー》』と評されていた。

百合を愛する者からしてみれば、ダンジョンとは避けるべき難所なのである。

ダンジョンでのハクスラとキャラ育成にハマれば、全ヒロインとのキスシーンを回収出来る『月檻《つきおり》キス特化ビルド』よりも、攻略完了後のヒロインを次々と盾にする『キス堕《お》ちヒロイン盾ビルド』を好むゲスに陥る。

そんな悪名高きダンジョンへと、俺は、模範的男子生徒として授業を受けに来ていた。

「はい、じゃあ……グループを組んでください……」

『廃線駅のダンジョン』のプラットホーム上で、左右に揺れているひとりの女性。

耳輪を飾るクロスとフレアのスタッドピアス、耳垂にはブルーカラーのフープピアス。十指はアラベスク模様のリングが嵌《は》まり、駅前の路上販売から購入したらしい安物のネックレスがインナーを彩っている。

アッシュレッドのショートヘア、革ジャンとダメージジーンズ、醬油《しょうゆ》をかけたパスタで糊口《ここう》を凌《しの》ぐ売れないバンドマンみたいな雰囲気。『ダンジョン探索入門』の教鞭《きょうべん》をとり、Cクラスの担任を務める『シック・ハイネス・ライドヴァン』は顔を上げる。

青白い顔をした彼女から、うっすらと酒の臭いが漂ってくる。

「シック指導教員。グループは、何人単位で成立させればよろしいですか？」

「三人、座敷でもカウンターでも……とりあえず、生で……あと、レモンサワー……」

「シック指導教員。本地は、居酒屋ではなくダンジョンです」

「超音速でタコワサも追加して、ソニックムーブ発生させちゃって……あと、サワーは、地球の自転くらいよく混ぜて……」

「シック指導教員。私は、マッハ１・２でタコワサを提供し、時速１５００キロでシェイカーを振る店員ではありません。この妄想性接待に対し、時給も発生していません」

酒気帯び授業で違反点数を稼いでいるシック先生は、嗚咽《おえつ》しながら柱に手をつく。

「なら、どなたですか……?」

「教員免許取り消しの行政処分を受けて欲しい教員の飲酒授業に付き合わされている一般被害生徒です」

我らがAクラスの委員長は、ぴしりと背筋を伸ばしたまま答える。

シック先生は、病的《シック》な表情で口元を押さえた。

「だから、幾ら待っても、最初に頼んだ生ビールが来ないの……?」

「皆さん。本日の参加者で綺麗《きれい》に割れますので、三人一組でグループ分けしましょう」

原作通り、『教員失格』で太宰《だざい》が筆を執りそうな人間性である。

酔いが脳にまで回っているシック先生は、廃線駅の線路上で、サイ〇イマンにやられたヤム〇ャみたいな姿勢をキープして体力の回復を図っていた。

俺が受けている『ダンジョン探索入門』の授業は、事前に確認していた通り、顔見知りは誰ひとりとしていない。主人公もヒロインも、ダンジョン探索なんて、わざわざ習う必要などない程の実力なので当然ともいえる。

授業に参加してさえいれば、アル中の教師から単位がもらえるイージー授業だ。この歳《とし》まで魔法に関わってこなかった初級者か、産声と共に上昇志向を吐き出してしまった単位狙いの怠け者しかいない。

月檻《つきおり》もレイもラピスもお嬢も、この授業を選択していない。故に、余裕綽々《よゆうしやくしやく》の表情で、俺は腕組み後方クソ男面が出来ていた。

数分後、俺以外の全員で、グループが出来上がっていた。

コレだよッ！

ぼっちの俺は、心の中で歓声を上げる。

俺が！　求めてたのは！　コレだよッ！　コレこそが、この世界の正しい姿だ！　男は不要！　不要なんだ！　美しい花を蝕《むしば》む害虫は、取り除かれるべきなのだからッ！

ニヤニヤとしながら、俺は、倒れ伏すシック先生に声をかける。

「先生」

俺は、髪を掻《か》き上《あ》げながらフッと笑う。

「組む人がいません」

「きみは、なにを誇ってんの……？」

じゃあ、先生と組みましょうか。

という理想のルートは描かれず、彼女は大声を張り上げる。

「じゃあ、この男の子をグループに迎え入れてくれる人～？」

無言になった女生徒たちは、気まずそうに目配せする。ハズレくじを引くのは誰になるのかと、目線で相談し合っていた。

邪魔者の除外に協力し合う美しい自浄作用を眺めた俺は、熱い涙が込み上げてきて口元を押さえる。

「うっ……うぅ……っ！」

「ほらほら〜、貴女《あなた》たちが差別するから泣いちゃったよ。ひっでぇね。鳳嬢《ほうじょう》のお嬢様たちは、アルコール中毒者の底辺公務員以下の差別主義者だということが明らかになりました。へいへい、拍手拍手〜！」

真っ青な顔で、シック教員は皮肉の拍手を送る。

その横で、感涙に咽《むせ》び泣《な》く俺は首を振る。

「ち、ちがうんです……お、おれは、人の美しさに感動していて……な、なんて、美しいんだ……あるべき姿の世界が、こんなにも綺麗《きれい》だなんて……人間は素晴らしい……！」

「なかなか、きみも煽《あお》るねぇ」

本心だッ！

そう叫びたかったのに、今までが辛《つら》すぎたせいか、決壊した涙腺は留《とど》まることを知らず。

俺は、ただ泣きながら首を振り続けた。

「わかりました。不本意ながら、お引取りいたします」

凛《りん》とした一声。

Aクラスの委員長は、友人たちに引き止められながらも、その制止を振り切って前に出た。

「おっ、さすが、委員長！　よーっ、（柏手《かしわで》）、総理大臣！　委員長ちゃん、飲みたい騒ぎたい！　はい！　胃腸に関して自信があるある！　漢方漢方一気漢方！」

「手慣れたコールはやめてください。酒気帯び教員が素面《しらふ》の生徒に対して、一気飲みコールを行う。れっきとしたノンアルコール・ハラスメントとして、然《しか》るべき機関に通報させてもらいますので」

「ぐいぐいよしこい！　通報、よしこい！　ぐいぐい！　ぐいぐい！」

アルコールで、脳が発酵してるだろコイツ。

ため息を吐《つ》いた委員長は、ちらりと俺を横目で視《み》る。

「……貴方《あなた》を歓迎します」

「ＮＯ　ＴＨＡＮＫ　ＹＯＵ」

爽やかな笑みを浮かべた俺の拒絶は、社交辞令だと受け取られたらしい。

あれよあれよという間に、Ａクラスの委員長とＣクラスの女の子、ふたりの女子とグループで行動することになってしまった。

Ｃクラスの女の子は、これ見よがしに敵意の目線を向けてくる。

「はい、じゃあ、グループ分けも終わったところで。本日の『ダンジョン探索入門』ですが、私が第五階層に置いてきた『秘奥・鬼殺し』を取ってくれれば終了ね。みんな、がんばれ。アドバイスは、テレパシーで送っておいた。受け取れなかった人たちは、着信設定を見直してきな」

「『秘奥・鬼殺し』……特別な魔導触媒器《マジックデバイス》ですか？」

「いや、酒」

蔑みを隠さなくなってきた委員長の前で、シック先生は堂々とスキットルを呷《あお》る。

「いっちばん、最初に第五層に到着したグループには単位をあげちゃいます」

場がざわつく。

脳みそ酒漬け教員の授業を取ってしまったことに後悔を覚え始めていた生徒の皆さんは、顔を見合わせてひそひそとささやき合う。

二日酔いで青ざめているシック先生は、生徒の操り方を熟知しているらしい。スキットルを片手に、ニヤニヤと笑っていた。

「クロエさんも災難ね。スコア0の男なんて、足手まといにも程があるでしょ」

くすくすと笑いながら、他のグループの女子たちが俺を見分する。

ココがイメージダウン戦略の最前線だと判断した俺は、喉の調子を整えてから彼女たちに名刺を差し出した。

「はじめまして、三条燈色《さんじょうひいろ》と申します。わたくし、自身のリデュースを担当しておりまして……もしよければ、一緒にこの世から俺を葬りませんか？」

絶句している彼女らに名刺を押し付けて、同志に微笑《ほほえ》みかけた俺は委員長の下に戻った。

地図を確認していた委員長は、顔を上げて俺とCクラスの女子を見遣《みや》る。

「漸進的前進を心がけましょう。ダンジョンと廊下は、走ってはいけません」

苛立《いらだ》ちを隠さないCクラスの女子は、俺を一瞥《いちべつ》してから舌打ちをする。

「……最悪」

ぐいぐいよしこい！　最悪、よしこい！　ぐいぐい！　ぐいぐい！

「はい、では、よーいドンッ！」

合図を受けた瞬間、わーっと生徒たちは走り始めて、シック先生は姿を消した。

腐っても教師というべきか、監督者としての責務を果たすつもりはあるらしい。先走る生徒たちの監視に向かったのだろう。

「は、早く行かなきゃ！　一番、最初に着かないと単位貰《もら》えないんでしょ!?」

焦燥感でそわついたCクラス女子は、ろくに周囲も確認せず全力疾走する御同窓を見て足踏みする。

冷静さを保っている委員長は、ちらりと、腕時計へ目を落とした。

「パニックを起こした集団は危険です。少々、時間をおきましょう。シック教員風に引用すれば『流れるビールは泡を立てない。諸君、急ぐなかれだ』。焦慮に苛《さいな》まれる賢者は存在しません」

「で、でも……」

「強制はしません。行きたければ、お好きにどうぞ」

彼女は黙り込み、俺は、委員長がいればどうにかなるかと安堵《あんど》の息を吐《つ》いた。

さて、そろそろ、適当な理由をつけて姿を消すか。邪魔者の男が消え失《う》せれば、何らかのイベントが発生し日本百合《ゆり》百景のお披露目《ひろめ》って寸法よ。

そう、俺は思っていたものの――

「気をつけて、飛びかかってきますよ！」

「きゃあっ！」

「…………」

必死で、雑魚《ざこ》モンスター『粘獣《スライム》』と戦う委員長たちを見て、その期待が裏切られたことを知った。

「あ、危ないっ！　避《よ》けてください！」

「いやあっ！」

「…………」

俺は、画面《ウインドウ》を呼び出して経過時間を確認する。

戦闘開始から三十分が経過……色彩豊かな粘液体と激戦を繰り広げているお嬢様たちは、第一階層から熾烈《しれつ》な戦いを繰り広げていた。そこら中で蒼白《そうはく》の火花が迸《ほとばし》り、既に三十分も経過しているにもかかわらず、未《いま》だに第二階層へと到達している者は誰もいなかった。

「魔法を使います！　離れて！」

「ま、待って！　一回、後ろに下がる！」

ぴょんぴょん跳ねて、迷惑そうに委員長たちの攻撃を避ける粘獣。

「待ちなさい！」

その粘獣をバタバタと追いかける彼女たち。

ベンチに腰を下ろした俺は、愉快な追いかけっこを見物しながらあくびする。

エスコには、大量のキャラクターがいる。

各メインヒロインルートからしか派生しないサブヒロインルート、とあるルートでしか出会えないサブキャラクター、特殊条件を満たさないと出現しない隠しキャラなんかもいる。

あまりにもキャラクターが多すぎるせいか、各キャラクターの掘り下げが足りず、感情移入出来ないという指摘もあった。

委員長ことクロエ・レーン・リーデヴェルトは、原作ではサポートキャラとして扱われていた。

エスコには、個別のルートが存在している『メインヒロイン』と『サブヒロイン』、ルートが存在しない『サブキャラクター』がいる。

委員長は、ルートのない『サブキャラクター』だ。

メインヒロインとサブヒロインは、パーティーに入れて戦闘に参加させることが出来るが、サブキャラクターの大半は戦闘のサポートしか出来ない。

委員長はサポート限定のキャラクターで、多種多様なスキルやアイテムをもって主人公をフォローしてくれる。

お姫様カットで、ロングヘアー。

常に凛《りん》とした姿勢を崩さず、鳳嬢《ほうじょう》魔法学園の校則を尊び、たまにカットインして手助けしてくれる委員長にはそれなりのファンがいる。

なぜ、開発者は、委員長ルートがないバグを放置しておくのか？

などと、SNSで声明を出したファンが、お嬢ファンに『ルートがあっても、結ばれないお嬢よりはマシだろ』と謎の反論を返され、一大論争に突入したことがあるくらいだ。

さて、ココで疑問が生じる。

本来、戦闘に参加出来なかったサブキャラクター……所謂《いわゆる》、一般人枠が、この世界ではどのように扱われるのか？

その答えが、眼《め》の前で開催されている粘獣《スライム》鬼ごっこである。

廃線駅の電光掲示板。

もう映し出されることのない発車時刻の代わりに、ぬうっと、アルスハリヤが顔を出して漂ってくる。

「やぁやぁ、実に愉《たの》しそうでなによりじゃあないか」

「いや、本当に最高。友愛を育む女の子たちが、協力し合いながら、健全に汗を流す姿を観戦出来るVIP空間」

「愉快な脳をお持ちの君にかかれば、薄汚いベンチもアリーナ席に様変わりか」

ミニ・アルスハリヤは、うんしょうんしょ言いながらベンチによじ登る。

「眼の具合は？」

緋色《ひいろ》。

たまに灼《や》き付くような払暁《ふつぎょう》を捉える両眼《りょうめ》を閉じて、俺は苦笑を浮かべる。

「たまに視《み》えるくらいかな。あとは、眼と頭に奔《はし》る猛烈な激痛と吐き気」

「無理やり開いたからな。傷口を塞いでいる瘡蓋《かさぶた》を力業で引《ひ》き剥《は》がしたようなものだ。暫《しばら》くは、その状態が続くだろう。いずれ、徐々に閉じてくるから安心したまえ。で」

俺の隣で、短い足を振るアルスハリヤはニタリと嗤《わら》う。

「こんなところでなにしてる？」

「学生の義務を果たしてる」

わーわー言いながら、武器を振り回し、粘獣を追いかける委員長たち。幾ら払えば録画させてくれるかなと、瞬《まばた》きを忘れた俺は彼女らの激戦を凝視する。

「君の趣味が、時間の空費だとは知らなかったよ。今更、こんな授業に出たところで、得

られるのは空腹だけだ。見給《みたま》えよ。小学生のパン食い競走の方が、まだ見ごたえがあるぞ。鬼ごっこに付き合わされる魔物の身にもなったらどうだ」

「俺とお前じゃ、美的センスが異なるんだよ」

しっしっと手で払って、アルスハリヤを隅に追いやった俺はベンチに寝そべる。

「異なるのは、君と僕の美的センスだけじゃあない。雲の上から、このお遊戯会を見ればわかるだろ。ヒーロくん、君は、もう普通の人間とは違う」

「……かもな」

ごろんと、寝返りを打ってあくびをする。

「つくづく、わからない人間《ヤツ》だな。あのクリス・エッセ・アイズベルトを退けた男が、魔眼を強制開放した後遺症に苛《さいな》まれながらやることがフザケたお遊戯の観戦か」

「わからない魔人《ヤツ》なのはお前だろ。この雲上の光景に想《おも》うところがないとは、地獄行きの指定席が取れてるヤツの美意識はさすがだね」

横になった俺は、ニヤニヤしながら、助け合う女の子たちを見つめる。

「元アイズベルト家のメイドたちは、新入生歓迎会に参加した御令嬢のお目にかかったらしい。どこかの誰かさんの根回しのお陰か、全員が全員、本願である侍女《メイド》としての再就職先が決まった。彼女らは、涙ながらに『お礼をさせてくれ』と懇願していたが？」

「俺じゃない。月檻桜《アイツ》がやった。知らない。済んだこと」

アルスハリヤは、肩を竦《すく》める。

「やれやれ、命を懸けて得られたのは、こんな廃線駅のベンチで寝そべる権利だけか。僕は、もっと、君の歪《ゆが》んだ顔が見たいんだが」

「はい、本音が出てきた出てきたぁ〜、死ね死ねぇ〜」

「で、今後の計画《プラン》はあるのか？」

むくりと、俺は身を起こす。

「非合法のスコア売買に手を染めて、スコア上げに着手しようと思ってたんだけどな……たぶん、それでも、俺のスコアは上がらないと思う」

「三条家《さんじょうけ》か」

「確証はないが、たぶんな。俺のスコアを上げるには、根本的な根回しが必要だ」

「殺《や》り合うのか、三条家と」

アルスハリヤは、眼《め》で嗤《わら》う。

「R指定の行為は、可愛《かわい》い妹の情操教育に悪いんでね。三条家を掌握するとすれば、払暁《ふつぎょう》叙事《じょじ》を自然開眼した後がベスト。今は、別のアプローチで迂遠《うえん》的にスコア上昇を試みる」

片足をベンチに載せて、ニヤリと俺は笑う。

「冒険者だ」

「……名声を高めて、実力で押し切るのか」

音の出る生ゴミのくせに、頭の回転は早いらしい。

「冒険者は、実力至上主義だからな。男だろうが女だろうが、ダンジョン探索に成功し続ければ名声は広まっていく。ダンジョンという治外法権での出来事に対して、情報規制をかけるのは困難を極める。成功を続ければ、俺のスコアが上昇しないことに疑問を覚え始める筈《はず》だ。公明正大を謳《うた》っている政府も、いずれ、俺のスコア上昇を認めざるを得なくなる」

「僕好みじゃない、泥臭く労働階級らしい考え方だが……良い手ではある。死にたがりの君にとって、戦闘経験を積むことは今後の生存率にも直結する」

「それに、ダンジョン攻略はソロでも出来るからな」

俺は、ニヤニヤと笑い続ける。

「百合《ゆり》の邪魔をすることもない。それが、最も重要視すべき事項だ。まぁ……おまえじゃわからないか、この領域《レベル》の話は」

「君と同領域だったら、今頃、首を吊《つ》ってるから安心しろ」

四十五分経過。

適宜、休憩を取りながら戦い続けるお嬢様たちは、未《いま》だに決着を迎えていなかった。これから後半戦が始まるんだろうが、前半まるごとロスタイム扱いになりそうだ。

「で、ヒーロくん、君の冒険者としての華々しいデビューがコレか？」

「いや、コレは趣味」

頬《ほお》をひくつかせている魔人に対し、俺は薄ら笑いを浮かべる。

「百合《ゆり》紳士特有のジョークだ。ちゃんと、この授業を取った意味はある。俺のパートナー探しだ」

「なにを言ってる、僕がいるだろ」

「気色悪《わり》ぃ！」

猛烈な勢いでバク転しながら、距離を取った俺は叫んだ。

「きっしょおおぉッ！」

「ついこの間、初めての共同作業を成し遂げて、共に初夜を乗り越えた仲だろ」

「………………」

「吐くな吐くな。手と膝をついて無言で吐くな。そこまでか。魔人にも心はあるんだぞ。で、そのパートナーというのは？　都合の良《い》いお人形さんが欲しいなら、スノウとかいう偽婚約者《メイド》がいただろ？」

口端を拭った俺は、青くなった顔を上げる。

「俺は、男だからな。ダンジョンの攻略を成し遂げても、その事実を揉《も》み消《け》されたり、別のヤツの手柄にされたりするかもしれない。だから、それなりの地位を確立していて、発言力のある証人が必要なんだ。残念ながら、スノウにそこまでの発言力はない」

「毒を吐く舌はあっても、実を吐く口はないからな。しかし君、さっき、ダンジョンはソロ攻略が出来ると喜んでたんじゃないのか？」

「人の話は最後まで聞いてから死ね。俺が欲しいのは、感情が通う仲間なんかじゃない。恋愛は脳のバグと言い切り、観察者の役割を担えるビジネスパートナーだ。この授業に参加している中から、そのひとりを選び取る必要がある」

「なるほど。君が欲しているのは、レコーダー代わりの同行者か」

視界の中心にアルスハリヤを捉えたまま、俺は委員長に襲いかかろうとした粘獣《スライム》を不可視《ニル》の矢《アロウ》で消し飛ばす。

「この授業に参加してるってことは、多少なりとも、ダンジョンに興味があるってことだろ。中には、単位目当てじゃないヤツもいるかもしれない」

「戦闘力を当てにせず、金品で情報を売る必要がなく、地位が確立されている凡愚、か」

アルスハリヤは、ちらりと、息を荒らげながら戦うお嬢様たちを見つめる。

「絶好のマッチングプラットフォームだな」

「理解してもらえたようで何より」

「ただ、この授業に参加している大半は、君のことを嫌悪しているか嫌厭《けんえん》しているかのどちらか。はたして、話にノッてくる奇異なのはいるかね？」

「見つけるさ、必要だからな」

歓声が響いてくる。

どうやら、粘獣《スライム》討伐を成し遂げたグループが出たらしい。

英雄の降臨を目の当たりにしたと言わんばかりに、女生徒たちは一抜けのグループに尊敬の眼差《まなざ》しを注いでいた。

「はぁい、第五グループ通過ぁ……粘獣一匹倒せないグループは、第二階層に下りることは許しませんからねぇ……と」

カセットコンロで、熱燗《あつかん》を用意しているシック先生はあくびをする。

「あ、やった、当たった！」

俺のグループのCクラス女子が、運良く攻撃を当てて、ついに委員長たちは粘獣討伐を成し遂げる。

「せ、先生、コレで私たちも第二階層に下りても良《い》いですかっ⁉」

「あぁん？　報連相のタイミング、混んでる居酒屋がいつまでも持ってこないハイボールくらい遅くない？　とっくの昔に、そこの男の子が、きみたちをフォローしながら数え切れないくらい倒してたじゃん」

委員長とCクラス女子は、訝《いぶか》しむようにこちらを見つめる。

おいおい、どうやって不可視の矢視《ニルアロウみ》てんだよ、この酒カス。

内心、冷や汗をかきながら、俺はさも今までサボってたと言わんばかりにあくびする。

「三次会までを一次会と称する酔っぱらいの戯言《たわごと》だろ。飲酒授業を成し遂げるたったひとりの特別な存在が、俺たちの信頼関係に罅《ひび》を入れようとしてるだけだ。気にせず、次の階層に行こうぜ」

「待て待て、ガキ共。先生とアルコールの言葉が信じられないって言ってんのぉ？」

「「「うん」」」

初めて、俺たちの心が合致して、次の階層へと下りてゆく。

想定以上に、授業時間が押しているらしい。第二から第四階層は、シック先生の手で道中の障害が排除されている階層《フロア》を、華族のお嬢様たちがわーわーと駆け抜けていくサラブレッド徒競走のコースと化していた。

もみくちゃになりながら、ついに生徒たちは最終階層を目の当たりにする。

斜めっている電光掲示板の下で、ぼうっと輝きながら蒼白《そうはく》を纏《まと》っている人影。

剥《は》げたフロアタイルの上で横倒しになっているホームドア、割れたコンクリの合間から伸びたカズラに呑《の》まれた自動販売機、肘置きがねじ曲がった三人掛けベンチが廃水の中に沈んでいる。

カップから立ち上る真っ白な湯気、その向こうには見覚えのある宛転蛾眉《えんてんがび》。

「あら？　ヒーくん、なんで生きてるの？」

蒼の寮《カエルレウム》、寮長、フーリィ・フロマ・フリギエンス。

堂々とティーテーブルを設置して、優雅に紅茶を嗜《たしな》んでいる彼女は、美しい所作でティーカップを口元に運ぶ。

「……いや、なんで、ダンジョンの最下層で紅茶飲んでるんですか？」

「イレブンジスですもの、紅茶を飲む時間じゃない」

「TPOの『T』だけで、マッドなティーブレイクを正当化出来るわけないでしょ」

浸水している昨夜の雨が、ぴちょぴちょと音を立てている。

その雨音に負けじと、ダンジョン内には人のざわめきが満ちていた。

なぜ、スコア0の男が蒼の寮《カエルレウム》の寮長とお茶の席を共にしているのか。困惑と疑問と驚愕《きょうがく》が渦巻いている。妙な曲解で噂《うわさ》を立てられても困るとは思いつつも、柔和な微笑と鋭い眼光に従って腰を下ろした。

「私の占いがハズレたの、初めてじゃないかしら」

「へ～、初回特典とか付いたりします？」

いや、的中してるんですけどね。盛大に爆死してるし。

隔絶された永久凍土を思わせる眼球が、セーブルのティーカップを持った俺を射抜く。

「その魔力、なに？」

彩色地花文様のティーカップが、七桁もの額面で売り買いされていることをネットで検索にかけて知った俺はそっとカップを置く。

「なに、とは？」

「純粋な人間のものじゃない。それに」

ふわりと、腰を浮かせた彼女は、俺の頬《ほお》に冷たい両手を当てて——眼《め》を覗《のぞ》き込《こ》む。

「払暁叙事《ふつぎょうじょじょじ》、開眼したのね。いえ、強制的に開いて、自分の意思では閉じることが出来ないのか」

こ、こええ……な、なんなのこの女性《ひと》？　原作でも強キャラだったけど、なんでもかんでも一目で見抜いてくるのやめてくんない？

俺の戸惑いが伝わったのか。

笑みを浮かべたフーリィは、指先で俺の頬をそっと撫《な》でる。

「その魔眼、早く閉じた方が良いわよ。三条《さんじょう》家にバレちゃうから。もしくは、もう、バレちゃってるかも」

「今、自由に開閉出来るのは肛門《こうもん》くらいのもんですよ」

「美少女とのティータイムで、薄汚いジョークを飛ばす口も閉じてほしいわね。いずれにせよ、ヒーくんが死に損なって良かったわ。自分の占い通りに人が死ぬのって、あまり良《い》い気分はしないから。ミルクは？」

「最近、高いですよね」

「わかったわよ。もう、魔眼の話はしないし、なぜ生きているのかも言及しない」

丁寧な手付きでミルクを入れてもらって、俺は喉に紅茶を流し込む。

「コンビニで売ってるヤツよりは美味《うま》い気がする！」

「うふふ、舌、磨いて出直してきなさい」

「で、蒼の寮《カエルレウム》の寮長様ともあろう御方《おかた》が、こんなところまでなにしに来たんですか？　深窓のお嬢様が、ちょっくら茶ァしばきに来るタイプの芳醇《ほうじゅん》おしゃれスペースとは程遠い場所だと思いますが」

女生徒の注目を一身に浴びながらも、一顧だにしないフーリィは、指でトントンとテーブルを叩《たた》いた。

「本日、本時刻のフーリィ・フロマ・フリギエンスは、蒼の寮の寮長ではなく『至高』の魔法士『絶零《ぜつれい》』だから」

「そいつは、御大層《ごたいそう》なことで……魔法協会経由で、日本政府からのご注文ですか？」

「名指しでね」

目を閉じて、フーリィは紅茶の香りを堪能する。

「こんな初級者向けのダンジョンに『至高』の魔法士を呼び出すなんて、名状し難《がた》い何かでも紛《まぎ》れ込みました？」

「残念、ハズレ。大したことないわよ。この授業に参加しているご令嬢の中に政府とのコネクションがあるパパを持つ子がいて、『過保護』の三文字が書かれた処方箋を送ってきたってだけの話。世間話をしたくて、１１０をプッシュするような連中と大差ないから」

「幾ら例外はあろうとも、ただの授業の付き添いで『至高』の魔法士を差し向けるわけにはいかないでしょ？　俺が魔法協会の担当者だったら、『至高』相当の魔法士を送ると言って片付ける。予想外の事態《イレギュラー》は、起こってるんじゃないですか？」

「愚者と賢者は、早死にするわよ」

微笑《ほほえ》んで、フーリィは、俺のティーカップに二杯目を注ぐ。

「どちらにせよ、シック先生がいれば問題ないんだけれどね。けれど、あの女性《ひと》、私の姿を見るなり本業を放棄しちゃったから。さっき、私から紅茶を強奪して、ブランデーで割るとか楽しそうにしてたわよ」

授業中に紅茶をブランデーで割って、親御さんの信頼を地の底にまで失墜させるスクールドリンカーの鑑《かがみ》。

「ねぇ。まだ、時間は余っているし」

椅子を寄せてきたフーリィから、冷たい肌の感触が伝わって香水の香りが漂ってくる。

「私、ヒーくんとおしゃべりしたいなぁ」

「優雅なお茶会が、急にキャバクラみたいな雰囲気になってきたな……」

くるくると、人差し指で、フーリィは俺の肩をなぞる。

「私、最近、欲しい別荘あるの……買ってくれる……？」

「おいおい、エグいくらいの高級店じゃねぇか。こんな便所コオロギの溜《た》まり場で営業してて良《い》い店じゃねーぞ。保健所と風営法は、どこの地上でサボってんだ」

「ヒーくん、私、暇で脳が空《す》いてるの。なにか、面白い話でもして。してしてぇ〜」

下手打つと、破滅するレベルの強者とは関わり合いを持ちたくないんだが……逃してくれそうもないし、幸いにも友好的であるから話してみてもいいか。

魔性の魅力で、若輩を手玉に取って、暇つぶしをするつもりの先輩に相談を持ちかけてみる。

「冒険者？　スコア0だったら、登録すら出来ないでしょ？」

「無料奉仕活動《ボランティア》ですよ。仰《おつしや》る通り、冒険者登録は無理だから金稼ぎは出来ませんが、仕事の斡旋《あつせん》くらいはしてくれる筈《はず》です」

「名声を高めることが目的で、自分の仕事を見届ける同行者が必要か……ラッピーじゃダメなの？」

「ダメに決まってるでしょ。脳みそ凍って、思考遅延起きてるんじゃないですか？」

「なら、私とか？」

唇に人差し指を当てて、微笑を浮かべたフーリィは小首を傾《かし》げる。

「いやいやいや、絶対にダメですから。貴女《あなた》レベルの人に付いてこられたら、手柄を全部吸い取られて干からびちゃいますよ」

「なにそれ、つまんない」

さわさわと、フーリィは俺の腕を撫《な》でてくる。

「だったら、私が良い子を紹介してあげましょうか？」

「そんな先輩の紹介で付き合い始めましたみたいな馴《な》れ初《そ》め感覚で、ビジネスパートナーを紹介されてても」

「え～、なんで～？　いいでしょぉ～？」

「ねぇ、さっきからさぁ！　距離感、バグってるから！　健全な青少年を誑《たぶら》かして、人の脳みそピンク色に塗りたくってくるのやめてくれません!?」

俺に寄りかかっていたフーリィは、くすくすと笑いながら身を離す。

「ヒーくんは、からかい甲斐《がい》があって楽しいわね。押したら光る玩具《おもちゃ》みたい」

「そういう玩具の寿命は短いんですよ……？」

「仲介役、してあげよっか」

不敵に微笑《ほほえ》んで、フーリィはささやく。

「放課後になったら、蒼の寮《カエルレウム》においでなさい。良い子を見繕っておいてあげるから」

「い、いかがわしい……女衒《ぜげん》みたいな言葉を吐きおって、この淫乱女狐《めぎつね》が」

「このフーリィ・フロマ・フリギエンスに、正面切って『いかがわしい』と宣《のたま》って、女衒扱いしたおバカさんは貴方《あなた》くらいよ」

苦笑して――ふと、フーリィが顔を上げる。

「……来た」

バチ、バチ、バチ。

蒼白《あおじろ》い雷光が瞬いて、機能を失った筈《はず》の電光掲示板が点滅する。

上部の蛍光灯が機能を取り戻し、ショート音と共に火花を散らした。等間隔で並ぶ円柱に出来た光と影。生徒集団の中にどよめきが走り、人から人へと伝染するパニック、自殺抑止用の青色灯が鮮やかな青を晒《さら》した。

パッ――電光掲示板に色鮮やかなデジタル文字が表示される。

文字化けした時刻と行き先が、目まぐるしく移り変わってゆく。四方八方から響き渡る発車アナウンス、人間の悲鳴が反響し、魔物たちは脱兎《だっと》の如《ごと》く逃走する。

音。耳障りな音が、聞こえてくる。

電車の走る音だ。

闇を覗《のぞ》き込《こ》むと光が差した。

暗がりに閉ざされていた線路、膨大な質量と質量がかち合う轟音《ごうおん》が響き渡り――凄《すさ》まじい勢いで、斜めった電車が突っ込んでくる。

ギィャギャギャギャギャギャギャギャッ！

真っ黒な靄《もや》がへばり付いた電車は、歪《いびつ》な音を立てながら壁面を削り飛ばし、火花を散らしながら突貫してくる。

暴走を続けるその電車は、赤黒い手をそこら中に伸ばし学園生を引《ひ》っ掴《つか》む。

「きゃ――」

斬。

瞬間、俺の光剣《ルークス》はその手を両断し、女生徒を抱き上げたまま後ろに下がる。

全身に魔力線を伸ばした俺は、床材を撥《は》ね飛ばしながら駆け回り、ありとあらゆる手を切り刻み――納刀したまま、地面に着地する。

手は、握り手に。

怠りなく残心を終えた俺は、襲いかかる魔の手を避《よ》けながら、紅茶を飲んでいる寮長《フーリィ》に叫ぶ。

「働いてくださいよ！　あんた、労働しに来たんでしょうが！」

「だって、ヒーくんの格好良《かっこい》いところが見たいんだもん」

「………」

ちょ、ちょっと、ニヤついちゃった……。

一両、二両、三両。

目に焚《た》き付《つ》けられる閃光《せんこう》、顔面に吹き付けられる突風、耳朶《じだ》に叩《たた》き付けられる轟音。

人間の目では捉えきれない線となって、駆け抜けていく魔車は、そのまま素通りしてい

──フーリィは、重い腰を上げた。

「それじゃあ、行きましょうか」

「えっ？」

ふわりと、浮き上がり。

俺の襟元を掴《つか》んだフーリィは、凍りついた窓ガラスをぶち破り──スカートを揺らしながら無賃乗車を成し遂げる。

手持ちかばんみたいに引っ掴まれ、同行を余儀なくされた俺は、吊《つ》り革《かわ》を掴んで勢いを殺しながら着地する。

「なんで、俺、強制同行なんですか？　警察ですら任意同行なのに、令状もなしに強制同行とか、蒼の寮《カエルレウム》の寮長の名が泣くとは思いません？」

「あら、か弱い乙女をひとりで突入させるつもり？」

「今度、『か弱い』の箇所にマーカー引いた国語辞書をプレゼントしますよ」

「ありがとう。『殺す』の箇所にマーカー引いて、ご返答させていただくわね」

殺意満面の笑みのフーリィに、真顔の俺は両手を挙げる。

なんの変哲もない電車内。

既に車内に突入していた先客は、競馬雑誌を片手に熱を帯びた拳を振り上げる。耳に赤鉛筆を挟んで、イヤホンでレース中継を聞いていた。

「させさせさせさせさせぇ！」

大事そうに日本酒『秘奥・鬼殺し』を抱えたシック先生は、急にがくりと項垂《うなだ》れて泣き始める。

「敗《ま》けたパチ代を取り返す唯一の機会がァ……！」

「コレが噂《うわさ》のウ○娘ですか」

「ファンに殺されるわよ、貴方《あなた》」

俺たちに気づいた先生は、急ににこやかな笑みを浮かべる。

「フーリィ、金、貸し――」

「おととい来やがれ♡」

可憐《かれん》な笑みを浮かべて、何時《いっ》になく愛らしく、教師を無下にした先輩は先生から『秘奥・鬼殺し』を没収する。

「ちょ、ちょっと、返してよっ！　人でなしっ！　苦役でしかない労働にくたびれた大人から、現実をぼやかす手段を奪って恥ずかしくならないのかっ！」

「生徒から金を借りようとして恥ずかしくないの？」

「応ッ！」

「………」

せ、生徒が、教師に向けて良い目じゃねぇ……。

「1ぱちにしておけば良かったァ……1ぱちにしておけばァ……1ぱちだったら勝ってたァ……ッ！」

車内の長椅子に寝転がり、しくしくと先生は泣き始める。

ため息を吐《つ》いたフーリィは、くるりとこちらを振り向き微笑を浮かべる。

「ヒーくんは、こんな大人になっちゃダメよ？」

「応ッ！」

「…………」

「じょ、冗談ですって……その目、やめて……」

フーリィは、顔を上げる。

魔力の流れが変じて、俺の両眼《りょうめ》が疼《うず》き、車内の電灯が明滅を始める。

チカチカ、チカチカ、チカチカ。

地下トンネルを進みながら、左右に揺れている魔車は、明るくなったり暗くなったりを繰り返した。

貫通扉が音もなく開いて、三つの人影が姿を現した。

顔面を黒い靄《もや》で隠した三人組。その前方で盾にされている女の子は、赤黒い手で喉を絞め上げられて苦悶《くもん》の声を上げている。

委員長だ。

窒息を起こしかけているのか、顔面が赤紫色に染まっており、吊《つ》り上《あ》げられた空中で苦しそうに藻掻《もが》いていた。

「…………」

「ヒーくん、ステイ」

踏み出した俺を制するように、フーリィは手で柵を作った。

頬《ほお》に手を当てて、彼女はふんわりと微笑《ほほえ》む。

「どなた？　お食事の誘いなら、際限ないからお断りしているけれど」

「フーリィ・フロマ・フリギエンスだな？」

「あらら、会話も出来ないおバカさんたちが勢揃《せいぞろ》い。ごめんなさいね、ヒーくん、最初から私が目的だったみたい……巻き込んじゃったかも」

「巻き込み騒動、上等ってもんでしょ」

引き金《トリガー》を引いた俺は、ゆっくりと抜刀した刀身を舌でなぞる。

「丁度、今宵《こよい》の九鬼正宗《くきまさむね》は、血に飢えてたとこですわぁ……！」

「今、昼間だぞ」

「敵側からツッコんできてんじゃねぇッ！　ブチ殺すぞ、ゴラァ！」

こそりと、フーリィは俺に耳打ちする。

「ヒーくん。一人一殺、出来る？」

俺は、フッと笑う。

「別に、三人倒してしまっても構わんのだろう？」

「はい、じゃあ、よろしく」

「すいません、調子にノリました。一人一殺でお願いします」

フーリィは、苦笑して――三人組の横、窓ガラスが弾《はじ》け飛《と》ぶ。

勢いよく飛び込んできたシック先生は、襲来者のひとりにドロップキックをかました。

勢いよく鼻血がぶち撒《ま》けられて、綺麗《きれい》に顔面を捉えた両足は着地を成功させる。

「「「はぁ!?」」」

失神した仲間を見下ろし、残されたふたりは呆然《ぼうぜん》とする。

華麗な煽《あお》りステップを踏んでいる先生は、奪い取った財布を高々と掲げた。

「パチンコ代、ゲットだぜ！」

「ヒーくん、一人一殺ッ！」

「あの教師、いつの間に外に出たの!?　つーか、今、走ってるよねこの電車!?」

俺とフーリィは、同時に動き始め――闇閉《シャットダウン》――闇属性の煙幕が吹き出して視界が塗り潰される。

「ヒーロくん、三歩前に出てから、その鍔《つば》位置から抜いて横に振れ」

「サンキュー」

アルスハリヤの指示のまま、抜刀して抜き打ち――

「な、なんで、見え――」

手応えあり。

刃《やいば》のない刀身が、見事に急所を捉える。

バタリと、人間が倒れ込む音が聞こえてくる。俺は、ニヤニヤと笑いながら、口元へ九《く》鬼《き》正宗《まさむね》を持っていった。

「だから、言ったろ」

目が見えないまま、俺は、虚空をぺろぺろと舐《な》める。

「今宵《こよい》の九鬼正宗は、血に飢えているってなァ……！」

「ヒーロくん、君の間抜けぶりは吐き気を催す程に堪能したから、刀は仕舞《しま》ってそのまま進みたまえ。そうそう、おいっちにおいっちに。あんよが上手、あんよが上手」

両手を前に突き出したまま、アルスハリヤの指示に従って歩いていく。

唐突に何かにぶつかり、顔面に柔らかい感触が伝わってくる。

「……ヒーくん、故意ならオプション料金取るわよ？」

窘《たしな》めるように、ぽんぽんと頭を叩《たた》かれる。

フーリィの右手がそこにあるということは、俺の頭の位置はココらへんにあるということで。

つまり、このボリューミーでフラフィーなコレは。

「アルスハリヤ、貴様ァアアアアアアアアアアアアアアアアアアア！」

「女性《ひと》の胸に顔を埋《うず》めて、他の女の子の名前を呼ぶのはマナー違反じゃない？」

「す、素晴らしいクレッシェンドだ……！」

俺は、フーリィから離れて、殺意のままに両腕を突き出してアルスハリヤを探す。

「俺のつよつよ握力で、血中酸素濃度を急低下させてやる……！」

「うわー、たすけてー」

アルスハリヤが上げる情けない声を頼りに、俺は、捜索を開始し――酒瓶に躓《つまず》いて、思い切り顔から転ぶ。

が、柔らかいものがクッションとなって命拾いする。

「う……うん……」

艶《あで》やかで甘い声。

闇閉《シャットダウン》の効果が切れて、はだけた胸元が視界に入ってくる。

見覚えのある可愛《かわい》らしい顔。

委員長ことクロエ・レーン・リーデヴェルトは、長い睫毛《まつげ》をぴくぴくと動かして、覚醒を迎えようとしていた。

離れようとした瞬間、目を開けた委員長は、ぼんやりと俺を見つめる。

「…………」

「…………」

「……や、やぁ、奇遇だね」

俺の選択ミスを無視して、視線を下ろした彼女は胸元に目をやった。自分の状態を把握した直後、わなわなと震え始め、徐々にその顔が赤らんでいく。

「じ、事故ですか、事件ですか、それとも手の込んだ自殺ですか……？」

「刑事さん、手の込んだ事件です。犯人は、貴女《あなた》の目には見えません。でも、俺の目ははったひとつの真実見抜く。見た目はキモいし、頭脳は小一からやり直せ。その名は、腐れ畜生アルスハリヤァアアアアアアアアアアアアアアアアアアアアアアアアアアアアアアアッ！」

「コンサート会場ばりのシャウトで訴えられても」

俺は、ゆっくりと離れて、委員長はせかせかと衣服の乱れを整えた。

その後ろで、俺は、ずっと土下座していた。

「……で」

まだ、ほんのりと顔を赤くしている委員長は、リボンを結び直しながらささやく。

「三条燈色《さんじょうひいろ》さん、貴方《あなた》が私を助けてくれたという理解で合っていますか？」

「合ってません、性欲に敗《ま》けました。近場にあった手頃な女体で、いつも頑張っている両手に勤労感謝してました」

「証拠不十分な謙遜しなくても良いわよ、ヒーくん。最初に飛び出そうとしたのは貴方《あなた》なんだから、一人一殺、お姫様を助けたのは王子様ってことにしておいてあげる」

「では、謝辞を述べるべきでしょうね」

軽く頭を下げて、委員長は髪を掻《か》き上《あ》げる。

「ただ、事故とはいえ、年頃の男女同士が重なり合うのは、思春期特有の妄想的憶測を招きかねません。女性同士ならまだしも男女の関係性は、スキャンダラスでスパイシーですから、ゴシップ雑誌とカレーが好きなお子様に好まれる話題です。異性交遊結構、不純異性交遊不結構。この言葉を印刷して、訓示として胸元に掲示しておいてください」

鋭い目つきで、滔々《とうとう》と説教を垂れる委員長にぺこぺこと頭を下げる。

その様子を見つめて、フーリィは微笑《ほほえ》む。

「ヒーくんって、座布団の才能もあったのね。早くも尻に敷かれてる」

「寮長、失礼ながら訂正を。私と三条燈色《さんじょうひいろ》さんは、夫婦関係に当たらないのでその語は適当ではありません」

「あらあら、照れちゃって」

「その返答も不適当ですね」

ちょいちょいと、フーリィに手招きされる。

号泣しているシック先生から酒瓶を奪い取っている委員長を横目に、フーリィがまくり上げた襲来者の首元を見つめる。

「烙印《らくいん》……フェアレディ派か」

「噂《うわさ》の魔法士狩りね」

魔法士狩り……師匠《アステミル》の永久離脱に繋《つな》がるあの強制イベントか。

「高位の魔法士ばっかり、魔神教に襲われてるっていう例の？」

「一般生徒を気取ってる割に物知りね。数に物を言わせて高位の魔法士を襲撃し、亡き者にするっていうのが昨今のトレンドみたい。油断さえしていなければ容易に対処出来るでしょうけど、お相手にも腕利きがいて殺《や》られちゃってるのも何人か出てきてるから」

今は、力量を測ってる段階だからな。いずれ、本腰を入れ始めて、あのイベントが発生する。

「……♡のQ」

俺は、襲来者の胸ポケットに仕舞《しま》われていたトランプカードを見つめる。

「でも、あのフーリィ・フロマ・フリギエンスを殺そうとした割には、黒猫《キャット》クラスの眷属《けんぞく》が三人って不足にも程があるよね」

フーリィは、静かに顔を上げる。

同時に、俺も嫌な予感がして窓の外を見つめた。

走行距離を伸ばし続ける魔車は、圧迫感を覚える狭いトンネルに突入する。左右は曲面《セメント》で塞がれている。車体が軋《きし》んで斜めって、カーブを終えた後に直線になる。

線路上を滑るこの魔車は、果たして、どこに向かっているのか。

俺たちは、顔を見合わせた。

「次の駅は？」

「終点。つまり、壁ね」

「……この電車ごと、葬り去るつもりか」

「生まれてこの方、電車なんか乗ったことがないから。下手に途中乗車なんて、お嬢様にあるまじきマナー違反しなければ良かったかしら」

フーリィは、電車の奥の暗がりを凝視し――苦笑する。

「あと、一分三十二秒。ヒーくん、最後尾まで走れる？」

「走れるけど……たぶん、ひとりしか連れていけない」

「なら、クーちゃんをよろしく」

「クーちゃんって……委員長？　先輩と先生、この三人組はどうするんですか？」

「あと、一分二十二秒、この電車ですることがあるから残るわ」

ニコリと笑って、フーリィは後ろ手を振った。

「じゃあ、行って」

「ごめん、委員長、説明してる時間ないわ」

「はい？　ちょっと、なんですか」

俺は、ひょいっと、委員長を抱き上げて目を閉じる。

魔力線を両足に集中させる。道中を塞いでいる障害物と貫通扉を想定し想像。最短距離で構築された経路線《ルート》を導く。

「委員長、ジェットコースターとか大丈夫なタイプ？」

「え？」

「ちょっと」

俺は、足の裏に魔力を溜《た》める。

「本気で走るわ」

一気に、それを解き放ち——ドッ——蒼色《そうしょく》の流線が走った。

あまりの速さに、がくんと仰《の》け反《ぞ》った委員長は声なき悲鳴を上げる。

踏み込む度に。

魔力線による補強を行い、徐々に魔力量を増やしていって、全身全霊で魔力を吹かし続ける。前方を塞ぐ扉は光玉《ライト》で吹き飛ばし、カウントが進む度に傾《かし》いでいく車内に合わせて斜めりながら、窓ガラスの上を駆け抜けていく。

ぞっ。

その行く手を阻むように、赤黒い手が床から生えてきて――

「いつもより、多めに回しておりま～す！」

俺は、窓ガラスを蹴りつけて天井に着地し、回転しながら走り続ける。

「残十五秒。間に合わないぞ、全力で行け」

ぼそりと、アルスハリヤが耳打ちしてくる。

後方からの破砕音が、クレッシェンドとなって追いかけてくる。車両全体が波打って、衝撃で前のめりになりつつ、どうにか姿勢を保ちながら疾走する。

先頭車が、終点に到達して潰れ始めたらしい。

耳をつんざくような崩壊音が、鼓膜をぶん殴って耳鳴りが始まる。

俺は魔力を放出し続けて、最後尾の窓ガラスが見え――夥《おびただ》しい数の赤黒い手が、分厚く重なり合って、その出口を覆い隠した。

「委員長、投げるわ」

「は？」

ぽぉんっと、委員長を前方に放り投げると彼女は驚愕《きょうがく》で大口を開いた。

瞬間、強烈な魔力の閃光《せんこう》が手元で生じる。

鍔《つば》――走る。

瞬間、生じた緋色《ひいろ》を刃《やいば》でなぞった。

十文字に刻まれた最後尾の壁面を蹴飛ばし、外側へ吹き飛んだ壁と共に脱出する。

外へ飛び出た俺は委員長をキャッチし、勢いを殺さずに角度を変える。

着地と同時に、トンネルの縁へと飛び込み――大量のガラス片とステンレスと熱風と爆音とが飛来して、雨あられと降り注ぎ、俺たちの頭上を掠《かす》めていく。

音が止《や》んで。

暗中で粉々に砕け散った電車は、ものの見事に廃車と化していた。

「あ、あぶな……この世のドアが閉まって、あの世行きの特急に乗るとこだった……」

もうもうと吹き上がる土煙の中、委員長に覆いかぶさっていた俺は、引き裂かれた頬《ほお》の血を拭って肩に突き刺さっていたステンレス片を引き抜いた。

俺は、丁重な手付きで、委員長のスカートの汚れを払う。

「委員長、大丈夫だった？　怪我《けが》はな――」

スカートを払った俺の手のひらに、『♣』のマークが付いている。

ぞくりと。

背筋が凍りついて、目の前の委員長が別人のように見えて――その違和感は、一瞬で霧散し、俺の手のひらに付いていたマークも消える。

どこからか舌打ちの音が響いて、地下トンネルの中から気配が消える。

燃え盛る魔車の中、その炎の中に影があった。

「気をつけて」

固まっている。

まるで、炎が固形化したかのように凝固している。

「わかっていると思うけれど、あなたは、既にこちら側の『わたし』と出会っている」

固形化した炎の中にいる人影は、朗々と雑音混じりの声を発した。

「でも、四人目を出現させないで。誰も死なせずに辿《たど》り着《つ》いて」

それは、あたかも、琥珀《こはく》の中で眠る過去の化石。

「そして、いつか、どうか」

その影は――笑みを浮かべる。

「わたし《ボク》を殺しに来てね」

炎が動き始めて、炎中の影は掻《か》き消《き》える。

「…………」

「おい、どうした。早く脱出しろ。マヌケ面で、モタモタするな」

アルスハリヤの言う通りだ。なんで、俺は、こんなところでぼーっとしてんだ？

器用に立ったまま失神している委員長を背負い、俺は、アルスハリヤの案内を頼りにダンジョンから抜け出した。

＊

青色の一角獣《ユニコーン》。

蒼の寮《カエルレウム》の象徴《シンボル》は、大門の両脇で前足を高々と上げて、鈍色《にびいろ》の光を放っていた。

蒼の寮の基本的な施設は、黄の寮《フラーウム》と共通していたが、そのスポンサーはアイズベルト家ではなくフリギエンス家だ。

スポンサーの意向により、一部の施設は差異が発生していた。

例えば、四季折々、常に存在している巨大なプールの存在だ。

広大な寮の四方に建てられた尖塔《せんとう》の先端、そこに備わっている導体《コンソール》から大量の水が放出されて循環しており、宙空に縦二十五メートル×幅十六メートル×深さ一・二メートルの二十五メートルプールを形成していた。

このプールを生成し《クラフト》続けるのには、どれだけの魔と水と金が必要なのか。

まさに、力と水と金が溜《た》まった水槽。

このプールもまた、蒼の寮の象徴とも言えるだろう。

各寮の基本観点《コンセプト》はそれぞれ異なるので、観点を施設のみに絞らなければ、様々な差分が存在している。追加能力値《ボーナス》であったり、寮スコアの加算による特典であったり、寮の内装《インテリア》であったり……多種多様だ。

原作観点でいえば、蒼の寮《カエルレウム》は、周回プレイに最も向いている寮である。

ただし、入寮は非常に難しいので、三条燈色《さんじょうひいろ》のような元祖・ド底辺には縁がない。

本来であれば、足を踏み入れることも出来ない高貴なる寮の前で、立ち入り申請を終えた俺は門が開くのを待っていた。

待ち惚《ぼう》けになっている俺の前で、水音を立てながら水の通路が出来上がる。

その通路を通って、サーフボードに腹ばいになった少女が流れてくる。

「オーホッホッホッ！」

頬《ほお》に手の甲を当てて、笑い声を響かせながら。

くるくると回転しつつ、ちっちゃな波に乗ってきた金髪の少女はすたっと立ち上がる。

「あら～？　黄の寮所属《フラーウム》のド底辺学生が、選ばれし生徒のみが属することを許される蒼の寮になんの御用かしら～？　遥《はる》か高みから、ごめんあそばせぇ～！　お手洗いなら駅前にまで駆けていってくださいます～？」

「…………誰？」

「誰何《すいか》ァ!?」

ピンク色の水着を着た彼女は、あたふたと、俺の前でポーズをとって角度を変える。

「わ、わたくしですわよ!?　あ、貴方《あなた》、頭でも打ったの、専属奴隷!?　み、見なさい、この高貴なるポージング！　お、オフィーリア・フォン・マージラインですわ！」

俺は、驚愕《きょうがく》で仰《の》け反《ぞ》る。

「う、運動神経0の弱った体幹からなるクソ雑魚《ざこ》ポージング!?　お、お嬢!?　だ、だって、髪が縦にロールしてないから！」

「貴方、わたくしが髪を下ろした姿も見たことあるでしょう!?　金髪縦ロールで、人様を識別するのやめてくださる!?」

「いや、だって……お嬢、髪、下ろしたら普通の美人なんだもん」

腕を組んだオフィーリアは、ひくひくと、嬉《うれ》しそうに頬をひくつかせる。

「お、オホホ……そんな美人だなんて、社交界で行われるお世辞ラリーみたいな言葉は嬉しくありませんわ……底辺の男ごときの言葉で、このオフィーリア・フォン・マージラインの心が揺れるとは思わないことですわね……も、もっと言いなさい……」

「で、お嬢、なにしてんの？　敷地内への不法侵入に設備の無断使用のコンボまで決めて、学園退学《KO》されても知らないよ？」

プロポーションだけは噛《か》ませとは思えないお嬢は、ぷいっとそっぽを向く。

「なにをバカげたことを。わたくしは、蒼の寮の学生ですから、不法侵入も無断使用もかましてませんわ。この寮でわたくしが掲げている四字は、『荘厳華麗』ですことよ」

「『そう、今夜はカレー……』の間違いじゃなくて？」

「四字だと言ってますわよね!?　レギュレーション違反で、侮辱しないでくださる!?」

余程、大事に思っているのか。プールに入ってる間も身に着けていたらしい『耽溺《たんでき》のオフィーリア』は、陽《ひ》の光を受けて彼女の首元で輝いていた。

しゃらぁんと。

髪を掻《か》き上《あ》げたお嬢は、チラチラと、俺の反応を窺《うかが》いながら声を張る。

「わたくし、かのマージライン家のご令嬢ですから？　蒼の寮《カエルレウム》に入れて当然というか？　むしろ、あのフーリィ・フロマ・フリギエンスから逆オファーがあったかも？」

「うぉおおおおおおおおおおおお！　マジか、お嬢、すげぇえええええええええええ！」

「オーホッホッホッ！　そんなこともあり寄りのありで寄り切りですわ～！」

門を挟んで、高笑いするお嬢と、そのお嬢を褒め称《たた》える俺。

悪目立ちしているのは間違いない。普段であれば、『しっしっ』と追い払われているところだったが、三条《さんじょう》燈色《ひいろ》太鼓持ちエディションがお気に召したのか、水着姿の鑑賞さえもお許しになられていた。

原作では、お嬢が入寮する寮は完全にランダムだ。どの寮に入っても、自分の寮が一番だと言い張る『自寮大好き厄介勢』と化すことになる。

お嬢がどの寮に入ってたとしても、彼女との遭遇イベントには共通性がある。

散々にイキリ散らした後、主人公の方が上だということを見せつけられ、泣きながら自分の部屋まで逃げて出てこなくなる。噛《か》ませのお手本のようなイベントで、プレイヤーに癒やしと笑顔をプレゼントしてくれるのだ。

「お嬢、飴《あめ》！　飴、あげる！」

「ふん、貧民から施しは受けませんわ……あら、意外に美味《おい》しい」

門の隙間から俺の餌付けを受けるその可憐《かれん》な姿は、檻《おり》の中に囚《とら》われる『噛ませお嬢』という名の絶滅危惧種が存在するかのように錯覚させた。

キャッキャウフフとお嬢と戯れていると、門が開いて意外な迎えがやって来る。

「さ、三条くん、入寮してもらっても大丈夫ですよ」

「あれ、マリーナ先生？　なんで、こんなところにいんの？」

我らがＡクラスの担任、マリーナ・ツー・ベイサンズはキョロキョロしながら微笑する。

「あ、あの、ちょっと、ママ……じゃない、お母さんと喧嘩《けんか》しちゃいまして……家出……ではなく、戦略的撤退生活を営んでまして……」

ベイサンズ伯爵家の一人娘として可愛《かわい》がられ過ぎたせいか、この歳《とし》になっても家族喧嘩を起こしては、蒼の寮に逃げ込んでたな。時期によっては、先生との遭遇イベントも発生してた気がする。

「で、でも、意外ですね。オフィーリアさんと三条くんは仲が良《い》いんですか」

「ふんっ！　仲が良いわけがありませ──」

「いえ、仲良くありません」

自分でも言いかけておいて、お嬢は、愕然《がくぜん》とした表情で俺のことを見つめていた。

徐々に両眼《りょうめ》が潤んできたので、慌てて口を開く。

「い、いえ、俺は、オフィーリアさんのことを友人だと思ってます。ふ、不遜な下民に相応《ふさわ》しい一方的な片想《かたおも》いなのですが」

「ち、近頃、付き纏《まと》われて迷惑しているところですわ！　ふんっ、誰が男なんかと！　では、ごめんあそばせ」

画面《ウインドウ》から水流を操作したお嬢は、サーフボードの上で腹ばいになり、水の流れに乗ってプールへと戻っていった（何回か失敗して、泣きそうになってた）。

マリーナ先生は、ちらりと俺を見上げる。

「…………」

「…………」

え、なんか、気まずい。

「じゃ、じゃあ、い、行き——げほっ、ごほっ、おええっ！」

「む、無理にしゃべらなくていいですよ。言葉も胃液も吐かず、目的地まで案内してくれれば教師としての面子《メンツ》は保てます」

くの字になった先生の背を撫《な》でると、彼女は顔を真っ赤にして飛《と》び退《の》く。

「ひゃあっ！」

「あ、すいません、男に触れられたくなかったですよね」

「い、いえ……異性間の肉体的接触に馴染《なじ》みがなくて……お、お気になさらず……」

「エヘェッ!? ど、どど同性間の肉体的接触には、馴染みがあるんですかァッ!?」

「…………」

「すいません、興奮のあまり、先生の鼓膜を破ってしまいました。ごめんなさい」

　呆然《ぼうぜん》としている被害者《先生》の治療が完了してから、傷害罪の立件は免れた俺は蒼の寮《カエルレウム》へと足を踏み入れる。

　黄の寮《フラーウム》と比べて、蒼の寮の寮内は、粛然とした雰囲気で満ちていた。廊下に置かれている美術品、壁に飾られている絵画、調節された照明による陰翳《いんえい》、そのひとつひとつが『支配者』の指先で丁寧に整えられて調和している。

　雑然としている黄の寮とは異なり、蒼の寮にはフーリィの卓越なる才覚《センス》が光っていた。しんと冷え切った広間《ホール》には、フロートガラスのショウケースの中で眠る氷像があり、空間そのものが芸術品のように思える優美さがあった。

　徹底されているのは、物体だけではない。

「ご機嫌よう」

　すれ違う度、目礼をして去ってゆく寮生たちには、選良者《エリート》としての風格が備わっている。

「ご、ご機嫌!」

そのような媚《こ》び諂《へつら》いの挨拶に対して、我らがAクラスの担任は『私はご機嫌だ』と誇示しヒエラルキーの頂点に立つ王者として格の違いを見せつけていた。

果たして、この寮で、お嬢は上手《うま》くやっていけるのだろうか。

いや、この親心はさすがに過保護だ。お嬢も、もう良い歳《とし》なんだから、自分でどうにかするだろう。よく考えろよ、俺。よく考えて、お嬢のためになることをしろ。

「………」

お嬢に何かあったら、俺を呼び出すシステムを構築しちゃおっと！

距離を取って歩くマリーナ先生は、こちらを振り向いて笑みを浮かべる。

「い、良い寮……げほっ……でしょう……？　朝も昼も夜も静かだし、部屋にゴミを溜《た》めても勝手に回収してくれるし、ソシャゲで給料を溶かせば学生たちがおごってくれるし……しょ、正直、実家よりも実家で……皆、私にお辞儀もしてくれるし……すごく、心地良いんですよね……」

「先生、休日も、部屋に引き籠《こ》もってそうだもんね」

「最近、VRヘッドセットを買ったので、そうでもありませんよ？」

頭の中身だけ外出させてるから、こういうバケモンみたいな返答が返ってくんのか。

最上階へと向かうために、ふたりで連れ添ってエレベーターに乗り込む。

アンティーク調のデザインのエレベーターは、ボタンのひとつひとつまで格調高く、豪邸に迷い込んだような錯覚の下で上へと上がる。

案内を受けた俺は、ドアノブのない部屋の前に辿《たど》り着く。

「こ、ココが寮長室です……ドアノブをネットオークションにかけて売り払ったら、めちゃくちゃ儲《もう》かってキレられました……」

「芸術家によるユニバーサルデザインかと思ったら、一教師によるクリミナルデザインじゃないですか」

「りょ、寮の備品は好きにして良いとフーリィさんが言ったので……」

「人の厚意を無下にする達人かよ。日本語の難解さを犯罪ビジネスに転換させるな」

不摂生生活を送っているであろう担任教師は、御礼の言葉を受け取ってから去っていき、俺はノックをして寮長室の扉を押し開く。

「はぁい、ヒーくん、さっきぶり」

当然のように生きている蒼《フーリィ》の寮長は、全面ガラス張りになった壁の前でティーカップを掲げる。

「あら、もしかして、心配で胸をときめかせちゃった？」

「世にも珍しい寮長の姿焼《き》きを見物しに行っただけですよ。委員長を送り届けてから、戻ってあげたのに雲を霞《かすみ》と消え失《う》せてるんですもん」

「私が死ぬなんて、それこそ霞に千鳥でしょ？」

フーリィは、上等なティーカップを俺に手渡す。

「コンビニ産のブレンドティーよ。舌バカに相応《ふさわ》しい値段だけど」

「飲めりゃあ、なんでも良《い》いですよ。で、壁に向かって突っ込んでる電車の中に居残りして、どんな課題を解いてたんですか？」

フーリィは、目を閉じて、紅茶の香りを嗅ぐ。

「女心、とか？」

「それは、秋の空と同じで移ろいやすくて解けやしませんよ」

湯気の向こう側で、蒼色《そうしょく》の彼女はぼやけてゆく。

「魔神教が狙ってる、次の標的《ターゲット》と襲撃日時」

一瞬、変じてしまった表情を読まれて、フーリィはふっと微笑する。

「ダメよ、可愛《かわい》いおねだり顔しても。貴方《あなた》は、まだ、直接的には参加させません。せっかく予言が外れたのに、また死ぬような目に遭ったらどうするの」

「……アステミル・クルエ・ラ・キルリシア、ではないですよね？」

フーリィは、微笑《ほほえ》んで——ノックの音。

仕組まれたかのように、話の流れが途絶える。

フーリィの手のひらに促され、俺は扉へと視線を注いだ。

「言ったでしょ、良い子を紹介するって」

導かれるままに、俺は扉を開ける。

目深にかぶった野球帽から、金色《こんじき》の髪が一房零《こぼ》れ落ちている。

丁寧に編み込まれた金色の長髪《ポニーテール》。そっと、その帽子をとると、自身の腕を押さえたラピスは恥ずかしそうに目を背ける。

「こ、こんにちは」

「……本日の営業は、終了しました」

有無を言わさず、扉を閉めた俺は振り返る。

「あのさ、人の話、聞いてました？　お姫様抱っこして、耳鼻科までご案内差し上げましょうか？　聴力検査と称して、俺の百合《ゆり》カプ談義ＲＥＭＩＸで脳を破壊すンぞ？」

「だって、私、ラッピー推しだもん」

「黙れ、ビジネス『だもん』で売上を伸ばそうとするなキャバレーに帰れ。俺が必要としてるのはビジネスパートナーであって、死のブレイン破壊プリンセスじゃねぇんだよ」

「あら、その反応？　ラッピーのことは、可愛いと思ってるってこと？」

「やめろ、お前、そのブサイクなお節介面をやめろ。世話焼きお姉さんみたいな立ち位置から、俺とラピスの仲を割こうとするな」

何時《いつ》になく、浮き足立っているフーリィの前で俺は嘆息を吐く。

「あのですね、俺たちは、古き良き好敵手《ライバル》なんですよ。『やるじゃん』、『お前もな』とか言いながら、ニヤッと笑って、拳と拳をぶつけ合うタイプの熱い好敵手《ライバル》なんです。胸のときめきとか、解釈違いだからノーサンキューね」

言い争っているうちに、俺の背後でゆっくりと扉が開いた。

シワひとつない制服を着こなした委員長が、寵姫《ちょうき》のように端整な顔立ちを覗《のぞ》かせる。

「失礼します。クロエ・レーン・リーデヴェルト、参上いたしました」

その後ろから、私服姿のラピスが、コレ幸いと言わんばかりに室内へ滑り込んでくる。

なぜか、ふたりの少女は、俺を挟んでフーリィの前に並んだ。

俺は、無言で、後ろに下がろうとして――

「挙動不審の現行犯を起こさないでいただけますか、三条《さんじょう》さん」

瞑目《めいもく》して、しとやかに手を揃《そろ》えている委員長に止められる。

「対称性《シンメトリー》が崩れます。女性二に対して男性一なのですから、貴方《あなた》が中央で起立しておくべきです。本会合の座長は寮長ですから、あの方から見て見栄《みえ》あるように所作を揃えておきましょう。先程は、ジェットコースターを楽しませていただきましてありがとうございました。貴方は、命の恩人ですね」

「い、いえ、とんでもないです……はい……」

視線を感じて、ちらりと横を見る。

こちらに熱視線を注いでいたラピスは、かーっと頬《ほお》を染めてから、野球帽のツバを下ろ

して顔を隠した。

眼前の三者三様を眺め、フーリィは口端を曲げる。

「ふふ、サプライズと顔合わせと嫌がらせは大成功ね」

「サプライズと顔合わせと嫌がらせの間違いですよねェ……？　寮長ォ……俺ェ……必要としてるのは、ひとりなんすよォ……ダンジョンに潜ったら、俺の分の報酬は丸々消えるんでェ……あんまり、大人数を巻き込みたくないって言うかァ……なァ……？」

「三条《さんじょう》さん」

委員長は、髪を掻《か》き上《あ》げて耳にかける。

「貴方《あなた》の要請は、寮長から聞き及びました。私には開示出来ない秘匿事項があるため、無償でのご協力は惜しみません。先程の騒ぎで貴方の実力も確認出来ましたし、戦闘では役には立ちませんが手助けくらいはさせて頂くつもりです」

『秘匿事項』とはなんなのか……疑問が顔に表れていたのか、委員長は唇を割り開く。

「夢見がちに換言すれば、乙女の秘密ですね」

すまし顔で、委員長は俺の追及を避ける。

「早速の助言ですが、ルーメットさんにはご助力頂くべきかと。神殿光都《アルフヘイム》の姫殿下といえば、下々の者の間では『ちょーヤバい』として有名で、上々の者の間では『森窓の黄金姫』として高名。三条さんの目的である『俺、やべー、目立ちたいわ』の強力な力添えとなるでしょう」

「なんか、遠回しに俺と一般庶民をバカにしてない？」

「してません。下界民特有の被害妄想です」

「いや、でも、ラピスは」

期待で顔を輝かせていたラピスは、一転して悲しそうに目を伏せる。

彼女は、何かを堪《こら》えるかのように下唇を噛《か》んだ。

「………………」

「ヮァッ⁉　必要だヮァッ⁉　なんで、最初に誘わなかったんだろ⁉　俺って、バカだなァ！　アッチッチな熱い心をもつ好敵手《ライバル》が、助太刀してくれるっていうのに断るわけねぇよなァ⁉　ありがとな、寮長、最高のサプライズプレゼントだヮァッ！」

「ふふ、ヒーくんったら。喜びすぎて、両眼《りょうめ》が充血して涙まで出ちゃってるじゃない」

帽子を脱いだラピスは、黄金の河川のように耀《かがや》う長髪《ポニーテール》を晒《さら》した。

「良かった。最近、避けられてるのかなって思ってたから。だ、だからね、前みたいに」

もじもじとしながら、両手の指であやとりをしていたラピスはモゴモゴと口を蠢《うごめ》かす。

「い、一緒に暮らせれば良《い》いのになーとか……？　ずっと、そんなことばっかり考えてたり……して？」

口内で舌を絡ませた俺は、窒息死を狙いながら「ソダネー」と答える。

「ラッピー、ヒーくんが、貴女《あなた》を避けてるなんて誤解よ。むしろ大切に思っているからこそ、無報酬でのお手伝いを頼めなかったの。いじらしい男心をわかってあげて？　ね？」

フーリィは、こちらに向かってウィンクする。息を荒らげた俺は引き金《トリガー》を引いて、カチャカチャと音を立てながら、今にも抜刀しそうな右手を左手で押さえつける。

帽子で口元を隠して、ラピスはちらっと俺を見上げる。

目と目が合ってしまうと、彼女は嬉《うれ》しそうに目元をほころばせた。

……俺の肩に、可愛《かわい》い小鳥さんでも止まってたのかな？

「三条《さんじょう》さん」

自分にしか見えない小鳥と戯れていた俺は、委員長の声音で正気を取り戻した。

「話がまとまったのであれば、冒険者協会で登録処理をしませんか？　善は急げ、時は金なり、遅刻厳禁の校則もあることですから」

「そ、そうだね。委員長、さすがだね。ベスト・オブ・委員長だね。その前に、ちょっとフーリィ寮長と話があるから廊下でステイしてもらっててもいい？」

「学外活動時間も限られていますので、お早めに……三分測ります」

ピッと電子音を響かせて、委員長はタイマーをセットする。タイムキーパーへとジョブチェンジしてから廊下に出ていった。

「ヒイロ、後でね」

鼻歌混じりでご機嫌の彼女は、委員長に続いて外に出る。

室内に差し込んでいる陽射《ひざ》しが傾いて、俺と寮長の狭間《はざま》で光と闇の斜線を形作る。事務仕事に精を出していたフーリィは、紙面から顔を上げて口端を吊《つ》り上《あ》げる。

「お姫様を廊下に待たせる王子様なんて前代未聞じゃない？」

「毒リンゴで商売してそうな魔女と話をつける必要があるんで。魔神教が狙っている次の標的《ターゲット》は、アステミル・クルエ・ラ・キルリシアじゃないんですよね？」

「答えはＹＥＳ」

俺は、安堵《あんど》の息を吐《つ》く。

まぁ、ラピスを呼び出してる時点で、師匠《アステミル》ではないだろうと思っていたが……時期的には有り得ないことだけど、なにがあるかわからないからな。

「なら、ネクストクエスチョン。標的《ターゲット》は誰？」

「美人との会話を長引かせるために、同じやり取りをループするつもり？　貴方《あなた》は、本件には関わらせません」

「俺が知ってる人物ですか？」

「ＹＥＳかＮＯで回答を迫る人間《ひと》は、会話がヘタクソって自己紹介してるようなものでしょう？　素敵な夜を一緒に過ごしたいとは思わないし、丁寧な御返事《おへんじ》を認《したた》めるつもりもなくなっちゃう」

「わかったよ、そっちは貴女《あなた》の領分だ。立入禁止には素直に従いましょう」

「素敵な口説き文句」

微笑を浮かべつつ、フーリィは書類に目線を落とす。

「でも、一歩、踏み出してもいい？　貴女があのダンジョンの最下層にいたのは、暴走した魔車の乱入……要は、魔神教によるテロ行為が想定されていたからでしょ？　でも、実際の狙いは貴女の命だったんだから、その呼び出し自体が魔神教の策謀であったと考えるのが自然だ。だとすれば、貴女を呼び出したお偉いさんって魔神教の一員なんじゃない？」

「一歩どころか、女性《ひと》のこと押し倒しにかかってるわよ」

積もった書類に目を通しながら、彼女は蒼《あお》く透けている足を組む。

「その線を当たっても、成果は薄いでしょうね。そこまでわかりやすく、ヒントを出してくれる程に親切じゃないわよ。私の殺害すらも、前座のミスディレクションかもしれないしね。背後関係まで洗ってたら切りがないし、ストレスのせいでお肌が荒れちゃう」

「なら、次の標的《ターゲット》を襲撃した瞬間を捉えるしかありませんね。襲撃時間が前後する可能性もあるし、順番に見張りに付くのはどうですか？　もしくは、魔法協会から人員を出してもらって、怪しい動きがあったら俺か先輩に知らせてもらうとか。とりあえず、現時点で集まってる情報を口頭形式でまとめましょうよ」

「そうねぇ……」

急に硬直したフーリィは、書類から俺に目線を移した。

「驚いた。ヒーくん、貴方《あなた》、想像以上に頭が回るのね」

「はい？」

「貴方、『依頼者が怪しい』なんてわかりきってたことを話題に出して、こちらの油断を誘ったでしょう？　さも代替案を出しているように見せかけて、次の標的《ターゲット》の情報を引き出そうとしてた」

失敗を悟った俺は、口元の薄ら笑いを消した。

「貴方のことを甘く見てたかもね。楽観的で平坦な口調で、なんてことないように続けるから、危うく見えない罠《わな》に引っかかるところだった。いえ、見えないように細工したのね」

蒼い目が、俺を捉える。

「貴方が、敵に回らないことを祈るわ」

……俺《こっち》も、同意見だけどな。

結局、フーリィは俺の詐術《トリック》には引っかからず、次の標的《ターゲット》に関する情報を引き出すことは叶《かな》わなかった。

まぁ、師匠《アステミル》が関わっていないことは確認出来たから良しとしよう。

「……最近、『魔法士狩り』の被害が拡大してるのは情報収集網が広がったから」

満足して退室しようとした瞬間、フーリィはぼそりとつぶやく。

「魔神教には協力者がいる。なにも、強力な魔法士に消えてほしいのは魔神教だけではないし、奇《く》しくもその目的や利益が噛《か》み合《あ》えば手を組むのは自然の流れ」

扉に手を当てていた俺は振り向き、蒼色《そうしょく》の魔女は氷リンゴを吹き散らした。

「ただの独り言よ。この情報が、貴方《あなた》にとっての毒リンゴにならないことを祈るわ」

氷片となって回るリンゴは、毒が入っているとは思えないくらいに綺麗《きれい》だった。

俺が廊下に出た瞬間、委員長はタイマーをストップさせる。

「二分四十二秒、タイムマネジメント能力は合格ですね」

「あざーっす！　ざーっす！　らっしゃせぇえーっ！　へい、ラーメン一丁ぉおーっ！」

「やかましくてつまらなく意味不明で勢いだけのボケは不合格ですね。以上で面接を終わります、地球からご退出ください」

「誹謗《ひぼう》中傷が大気圏にまで突入しちゃってるよ、この面接官」

「ヒイロ、あの女性《ひと》となんの話してたの？」

委員長に虐《いじ》められていた俺は、ラピスの質問に苦笑を返す。

「他寮の生徒まで気遣う魔女から、口説き文句のレクチャーを受けてただけだよ。行こうぜ、冒険者協会、閉まっちゃったら面倒だしな」

興味津々のラピスには誤魔化《ごまか》しを入れて、俺たちは学園の大広間へと向かった。

その道中で、刀を腰に差した三人組とすれ違う。

鞘《さや》の家紋に見覚えがある気がして注視すると、すっと伸ばした手で隠されてしまう。ちらりと俺の顔を確認した三人は、一瞬だけぎょっとした表情を浮かべる。

早足で、彼女らは俺たちの脇を通り過ぎていった。

「……黄の寮《フラーウム》の方から来たよな？」

「え、あの人たち？　うん、みたいだね。誰かの親御さんじゃない？」

同年代の三人組が、親御さんであるわけがない。姉妹もしくは親戚だとしても、平日のこの時間帯に休みを合わせて訪問出来る家紋持ちの名家がいるとは思えない。

まぁ、だからどうなんだって話なんだけどな。

探偵ごっこを中断した俺は、委員長に急《せ》かされながら大広間へと向かう。

吹き抜けになっている学園の大広間には、天窓からさんさんと日の光が降り注ぎ、中央の大階段には、左、中、右と縞模様《しまもよう》の陰翳《いんえい》が出来上がっていた。

魔導触媒器《マジックデバイス》や導体《コンソール》を取り扱っている売店、多目的ホール、自習室、魔物博物館といった各設備が軒を並べる中で、冒険者協会へ入ると制服を着た受付嬢さんが歓待してくれる。

本革製のソファーが、設置されている待合スペース。

無料のドリンクで喉を潤していた俺たちは、発行された番号札を画面《ウインドウ》に表示させたまま待《ま》ち惚《ぼう》けを喰《く》らっていた。

「待機列が伸びてるわけでもないのに遅いね。トラブルかな？」

ラピスがカウンターの奥を窺《うかが》っていると、ぱたぱたとスリッパ音を響かせながら受付嬢さんが駆けてくる。

「大変申し訳ございません。誠に勝手ながら、本日の受付は終了させていただきます」

「不穏なお断り文句ですね。もしかして、なにかありました？」

「その……」

言葉を濁した彼女の前で、俺はラピスに親指を向ける。

「こちらにおわす御方《おかた》をどなたと心得ますか？　恐れ多くも神殿光都《アルフヘイム》のお姫君、ラピス・クルエ・ラ・ルーメットにあらせられますよ？　生憎《あいにく》、紋所系統のブツは持ち合わせていませんが、鳳嬢《ほうじょう》魔法学園にラピス在りとブイブイ言わせてます」

「い〜わ〜せ〜て〜ま〜せ〜ん」

ぺしぺしとラピスに叩《たた》かれながら、不敵な笑みを浮かべた俺は続ける。

「要するに、厄介事なら、こちらのお姫様並びに助さん格さん的な立ち位置にいる俺たちが受け付けます」

「じ、実は……」

え、こんなんで、マジで話しちゃうの!?　コンプライアンスとか大丈夫!?

「本学園の生徒様が、ダンジョンで行方を眩《くら》ませまして……当然、ダンジョンなので、危険性はあるのですが……鳳嬢魔法学園の生徒様といえば腕利き揃《ぞろ》いですから、ダンジョン内での行方不明なんて久々のことでバタついており……」

「なるほど、わかりました。その捜索――俺たち『百合《ゆり》ーズ』が引き受けましょう」

「なんですか、そのファミレスみたいな陳腐な名称は？」

委員長の苦情は受け付けず、俺は突発的に発生したイベントに名乗りを上げた。

＊

人間が住む現界と魔物たちが棲《す》む異界を繋《つな》ぐ特異点――ダンジョン。

全てを敵に回す『悪堕《お》ち（魔神）ルート』、鳳嬢魔法学園の頂点を目指す『学園長ルート』、なにもかもを手に入れようとする『ハーレムルート』……高難易度ルートをクリアするためには、ダンジョンでのレベルアップが必要となる。

エスコは、一年間の学園生活を送る月檻桜《つきおりさくら》をプレイヤーが導いていくゲームだが、高難度ルートではこの計画《スケジュール》管理が非常に難しい。

時間的な余裕がないので、無駄な行動を取ると直《す》ぐに詰んでしまう。

報酬が渋いイベントに時間を割いて、装備品や味方キャラが弱すぎて詰み。好感度とスコアがクリアラインに達せず、敵対したヒロインに敗《ま》けて詰み。魔人の復活を見逃して、ヒロインや重要キャラを殺されて詰み。

高難度ルートに進んだ瞬間、このヌルゲーは凶悪なタスク管理を要求してくる。

大抵のプレイヤーは、目を回すか泣《な》き喚《わめ》くことになるが、経験を積むことでたったひとつの正解を掘り当てる。

下手に授業受けるより、ダンジョン潜った方が効率良《い》いわ!

こうして、人は廃《はい》になる。

大好きだった百合《ゆり》イベントも無慈悲にSKIPされ、すべてが月檻桜《つきおりさくら》を高みへと導くための刻《とき》となる。

そんな魔の領域《ダンジョン》は、文化庁の管理下に置かれており、その一律管理はアウトソーシングされて冒険者協会が一手に引き受けている。

異界と通じているダンジョンからは、常に魔物が湧き出てくる。

物見遊山の魔物が市街部に下りてくれれば、害獣被害とは比べ物にならない程の損害を引き起こす。蓋が開いたままのパンドラの箱を監視し、逐次報告と避難誘導、場合によっては接敵して処理を行う実働部隊が必要だった。

とは言っても、人員にも限りがある。

ダンジョンは常に増えているし、その数も膨大で猫の手を借りても足りないのが実情だ。

この実情に沿って、政府並びに冒険者協会は一般市民から有志の協力者を募った。

その協力者こそが冒険者である。

ダンジョンをモニタリングしている冒険者協会は、登録済みの冒険者に適宜依頼を投げる。冒険者はその要請を受けて、達成すれば一定額の成功報酬を受け取る。

一連のサイクルは、この世界では一般的なものとなっている。主婦や学生から老後を過ごす老人まで登録しており、アルバイト感覚で依頼をこなしている。

ダンジョンの危険性は言わずもがなだが、近所のスーパーマーケットで魔導触媒器《マジックデバイス》が買える世界だ。死亡率も極めて低く、大抵の一般人は魔法士の適性があるので問題視されていない。

大昔から異界と現界が繋《つな》がっていて、魔物との戦闘を余儀なくされてきた世界である。危機管理について、俺が元いた世界とは意識の差があるのかもしれない。

環境と教育の違いは、物の見方を変えるからな。

俺たちは、そんなダンジョンに行方不明の生徒を探しに来ていた。

『暗がり森のダンジョン』。

異界の樹木が生え伸びる暗がり森は、自生する植物から生態系まで、現界とはまるで異なっている。異界の外来種を現界に持ち帰るのは、生態系の保護の観点からも厳禁で厳しく取り締まられている。

暗がり森の名に恥じず、光源が存在しないダンジョンは薄暗かった。

俺は、垂れ下がっている円筒形の実に手で触れる。ぽうっと、それは発光して蒼白《あおじろ》い光が辺りを満たした。

通称、『灯果樹《ランプフルーツ》』。

樹木内を循環する魔力を実が蓄えて、魔物や動物を誘《おび》き寄《よ》せるために灯《あか》りを放つ樹木で、誘惑された生物のフンに交じった種から次代を繋《つな》いでいく。

試しに喰《く》ってみたら、シャンプーの味がした。

「今後、背中を預け合う仲ですから情報共有を。おふたりが用いている魔導触媒器《マジックデバイス》を拝見させてもらえませんか？」

嘔吐《おうと》する俺を介抱していたラピスは、腰の後ろから純白の棒を引き抜いた。

彼女が、魔力を流し込んだ瞬間──明朗な音が、薄闇に響き渡る。手の内でその棒は変形し、あっという間に真っ白な弓へと変わる。

「わたしは、『白雪姫弓《エーレンベルク》』。エンシェント・エルフが遺《のこ》した大昔の遺物《オーパーツ》の一種。短刀も勉強してるけど、苦手なままだから遠距離専門」

髪を掻《か》き上《あ》げたラピスは、委員長に変形機構の弓を手渡す。

「式枠《スロット》五……導線で繋がっているのは三と二……導体《コンソール》は、確かに遠距離主体で埋まっていますね。ｍｐｐｓは幾つですか？」

「１０００」

ｍｐｐｓ……Magic Point Per Secondの略称で、魔導触媒器側での魔力の送受信量の限界を表す単位である。ｍｐｐｓが高ければ高い程に魔法の発動速度が上がって、魔力の操作《コントロール》が効きやすくなる。

導体と導体の間を繋ぐ導線の幅や長さ、魔導触媒器が得意としている導体（属性、生成《クラフト》、操作、変化の四種のどれか）、想像《イメージ》している魔法規模……諸々《もろもろ》の要素が噛《か》み合《あ》って魔法が発動するので、ｍｐｐｓが高い程に良《い》いとは一概には言えないが、基本的には高いほうが良いと考えて問題ない。

ちなみに、九鬼正宗《くきまさむね》のｍｐｐｓは３６５である。

「導線が短いですね。特にこの中央の基盤となる式枠から延びている二本は、彫りの深さと広さが絶妙に設定されている。腕の良い職人によるものですね」

もし、式枠が女の子だったとすれば、この二本は恋人同士を繋ぐ赤い糸だろうな。でも、そうしたら、中央の子は二人の子と赤い糸が繋がっていることになるわけで……おいおい、この職人はラブストーリーの名手かよ！

「三条《さんじよう》さん、顔面が校則違反ですよ。退学になる前に即刻中止してください」

ニチャついていた俺は、スッと真顔に戻る。

「委員長って、魔導触媒器フェチとかそっち系？」

そんなオモシロ設定、存在してたっけな？

疑問を覚えながらも、俺は委員長へ九鬼正宗を手渡す。

「いえ、特には。ただ、戦闘能力がないわけですから、多少なりともお手伝い出来るように努力しようかと。三条《さんじょう》さん」

作業用の眼鏡をかけて、俺の九鬼正宗《くきまさむね》を視《み》ていた委員長は顔を上げる。

「整備、してますか？」

「…………うん」

「今、思い出してみて、心当たりがなかったのに嘘《うそ》を吐《つ》きましたね。先程の顔面校則違反と併せて、偽証した貴方《あなた》の顔面に対し四十八時間の補修を言い渡します」

「長時間に及ぶ補修で、部位破壊を狙うのは勘弁してください」

委員長は、ため息を吐いて眼鏡を外した。

「戦闘中に魔力の暴発を引き起こす確率は、十五パーセントといったところでしょうか。死地に飛び込む度に両手が吹っ飛ぶ可能性を懸けて、黒〇げ危機一発に挑む気概と遊び心と中身空っぽな頭をお持ちですか？」

「中身空っぽな頭が揃《そろ》えばビンゴだったな」

「今の発言で、『中身空っぽな頭』が揃ってビンゴじゃない？」

失礼極まりないことを抜かした姫殿下は苦笑する。

「アステミルは、そういう基礎的なところは抜けちゃってるから。も～、ヒイロったらダメなんだから。でも、大丈夫大丈夫。わたしが、付きっきりで教えてあげ――」

「いえ、私がお引き受けいたします」

委員長にインターセプトされて、俺を肘で小突いていたラピスは固まる。

「戦闘に関われない私は、雑用係だと思っていただいて構いません。整備や収集に通達、必要であればマッサージチェアで肩もお揉《も》みします」

それとなく、文明の利器に頼るな。

歯噛《はが》みしていたラピスは、しゅんっと顔を伏せて、俺は委員長に向かって片手を上げる。

ナイス、カットォッ！

妄想の中でハイタッチを交わし、満面の笑みで手を下ろした。

「……しかし、三条さんも整備方法くらいは覚えておいた方が良《い》いですね。ラピスさんにも協力頂いて三人で対応すべきかもしれません」

明らかにラピスの反応を窺《うかが》って、委員長が敷いていた俺の進路が急カーブを描いた。

「あ、え、えっ？　うそ、ほんとっ？　そ、そだね！　なら、そうしよっか！」

「ごめん、その日、予定あるわ」

未来予知した俺を無視して、ふたりは学習会の予定を立て始める。途中でバックれれば良いだけだと余裕の笑みを浮かべていた俺は、泊まりがけで付きっきりという脅迫を聞いた瞬間、カチカチと歯を鳴らしながら蹲《うずくま》って許しを乞うた。

どうにか泊まりがけだった学習会を『朝から晩まで』と変更し致命傷で堪えた俺は、羅針盤の形をした特殊な魔道具《アイテム》を取り出した。

「まぁりょぉくたぁんちきぃ～！」

『テレレッテーテテー』と脳内でBGMを垂れ流し、俺はひとりで解説を始める。

「ラピスちゃん、コレはね、冒険者協会に登録している人間の魔力を探知してくれるスゴイ道具なんだ。コレを使って、これから、行方不明になった鳳嬢《ほうじょう》生を探すんだよ。うふふう」

「あ～！　わたし、そのマネ知ってる！　新世紀狸《たぬき》合戦ぽん◯こでしょ!?」

「違いますよ、ラピスさん。平成狸合戦ぽん◯こです」

添削してほしいの、そこじゃねぇんだわ。

ドラえ◯んを知らないお姫様に説明していると――ぎゅるんっと、針先が一点を示した。

対象の魔力探知に成功した時の反応。

俺とラピスは勢いよく顔を上げて、委員長は眉をひそめる。

「今回の校外学習は、爆発もジェットコースターもなしで帰れそうですね」

針先の進路を追った俺たちは、放置されている量産品の長剣型魔導触媒器《タイプ：ロングソード》を発見する。

地面に横たわる長剣の直《す》ぐ横には、コレみよがしに痕跡が認《したた》められていた。

「……フェアレディの烙印《らくいん》」

俺のささやきに反応して、ラピスは魔導触媒器《マジックデバイス》に手を伸ばし――俺は、その腕を掴《つか》んだ。

「ダメだ、お前は触るな。触ってびっくり程度で済めば良《い》いが、致命的な結果を招くような罠《わな》が仕掛けられてたら取り返しがつかない」

「でも」

「いいから触れるな。お前が怪我《けが》でもしたら、師匠のゴリラパンチで俺の風通しが良くなるわ。委員長、ちょっと距離取ってて」

こくりと頷《うなず》いた委員長が離れて、俺は長剣の形をした魔導触媒器に触れる。

なにも起こらない。

そっと、指先で導線をなぞって、残留していた魔力を確認する。

仄《ほの》かに残されていた魔力に探知機の針先が反応し、嵌《はま》っている導体《コンソール》をゆっくりと外すと針の揺れが収まる。

馬鹿と魔力は使いよう。

仕掛け次第で、魔導触媒器は罠に変化する。

例えば、導線の途中に異物を挟んでおいて、手に持った瞬間に魔力の逆流を引き起こし、短絡《ショート》による接続不良（人間と魔導触媒器は、導線と魔力線を通して繋《つな》がっている状態）からの心停止を引き起こすとか。

もしくは、魔導触媒器に火薬を仕込んでおいて、属性『火』と生成《クラフト》『火炎』の導体をセット、ループさせる構造の導線を彫っておいて魔力を流し込んでおけば、誰かが触れた瞬間に残留魔力が反応して爆発を起こすとか。

自分がその場にいないのにもかかわらず、魔導触媒器《マジックデバイス》を通じて人を殺す方法は幾らでもある。

第五柱の魔人『烙禮《らくらい》のフェアレディ』は、真正面からの戦闘ではなく、そういった小細工で弄ぶことを好む。

師匠《アステミル》が、この世界における最強であることに疑いはない。

だが、あの女性《ひと》は一部の魔人と相性が悪すぎる。あまりにも心優しいから、下衆《げす》な搦《から》め手《て》を持ち出されると弱い。

単純な戦闘能力、戦略と戦術を組み立てる才覚《センス》、未来予知レベルの対応力はバケモノ並だが、高潔な精神とその肩書きが、あの女性《ひと》にとっての重荷となり枷《かせ》となってしまっている。

だから、師匠を害するようなカスは、俺が指でえいえいってして潰しちゃう。

師匠とラピスの師弟愛が調和することで、清き天から降ってくる甘い液体を甘露と呼ぶ。

甘美な陶酔を齎《もたら》すスウィーティー、年齢差のある師弟百合《ゆり》は我が畢生《ひっせい》における至宝ゆえ、無給で無休の二十四時間守護神《フルタイムキーパー》としてお相手申す。

魔人討伐は月檻桜《つきおりさくら》にやり遂げて欲しいところだが、そこにこだわって破滅を招けば愚者を証明するようなものだ。

前回の魔車でも、フェアレディ派の眷属《けんぞく》と遭遇している。

魔人復活の兆しがある。活動的になっているフェアレディ派は復活の準備を整えており、その引き金《トリガー》がこの魔導触媒器であってもおかしくはない。

対魔人戦は、慎重に事を進めなければならない。

今ココで、万が一にもラピスが負傷するわけにはいかない。アステミルが登場するフラグが立って、相性最悪のフェアレディとぶつかるようなことになれば万一も有り得る。

「はい、オッケー。問題なし。皆さんが許してくれるのであれば、売《う》り捌《さば》いて今晩の夕食代に充てようと思います」

寄ってきたラピスが、宝石みたいに綺麗《きれい》な瞳で俺を見上げる。

「フェアレディの烙印《らくいん》が残されてるってことは、行方不明事件は魔神教の仕業なのかな？」

以前、襲撃された時のことを思い出したのか。

ぶるっと身を震わせたラピスは、臨戦態勢で周囲に目を走らせる。

跪《ひざまず》いた委員長は、現場に残された魔導触媒器を見分する。

「どうでしょうね。フェアレディ派が、現場に烙印を残すなんて話は聞いたことがありません。深夜のド○キに出没するヤンキーじゃあるまいし、わざわざ、現場に悪戯《いたずら》の痕跡を残して何の得があるのか……理があるとは思えません」

「なら、その心は？」

「模倣犯の可能性が高いでしょうね」

俺は、座布団代わりに巨大な葉を差し出し、真顔の委員長はその上に正座する。

顎に手を当てたラピスは、ゆっくりと口を開く。

「でも、どうだろ。フェアレディ派に限らず、魔神教って眷属《けんぞく》の管理が杜撰《ずさん》だよね。少数精鋭ってわけでもなくて、基準があるとは思えない選考でどんどん数を増やしてるし。深夜のド○キに出没するヤンキーが、眷属として働いてる場合もあるんじゃない？」

「深夜のド○キに出没するヤンキーが、このような烙印《マーク》を好んで誇示するとも思いませんが」

「深夜のド○キに出没するヤンキーが犯人か否かで言い争うのやめない？」

立ち上がった委員長は、スカートに付いた土を丁寧に払う。

「単純な魔物の襲撃被害かと思えば、随分ときな臭くなってきましたね。一度、消臭してから手繰り直すか、猟犬よろしく危難の臭いを辿《たど》るか……判断は、ファミレス店長に一任しますが」

「進むだろ。臭いくらいで文句言ってたら、真夏の通勤列車とか乗れないし」

そろそろと後ずさりしたラピスは、木の陰に隠れてから自分の匂いを嗅ぎ始める。

「……別に変な臭いしないよ？　むしろ、フローラルが弾《はじ》けてる」

「い、いや、だって、ダンジョンに入ってから少し汗かいたし！　汗臭いとか思われるくらいなら、暇を持て余してるアステミルに声を掛ける方がマシ！」

アステミルに師事を受けている俺とラピスの間で『死んだ方がマシ』と『暇を持て余してる師匠に声を掛ける方がマシ』が同義になって通じるのは問題だと思う。

赤面して距離を取っているラピスに対し、泰然自若としている委員長は微動だにしない。

「委員長を見習えよ、乙女心を素手で絞め殺したレベルの不動さだぞ」

「ええ、乙女ぶる必要がないので、隣にいるノンデリ男を絞め殺すのもやぶさかではありませんね」

「す、すいやせん……えへへ……あっしとしたことが、口が滑りやした……」

「ヒイロ、異様に三下のマネが上手《うま》いよね」

褒められてるのに、なんか全然嬉《うれ》しくない。

二次被害が出ないように、俺はド○キ・ヤンキーの痕跡を足で消す。

被害者の持ち物と思われる魔導触媒器《マジックデバイス》を携えて、深層へと進んだところで魔物と遭遇した。

二本足で歩き、巨大な右拳を持つ人型のキノコ。

フェアレディ派の魔物、『巨躯菌糸《ヒュージマッシュ》』である。

ダンジョンに棲息《せいそく》する魔物は、その地を支配している魔人に忠誠を誓っている。

各ダンジョンの支配権は、魔人間の勢力争いによって常に移り変わるため、実際に魔物と遭遇してみるまで支配権利がどの魔人にあるかはわからない。

巨躯菌糸《ヒュージマッシュ》は、フェアレディ派の魔物。つまり、今、このダンジョンはフェアレディの支配下にある。

三体の巨大キノコは、のそのそと歩きながら近づいてくる。

彼らの武器は、巨岩のように固く大きな右拳で、大振りなモーションで愚直な右ストレートを仕掛けてくる。原作ゲームでは、そのHIT率は異様に低いが当たれば大ダメージ……所謂《いわゆる》、痛恨の一撃を狙ってくるタイプの敵だった。

ちなみに、なぜか、お嬢に対してこの手の攻撃は必中になる。

のそのそと近寄ってくるキノコから距離を取って、ラピスは遠くから土矢を射掛ける。

彼らは、それでも真っ直《ま》ぐ《す》向かってくる。

俺たちは、距離を取る。

チクチク、チクチク。

矢が刺さったキノコたちは、傷つきながらも執拗《しつよう》にこちらに向かってくる。

ラピスはあくびをして、俺たちは距離を取る。

チクチク、チクチク。

ついに、一匹のキノコが倒れる。

二匹のキノコは、倒れた一匹のキノコに駆け寄り、両脇から肩と背中を叩《たた》いて激励を送った。手と膝をついた一匹のキノコは、ふるふると頭を横に振る。二匹のキノコは、彼を奮い立たせようと更に強く叩く。

ついに膝をついていたキノコが、よろけながら立ち上がが——その脳天に、土矢が突き刺さった。

「人の心とかないんか⁉」

「え、なにが……？」

『変化：土』を用いて地面から土矢を変化形成し続けているラピスは、大量の矢を直送しながら首を傾《かし》げる。

「一回。一回、流れ作業で命を奪うのやめよ。あのさ、武士道とか義理人情とか宇宙船地球号で暮らす仲間たち、とかあるじゃん？」

「横から失礼。そういった古色蒼然《こしょくそうぜん》とした観念に縋《すが》るのはいかがなものでしょうか。我々の選択した戦術は、至極、合理的な判断の下に採択されており、魔物相手に慈悲をかける必要はありません。キノコ、死すべし。慈悲はなし」

「正面から失礼。言ってることは正しいだろうが、正論は感情論で打ち消させてもらおう。だって、俺、アイツらと」

俺は、己の拳を打ち合わせて叫ぶ。

「正面から、ぶつかってみてぇ！」

「相撲部屋に入ってください」

「うるせぇ！　ぶつかりてぇ！　己の力を示してぇ！」

俺は、キノコたちに向かって駆け出す。三匹のキノコは両腕を広げて歓迎し、あっという間に囲まれてボコボコに殴られる。

「いや、ちょっと!?　アレ!?　武士道は!?　義理人情は!?　さっきまでの熱い流れは!?　え、嘘《うそ》でしょ!?　平和印の宇宙船地球号でクーデター起こってない!?」

頭をかばって蹲《うずくま》った俺は、猛然と駆けてきた追加のキノコたちに取り囲まれて、猛烈な勢いで足蹴にされる。

「ぐぁああああああああああああ！　小賢《こざか》しい罠《わな》だったぁあああああああああ！

この星の平和を愛する母星本能を利用されたぁあああああああああああああああ！」

「遠くから失礼。利用されたのは、そのお粗末な頭だと思いますよ」

力任せに包囲網から抜け出した俺は、不可視の矢《ニルアロウ》で卑怯《ひきよう》キノコどもを吹き飛ばす。蜘蛛《くも》の子を散らすように逃げたキノコは深追いせず、ボロボロになった俺は委員長たちの下に戻る。

「さすがに、フェアレディ派は賢いな……」

「貴方《あなた》がバカなんですよ」

強敵との戦いを終えて、俺は泣きながら首を振る。

「く、悔しいから、あっちで泣いてくるね。恥ずかしいから覗《のぞ》かないで」

ラピスたちから離れて、俺は木々を掻《か》き分《わ》けて進む。

魔力を制御して気配を消した俺は、葉と葦《あし》に己の姿を隠して音もなく抜刀し――首筋へと刃《やいば》を突き付けた。

薄く伸びている刃に、命を握られている巨躯菌糸《ヒュージマッシュ》。人型のキノコは、ラピスたちを捉えていた目をこちらに向ける。

超然としている俺は、ゆっくりと口端を曲げる。

「その着ぐるみ、ド〇キで買ったの？」

巨躯菌糸の皮をかぶった人間は、目元に空いている穴を通して、俺のことを静かに観察し――刃影が視《み》えた。

着ぐるみを突き抜けてきた剣刃が薙《な》いで、咄嗟《とっさ》に仰《の》け反《ぞ》った俺の前髪が宙を躍る。

「おいおい、攻撃するなら一声かけろよ」

柄《つか》で相手の肩を押して距離を取った俺は、左の死角に潜り込んできた敵を見つめる。

爛々《らんらん》と、殺意で輝く目。

着ぐるみ越しに、その両眼《りょうめ》が言っていた――殺《と》った。

「殺ってねぇよ」

左。俺は、抜き放った長剣型魔導触媒器《タイプ：ロングソード》で受ける。

「なっ……!?」

「アステミル・クルエ・ラ・キルリシア流――秘剣・借用刃」

――他人に貸せる程度の物は、もらっちゃっても良《い》いってことですよね
弟子《ラピス》から借りパクしたドライヤーで、未《いま》だに髪を乾かしていると笑顔で語る師匠《バケモノ》の言《げん》を思い出してしまった。

距離を取ったキノコは、魔導触媒器《マジックデバイス》を弄《いじ》って導体《コンソール》を取り外し――その正体を露《あら》わにする。

見覚えのない女性だ。

視界を確保しなければ、勝ち目はないと判断したらしい。

身元を隠すためなのか、戦闘装束とは思えない黒のアウターウェアを纏《まと》っている。油断なく腰を落とした彼女は、開いた手のひらに軍刀を押し付ける。

素人じゃない、剣術を修めている遣い手。少なくとも、黒猫《キャット》クラスの眷属《けんぞく》より上だ。

「はじめましてのご挨拶は？　『やぁやぁ、我こそは！』とか『遠からんものは音にも聞け』とか、鎌倉武士《ヤンキー》が喜びそうな自己紹介ないの？」

刀の棟で自分の肩を叩《たた》いている俺の前で、無言の彼女は気を漲《みなぎ》らせる。

「少年漫画に出てくる武人みたいに、剣で己を語っちゃうタイプ？　なら、俺は百合《ゆり》で己を語っちゃうけど、お泊まりセットとか持ってきてたりす――」

ノーモーション。

発言の途中で、俺は、長剣型魔導触媒器《タイプ・ロングソード》を投げつける。

「はぁ!?」

驚愕《きょうがく》に任せて軍刀を振るい、投擲物《とうてき》を打ち払った彼女の懐に飛び込む。

ガラ空きの脇腹に、光剣《ルークス》を叩《たた》きつけて――

「卑怯者《ひきょうもの》がッ!」

「苦情申請は、あの世で閻魔《えんま》にて受け付けております」

防御《ガード》。

敵ながらあっぱれな反射神経で、彼女は俺の一刀を受け止める。褒めてやりたいところだったが一手遅れている。

腰を回しながら鞘《さや》を抜き払って、逆袈裟、左脇腹に打ち付ける。

入った瞬間、骨と肉が軋《きし》む感覚が手に伝わる。

脾臓《ひぞう》の上を打たれた彼女は、激痛で顔をしかめて目を瞑《つぶ》る。死角に滑り込んだ俺は、手のひらでその顔面をわしづかみにした。

魔力を籠《こ》める。

俺の右手のひらが、ぼうっと蒼白《そうはく》に光り輝く。真正面から死を凝視した女性は、ぴたりと動作を止めて弛緩《しかん》した。

ゆっくりと、俺は、彼女の顔を覗《のぞ》き込《こ》む。

「……はじめましてのご挨拶は？」

びくびくと、彼女の両手が痙攣《けいれん》する。

恐怖で見開かれた両眼《りょうめ》、その瞳に俺はささやきかける。

「お互い、初対面だろ。どんな人間だって、知らない者同士、まずは自己紹介から始めて仲良くなるもんだ」

「こ、殺せ」

「なに勝手に、ロマンティックに酔い始めてるんだよ。俺が顔面の皮膚を焼き始めたら、ぬるいヒロイズムなんぞ絶叫で掻《か》き消《け》されるぞ。とっとと話せ」

「ど、どうしてわかった……擬態は完璧だった筈《はず》だ……ば、バカみたいなフリして突っ込んできたのは……仲間の女たちを巻き込まないためか……？」

「次に、愛星心溢《あふ》れる俺をバカだと言ったら耳から直接百合《ゆり》を流し込む。結果として、好感度を下げられたから良いんだよ」

「好感度……？」

「オウムのマネして、時間稼ぎするのはやめろ。一問一答、順番ずつに。お前の番だ。鼻から百合を流し込まれる前に答えろ」

「わ、私は……魔人教……ふぇ、フェアレディ派の眷——」

全力で、俺は魔力を籠める。

四方に蒼白《あおじろ》い閃光《せんこう》が迸《ほとばし》って、恐怖のあまり彼女は甲高い悲鳴を上げた。

「嘘《うそ》で舌を湿らすな。この世界の百合《ゆり》を害する連中に容赦なんぞしねぇからな？　自分の顔面で出来たステーキの臭いを嗅ぎたくなけりゃ、まともな返答寄越《よこ》せ」

「わ、私は、ただの雇われの身だ！　知らない！　依頼人と自分の安全のために、詳細は聞かないようにしている！　標的《ターゲット》を葬るだけの自動機械みたいなものだ！」

「雇われ……暗殺者の類いか……標的《ターゲット》……？」

「い、一問一答！　順番だろ!?　どうやって、こちらの擬態を見破った!?」

「勘。標的《ターゲット》は誰だ？」

揺れている両眼《りょうめ》が、俺を見つめる。

「みゅ、ミュール・エッセ・アイズベルト……」

思わず、俺は驚きで息を呑《の》む。

嘘を言っていない。

俺は、行方不明者が残した長剣型《タイプ：ロングソード》魔導触媒器を見せつける。

「コレが置いてあった場所に、フェアレディ派の烙印《らくいん》を残したのはお前か？」

こくりと、彼女は頷《うなず》く。

「なんのために？」

「だ、だから、理由は知らない！　ただ、指示を受けて行動しただけだっ！」

——模倣犯の可能性が高いでしょうね

なんとなく、裏が読めてきたな。ただ、複雑に絡み合っている糸を解く必要がある。俺の予想が正しければ、敵は『二方向』にいる。暗殺者《コイツ》に指示を出した黒幕が狙っている標的《ターゲット》はミュールじゃない。

恐らく、本当の標的《ターゲット》は……。

手を放して、俺は暗殺者を解放する。

「暫《しばら》く、身を隠せ。大した情報は持ってないから消されはしないだろうが、観光地を避けての海外旅行を楽しむことをオススメする」

「み、見逃すつもりか……？」

「俺に見つかった時点で失敗、もう損切りを考え始めてるだろ。俺の質問に答えて依頼者を裏切った瞬間から、身を隠す以外の選択肢はとれなくなった。でも、次見かけたら……」

俺は、ステーキハウスのシェフに様変わりだ」

最後まで賢かった彼女は、余計な反論ひとつせずに俺の前から姿を消した。

直様、俺は、画面《ウィンドウ》を呼び出す。

『はい、もしもし』

「まいどどうも、ファミレスみたいなパーティーネームでご好評いただいている『百合《ゆり》ーズ』の三条《さんじょう》燈色《ひいろ》です。今、遂行中の依頼についてお伺いしたいことがあるんですが」

『はい、もちろん。どうぞ』

「行方不明になっている鳳嬢生《ほうじょう》は――」

電話口の向こう側、冒険者協会の受付嬢さんに俺は尋ねる。

「ひとりですか？」

『ひとり……だったのですが、つい先程、二次遭難が報告されています。つまり、ふたりになりました』

疑惑が確証に変わって、俺は問いかける。

「最初に、行方不明者として打ち上げられた鳳嬢生の所属寮を調べられますか？」

『はい……えーと……黄の寮《フラーウム》……いえ、失礼しました。その後、寮内でトラブルがあって……つい最近、蒼の寮《カエルレウム》に転寮しております』

「では、二次遭難者の氏名は？」

彼女は、俺がよく知る氏名を口に出した。

『ミュール・エッセ・アイズベルト様』

全部、繋《つな》がった。

最初に行方不明になった元・黄の寮の鳳嬢生は、つい先日、ミュールが寮から追い出した先輩のことだろう。その先輩の行方不明情報に釣られて、ミュールはこのダンジョンにおびき寄せられた。

ミュールだって、そこまでバカじゃない。

自分に戦闘能力がないことを知っているし、初心者向けのほぼ危険性がないダンジョンとは言っても、たったひとりで助けに行ったりはしないだろう。

必ず、護衛を伴っていた筈《はず》だ。

「『暗がり森のダンジョン』の入り口に仕掛けられている監視カメラ映像を送ってもらえませんか？　俺たちが依頼を受けて、ダンジョンに入る五時間前からの」

『承知いたしました』

数分後、映像が送られてくる。俺はもうひとつの画面《ウインドウ》を開き、緋墨《ひずみ》に電話を掛ける。

『どうしたの？　珍しいじゃない、あんたから電話なんて』

「悪い、手伝ってくれ。たぶん、リイナなら直《す》ぐに終わる。今から五時間分の監視カメラ映像と女の子の写真を送るから、その写真に映った女の子がダンジョンに入った前後の映像を切り取って俺に送ってくれ」

『急ぎね。了解、わかった。直ぐに終わらせる』

神聖百合帝国の経済・外交担当相を務める優秀な少女は、あっという間にミュールを見つけ出して映像を送ってくる。

三人の女性に脇と背後をガッチリ固められて、不安そうな面持ちで『暗がり森のダンジョン』へと侵入していくミュールの姿。素人の身のこなしではない三人組、見覚えのある姿と腰に差している刀が気になった。

「……腰の刀、ズームアップ出来るか？」

『ルーちゃん』

電話越しに、キーボードの音が聞こえてくる。ズームアップと解像度の調整が繰り返され、俺は微《かす》かに映ったその証《あかし》を認める。

「……量産品じゃない」

『え？』

「腰に差してる刀、量産品じゃない。金持ちの証だ。ミュールが黙って付いていったってことは、あの子が信用するに足りる身元が示されていた筈《はず》。コイツらがアイズベルト家の人間だったら、ミュールはもっと偉ぶった態度を取ってる。その刀の鞘《さや》、家紋が入ってないか？」

更新音と共に、ぼやけていた画像がくっきりと映し出されて――片喰《かたばみ》に唐花《からはな》。

――誰かの親御さんじゃない？

全身に痺《しび》れるような驚愕《きょうがく》が走って、シナプスが発火し、線と線とが繋《つな》がっていく。

――魔神教には協力者がいる
確信した。次の標的《ターゲット》は……。

『シルフィエル様たち、動けるわよ。座標を送ってもらえれば、最短時間で到達させる』

「いや、間に合わない。無許可でダンジョンに突入させても良《い》いが、冒険者協会と揉《も》めるのは避けたい。俺が直接行く」

『そう言うと思った。止めようとしても、あんたにはブレーキ搭載されてないんでしょ』

「自分、はぐれ剣士慎重派なんで。死なない事故り方には、定評あるから心配すんな」

「事故んなっつってんのよ、ばーか」

電話口の向こう側から、苦笑交じりの声が聞こえてくる。

『あんたなら大丈夫だろうけど、無事に帰ってきなさいよ。待ってる。やってこい』

素晴らしい理解者は、俺の背中を押して通信が途絶える。

背伸びした俺は筋を伸ばし、まだ見ぬ征野へと振り返り――少女を視《み》た。

「ヒイロ」

ぼやけて、ほどける、彼方《かなた》にひらめいた美しさ。

闇という黒のキャンバスに浮かび上がるラピスは、黄金の肢体から蒼白《そうはく》の魔力をたなびかせる。

ぼうっと、黒に宿る金の意志。幽玄な艶色で、彼女は美しい笑みを浮かべる。

「行こっか」

その崇高な妍《けん》を浴びて、俺は臓腑《ぞうふ》に染み渡る得心を味わう。

この子は……ラピス・クルエ・ラ・ルーメットは、ヒロインなんだ。

「はい、どーぞ」

満面の笑みを浮かべて、彼女は俺に拳を突き出した。

笑って、その拳に拳を突き合わせる。

「やっぱり、俺たち、好敵手《ライバル》だな」

「…………だ」

「え？」

頬《ほお》を染めたラピスは、小首を傾《かし》げてはにかむ。

「もう、好敵手だけじゃやだ……って言ったら、ダメ？」

「委員長ぉおおおおおおおおおおおおおおおおおおおおおおおおおっ！

ママァアアアアアアアアアアアアアアアアアアアアアアアッ！」

「はい、呼ばれて飛び出ました」

茂みの奥から、委員長が救いの手を差し伸べる。

飛び退《すさ》った俺は、ラピスから離れて、委員長の背に隠れながら震える。

「もう一回言ってみろぉッ！　もう一回言ってみろ、ラピスッ！　言えるもんなら、もう一回、言ってみろぉッ！　この委員長に同じセリフを言ってみろッ！　そうすれば、リセットされるから！　頼む！　頼む頼む頼むッ！」

「ば、ばか……ち、違うって……へ、変な意味じゃないから……！」

「なら、どのような意味でしょうか？」

委員長の問いかけに、人差し指同士をツンツンさせていたラピスは俯《うつむ》いて赤くなる。

「ど……」

真っ赤になったラピスは、ちらちらと俺の反応を窺《うかが》いながら唇を尖《とが》らせる。

「どのような意味でしょう……？」

視界が真っ赤に染まる。

無意識に自身の脳を破壊しようとしていた俺は、大樹に叩《たた》きつけた頭から血を流しながら唇を噛《か》み切る。

「だ、誰か、俺の脳を取り出してくれ……の、脳が悪いんだ……お、俺の脳が……は、破損している……あ、頭が、死のブレイン破壊プリンセスでいっぱいになる……」

「イチャコラ流血漫才は後にして、そろそろ行きませんか？」

顔を見合わせた俺とラピスは、同じタイミングで委員長を注視する。

「愚心ながら、我々は、三人揃《そろ》って『百合《ゆり》ーズ』を営業しているのでは？　ウエイトレスとオーナーに加えて、優秀な裏方がいなければファミレスは成り立ちませんよ」

なにを言っても、この子は引かない。そう判断した俺は、表情を消して問いかける。

「ヤバい時には、何よりも自分の命を優先して逃げる。約束できるか？」

「我が生涯、無遅刻無欠席、約束事を破ったことも校則違反したこともありません。先祖代々、誓約と呼吸は得手としています」

破顔して、俺は腰の鞘《さや》を叩《たた》く。

「全員で、パーティー会場に殴り込みだ。きっと、お偉方が来賓席を用意して、待ちかねてる筈《はず》だぜ。歴史に名を刻む『百合《ゆり》ーズ』の開店祝いだ」

俺は笑う。

「派手に行こうぜ」

頷《うなず》いたラピスと委員長を伴って、俺はダンジョンの奥へと向かって行った。

＊

『暗がり森のダンジョン』、最深層。

この一層を包み込んでいるのではないかと、錯覚する程の巨樹が視界を埋めている。

巨大な樹木の虚《うろ》には、対比によってミニチュアのように見える教会が収まっていた。広量さと狭量さを秤《はかり》にかけて、釣り合いを取っているかのようだ。

昏《くら》い。

ちっぽけな教会への道は、善意の代わりに石畳で舗装されていた。石畳を両脇から支えるように、長短が揃《そろ》っているキャンドルが敷き詰められている。均一な人間の魂に比重を置き、錚々《そうそう》たる葬列を為《な》しているかのようだった。

　点々と散らばった亡魂みたいな。

　宙空に浮上している橙色《だいだい》の灯火《ともしび》が、二等辺三角形を形成し、樹木として直立しているかのように思えた。

　灯《とも》った灯《あか》りは、あたかも、ぽつぽつと実った此岸《しがん》の妄執みたいだ。

　その光景を前に、俺は足を止める。

「……違う」

「違う？　なにが？」

　ラピスの問いかけには答えず、押し黙った俺は思考を巡らせる。

　本来の『暗がり森のダンジョン』の最深層には、場違いな教会が備わっていたりはしない。だだっ広い虚で巨大な根塊の魔物とボス戦を繰り広げるだけで、そこに奇妙な教会が挿し込まれる余地はない。

　あの教会は……可能性としては、十分有り得るし状況が整っている……後は、誰かが引《トリ》き金《ガー》を引けば……マズイな……。

「『暗がり森のダンジョン』の最深層に、パリピの皆様が喜ぶ教会が建立されたとの話は聞いたことがありません。カップルや家族連れ、表紙でポップ体が躍るような旅行雑誌の読者層を狙い撃ちするようなリニューアルオープンを施したとも」

「ラピス、委員長」

『帰れ』と脅しても聞く気はなさそうな顔つきを見て、俺は諦める。

「なにがあろうとも、絶対に俺の指示に従え。それが最低条件だ。譲る気がないなら、俺は、今からお前らを連れて引き返すしかなくなる」

無言で首肯したふたりを見て、俺はため息を吐《つ》いて覚悟を決める。

「わかった、そのクソッタレな自由意志を尊重する。現状を整理しよう」

暗がりに身を寄せた俺たちは、拝借したキャンドルの乏しい灯《あか》りに群がる。

俺は魔力探知機を取り出し、その針先が教会を示しているのを確認する。現状共有のために、呼び出した画面《ウインドウ》に文字列を書き込む。

「前置きとして、これから俺が話すことは飽くまでも推測だ。最悪なことに確信はあるから、今後、その推測に縋《すが》って動くしかなくなる。ココまでは良《い》いか？」

こくりと、ふたりは頷《うなず》く。

「まず、俺たち『百合《ゆり》ーズ』は――」

「お待ちください。その『百合ーズ』という呼称は、正式名称として本決定されたという理解で合っていますか？」

初端《しょっぱな》から急ブレーキをかけられ、俺は手のひらを委員長に突き付けた。

「そのお待ちくださいは、お待ちください。アレだよ、委員長。そこは今、あんまり重要なところじゃなくてさ。言うなれば、アレだから。ラーメンで言うところのメンマというか。確かに、要素として絡んではくるけど重要じゃな――」

「待ってよ、ヒイロ。わたしは、メンマを蔑《ないがし》ろにするのはどうかと思う。

『重要じゃない』の一言で切り捨てる程、メンマを下に見るのはさすがのヒイロでも許さない」

「どうでしょうか、私は三条《さんじょう》さんに同意します。もし、メンマが重要視されていたとすれば、殆《ほとん》どのラーメン屋のメニューには『チャーシューラーメン』と並んで『メンマラーメン』が常設されていなければならな――」

「いや、急に脇道入って、全力で爆走し始めるのやめてくれる？　今、メンマに関して議論する時間じゃないんだよ。生死を懸ける決戦が繰り広げられるかもしれないのに、メンマで仲違《なかたが》いしたまま死ぬとか嫌だよ俺」

険悪になっていたラピスと委員長は、仲裁を聞き入れて黙り込む。

「ファミレスネタを口にしてた委員長は、もう、『百合ーズ』を認めているどころかお気に入り登録してくれてるかと思ったけど」

「揉《も》めるのが嫌だったので」

「メンマで揉めるのは良いんだ……じゃあ、仮称『百合ーズ』として話を続けるね」

俺は、画面に『百合ーズ』と書いて円で囲む。

「俺たち『百合ーズ』は、偶然、冒険者協会で行方不明者の捜索を引き受けた。だから、この『暗がり森のダンジョン』にやって来たわけだけど……実は、この『暗がり森のダンジョン』にはふたつの組織の思惑が見え隠れしていた」

「ふたつの組織？　魔神教の仕業だけじゃなかったってこと？」

別に反対側からでも見えるのに、並んで肩を擦り寄せてくるラピスから距離を取りつつ答える。

「ひとつは、魔神教フェアレディ派。そして、もうひとつは——」

俺は、ささやく。

「三条家《さんじょう》」

「えっ。三条家って、ヒイロの生家だよね？　色々とちょっかいかけてきてた」

驚いて俺の手を握ったラピスを凝視し、俺はぱくぱくと口を開閉させる。

「では、あの魔導触媒器《マジックデバイス》の横に書かれていた烙印《らくいん》は？」

「三条家の仕業だ。お手々を汚したくない連中特有の表現として、フェアレディ派に悪行を擦《なす》り付けるための芸術作品だよ」

「ちょ、ちょっと、待ってよ。混乱してきた。つまり、今、この『暗がり森のダンジョン』には、魔神教と三条家、二方向に敵がいて別々の目的で動いてるってこと？」

「あぁ、そうだ。奇《く》しくも、両者の目的が噛《か》み合《あ》ったことによって同じ道を辿《たど》った。その目的っていうのは——」

魔神教、三条家と書いて円で囲み、俺は矢印の先を中央の個人名にもっていく。

「ミュール・エッセ・アイズベルト」

「ミュール・エッセ・アイズベルト……黄の寮《フラーウム》の寮長ですか。その二者から、彼女が狙われる謂《いわ》れがあるとは思えませんが」

「いや、ある。だからこそ、奴らは、ミュールを釣るために元・黄の寮の先輩を拐《かどわ》かした」

寄ってきたラピスは、俺の腕に触れて顔を覗《のぞ》き込《こ》んでくる。

「な、なんすか、ラピスさん……？　そ、それ以上、寄ったら血を見るよ……？　俺の」

「わかった、ヒイロだ」

蒼光《そうこう》を宿した瑠璃《るり》のような瞳で、こちらを捉えたラピスは身を寄せてくる。

「三条家は、ヒイロのことを見張ってて、新入生歓迎会での一連の出来事を見てたんだ。だから、ミュールさんを人質として使えると思ったんじゃないの？」

「せ、正解……あ、あの、俺、男なんで……こ、こんなの間違えてるぅ……ち、ちかいよぉ……ひ、人のぬくもりがこわいよぉ……！」

「あ、ご、ごめん」

俺から少しだけ離れて、頬《ほお》を染めたラピスは髪を掻《か》き上《あ》げる。

対照的に顔を真っ青にした俺は、恐怖で震えている手で、三条家の真の目的に『ミュールを人質にして、三条燈色《ひいろ》を殺害する』と書き込む。

「では、フェアレディ派の真の目的は？　ミュール寮長を人質にして何をしようと？」

「それは……あの中に入ればわかる。ただ、三条家《さんじょう》とは異なっている最終目的があると思ってもらえれば良《い》い」

今後のこともあるし、妙な興味を持たれたら困るからな。

わざと、俺ははぐらかして教会の方を見つめる。

遅かれ早かれ、招かれている賓客と招かれざる客は饗宴《きょうえん》に合流する筈《はず》だ。招かれてないあの女性《ひと》は、協力者の魔法士も連れて来てるかもしれないが。

俺は、魔神教の真の目的に『三条家とは別の目的』と書き込む。そして、俺たちの直《す》ぐ隣に小さな円を書いて『第四勢力』と追記した。

「ヒイロ、この第四勢力っていうのは？　随分、ぼやかした言い方してるけど」

「味方……の筈」

「なんですか、その曖昧模糊《あいまいもこ》とした『～だと思います』的な婉曲《えんきょく》表現は？」

「だって、わかんないんだもん。いや、場合も場合だから、突っかかってこないとは思うんだけど自信ないんだよね」

「つまり、まとめると」

どうしても、俺と付かず離れずの距離をキープしておきたいらしいラピスは、ぬくもりが伝わってくる距離感でつぶやく。

「わたしたちの敵は『魔神教』と『三条家』、あの教会では両様の敵が待ち構えてて、三《み》つ巴《どもえ》の戦いになるってこと？」

「そういうこと。折角《せっかく》の教会なんだし、四《よ》つ巴《どもえ》にならないようにお祈りお願いします」

「…………」

「委員長、『わざわざ、火事場に突っ込むとかバカじゃないですか』的な婉曲表現は、顔ではなく口に出していただいて結構です」

「バカじゃないですか」

「それは、ただの罵倒だと思います」

委員長は、ため息を吐《つ》く。

「なるほど、把握しました。貴方《あなた》は我々に余計な情報を与えて巻き込まないために、着ぐるみキノコの尋問もひとりで行ったんですか」

「必死の努力虚《むな》しく、全部、聞かれていた俺の今の気持ちを答えよ。配点三十」

「格好《かっこ》つけるの気持ちいい～！」

「落第だよ」

国語力（人の気持ちを慮《おもんぱか》る能力）が皆無の委員長は、真正面から俺を見つめた。

「結成間もなく、歴史は薄っぺら、連帯はさもありなん。斯様《かよう》なパーティー難の状況下で、己の私欲で動いて秘密にまみれた仲間を護《まも》ろうとする貴方の尽力は好ましく思います。私のような得体の知れない存在を受け入れ、無心の信頼関係で封蝋《ふうろう》を施すのは、いささかお人好《ひとよ》しにも程があるかもしれませんが……性善説を信奉する貴方《あなた》の志は、エルフの姫君すら魅了しているわけですからね」

「…………」

「ラピス、面ァ、上げろォ！ 伏せるな、顔ォ！ コイツは、俺たちの信頼関係にパワーショベルをぶち込んでくる性悪説の信奉者だぞ！ 戦おうぜ！ オールウェイズ・ファイトが俺らの信仰箇条だろ！ 耳が赤いのは寒いから、っていう反論はどうかなァ!?」

委員長の鉄仮面に綻びが入って、彼女はほんの微《かす》かに微笑《ほほえ》んだ。

「だからこそ、私は、貴方に付いていきますよ。日の浅い信頼関係を明くる日に繋《つな》ぐために、仮称『百合《ゆり》ーズ』として」

「え……なんで、笑っ……こ、こんな短期間で、デレたんじゃないよね……？」

すっと、委員長は、何時《いつ》もの無表情に戻る。

「デレてません」

「いや、だって、笑っ――」

「笑ってません。表情筋の運動を貴方の主観がそう捉えただけです。それ以上続けるのであれば、フェイシャル・ハラスメントとして然《しか》るべき機関に通報します」

「なら、俺は、自殺妨害・ハラスメントとしてアルスハリヤを通報する」

「わけのわからない冗談はよしとして、今後の動き方について整合をとりましょう」

そういや、行方不明事件に絡むようになってからアルスハリヤが姿を現そうとしないな。間違えて、先週の不用品回収に出しちゃったかな。

クソ魔人のことを考えるのはやめて、咳払《せきばら》いをした俺は本題へと戻る。

「俺たちには、偶然という名の優位性《アドバンテージ》がある。それを上手《うま》く使う」

「偶然って……偶然的な要素があるとしたら、丁度、冒険者協会に行った時に行方不明者の話があったこと？」

まだ、少し、耳が赤いラピスに俺は「正解」と返す。

「三条家《さんじょう》は、これから俺を脅すために何らかの方法で連絡を取ってくる。オーソドックスな『ミュール・エッセ・アイズベルトを返してほしくば』ってヤツ。まんまと俺を呼び寄せた後、俺が最深層に着くまでには時間がかかる。奴らの計画通りに進んでいれば、生じていた筈《はず》の移動時間。コレが、俺たちにとっての優位性《アドバンテージ》だ。この時間差を振りかざして油断を突く」

「要は奇襲、友が虎となって出《い》でるような驚懼《きょうく》を与えるということですか」

「さすが、委員長。国語以外は、高得点を叩《たた》き出――」

着信音が鳴り響いて、画面《ウインドウ》に『リリィ・クラシカル』と表示される。

ニヤリと笑った俺は、ラピスたちと目配する。

リリィさんを経由して連絡を取ってきた三条家《さんじょう》の連中の要求を呑《の》み、ひとりで最深層に向かうと誓った俺は教会の裏手へ回った。

「さて、奇襲の醍醐味《だいごみ》を味わわせてもらおうか」

正面突入は愚策と判断し、俺たちは上階からの侵入を試みることにした。

ミントブルーとライトグリーンのガラスで、女神らしき女性が描かれている遥《はる》か頭上のステンドグラス。

見上げていたラピスは、痛めたらしい首を動かしながら戻ってくる。

「足掛かりもないし、跳躍だけであそこから入るのは無理じゃない？」

「任せろ、完全無欠の策がある」

俺は、真顔でささやいた。

「肩車だ」

「発話機能に重大な障害《エラー》が見受けられるので、直ちに現世への出荷を停止してください」

委員長流迂遠《うえん》式『死ね』を喰《く》らった俺は、やれやれと肩を竦《すく》める。

「委員長、俺は真面目も真面目、謹厳実直がフォーマルスーツを纏《まと》ったような男だぜ？

真剣さ増量キャンペーン実施中、抽選で百名にマークシート用鉛筆をプレゼント」

「貴方《あなた》の自己採点は当てになりません。答案用紙の内容を聞きましょうか」

俺は、壁に手をついてニヤリと笑った。

「来いッ！」

「０点」

「ドンと来いッ！」

「言い回しで減点されているのではなく、発想の原点から減点《マイナス》のためあしからず」

「まぁ、冗談はコレくらいにし──」

柔らかい感触が、俺の頬《ほお》と後頭部を包み込む。

はらりと、布切れが俺の視界を埋めて、急に目の前が真っ暗になった。

ラーメン屋の暖簾《のれん》をくぐるみたいにして、その前掛けを手の甲で払った俺は、ゆっくりと視線を上に向ける。

真っ赤な顔を両手で覆ったお姫様は、喉奥から唸《うな》り声《ごえ》を振り絞る。

「は、恥ずかしがってる場合じゃないけど……い、いいんちょ、は、はやくして……さ、三人で乗らないと届かないから……！」

俺の頭を直《じか》に太ももで挟み込み、羞恥で染まるラピスは首筋まで赤くして震えている。

甘い香りに包まれながら、俺は勢い良く口を開いた。

「委員長、なにしてる!?　合体技だッ！　可及的速やかに搭乗しろッ！」

「偏差値デバフ技の発動は、すべてお断りしております」

緊張は、時に取り返しのつかない事態を招く。

『ヒイロ、他者に背中を預ける場合、まずは相手を落ち着かせてください。溺れる者は藁《わら》をも掴《つか》む。溺れている人間を救助する際、パニックになった要救助者に引っ張り込まれて、一緒に溺れ死ぬケースは非常に多い。戦闘の場合も同じだ。戦闘前は、小粋なジョークを飛ばすくらいで丁度良《い》いんですよ』

勤勉な弟子である俺は、師の教えに従っただけだったのに。

冗談だと聞かされたラピスは「し、知ってたよ!? ふ、ふつーにわかってたし！ わたし、ただ太ももを顔に押し付けたかっただけだし！」と痴女みたいな言い訳をして、神殿《アルフ》光都《ヘイム》の親悪大使としての役割を果たしていた。

冷静さを保っていた委員長は、泥濘《ぬかるみ》の足跡や壁面の擦れ痕などに着目し、葦《あし》の倒れ具合から裏口を見つけ出してくる。

「裏から入りましょう」

「「……はい」」

委員長は、きゅぽんと小瓶を開ける。

小瓶の中身は音もなく舞い上がり、仄《ほの》かな燐光《りんこう》となって四囲を舞い始める。

『妖精の金粉』……原作ゲームでは、エンカウント率を下げる魔道具《アイテム》だった。

この世界では『周辺の外因性魔術演算子を増幅させて、内因性魔術演算子との境界を曖昧にする』作用が説明書きに記載されている。要するに、魔力探知を妨害する強力なジャミングだ。

更に、この金粉には強力な吸音作用もある。

俺たちの周囲で浮いているこの金粉は、空気中に振動が伝わる度に膨張し、一種の多孔質材料となって音エネルギーを摩擦熱に変える。金粉を展開した内側から音が伝わる度に、真っ赤に発熱して一瞬だけ傘状に広がるのだ。

この金粉があるお陰でバカ騒ぎが出来ているが、視覚的には逆に目立つようになる。

宿主を追尾してくるこの金粉が視野に入らないように、身を縮めながら進むことを忘れてはならない。

「次に効果が切れたら、もう補充出来ないのでそのつもりで」

委員長の忠告に頷《うなず》きを返し、俺たちは軋《きし》む階段を使って階上へと向かう。

吹き抜けとなっている二階には、落下防止用の欄干が設置されていた。一階を俯瞰《ふかん》出来る位置に陣取って身を潜める。

丸見えの階下には、本日の主賓が供えられていた。

十字架の下のチャーチチェアに縛り付けられたミュール。顔を真っ青にした彼女の横では、元・黄の寮《フラーウム》の先輩が、ぐったりと顔を下に向けている。

恐らく、先輩の方は、薬か何かで眠らされているだけだろう。外傷はない。

敬虔《けいけん》な信徒が腰掛けている筈《はず》の長椅子で、六人の無作法者たちが思い思いに不敬を表現している。

ミサ曲のために用意されたパイプオルガンは、森厳の内奥に彷徨《さまよ》い込んでおり、貞淑な沈黙に打ちのめされている。床下に広げられている長絨毯《ながじゅうたん》は、荘厳な自然体で来客を招き入れ、うずたかく積もったホコリで沈思の年月を物語った。

教壇の頭上を覆っているステンドグラスは、投影する光を失ったことで神聖さを損ない、のっぺりと平たくしたビー玉のようだった。

装飾過多なこの舞台は、神の不在を演出しているみたいだ。

その舞台上で、スポットライト代わりに俺たちの視線を浴びる六人の影。三条家《さんじょう》と魔神教の烏合《うごう》の衆は、不遜な顔つきで苛立《いらだ》ちを見せていた。

「なにが悲しくて、魔神教なんぞと手を組まないといけない。フェアレディ派だかなんだか知らないが、魔人の復活を目論《もくろ》むクソだらけの手と握手出来るか？」

「おい、その減らず口を閉じろ。閉じ方を知らないなら、上唇と下唇を縫い付けるぞ」

「もう手遅れ、聞こえてるよ。この教会、吹き抜けで響くんだから」

三と三。

綺麗《きれい》に分かれている六人は、長椅子六個分も離して座っていた。

「三条家のゴミが。簒奪《さんだつ》者の血が入っている混ぜ物が偉そうに御高説ぶる。どこの分家のアホだか知らないが、事がどう運ぼうと霧雨《キリウ》か華扇《カオウ》に消されるぞ」

「余計なことは考えず利用すれば良《い》い。吠《ほ》え続ける犬は、いずれ手を噛《か》んで処分される」

「下衆《げす》に構うのはやめなさい。三条燈色《さんじようひいろ》が骨になって野良犬にしゃぶられようと、我々には関係がない。命を賭してでも達成しなければならない使命に集中しなさい」

彼女らの声を拾って、俺たちの周囲が赤色に染まった。

声を潜める必要はないのだが、身を寄せてきたラピスは耳打ちしてくる。

「手を組んでるって言っても、協力し合うつもりはなさそうだね」

「あぁ。敵の敵は友、人類みな兄弟、ウィー・アー・ザ・ワールドって言うし……俺たちにとっては有り難《がた》い状況ではあるな」

「当然といえば当然でしょう。即席で上手《うま》くいくチームの方が珍しい」

愚痴以外にしゃべることはないのか。

口を噤《つぐ》んでいる六人の様子を窺《うかが》いながら、俺は、縛られているミュールに目をやった。

「俺たちの目的は、寮長《ミュール》たちの救出だ。魔神教やら三条家やらに付き合う必要はない。俺が合図を出したら、飽くまでも寮長《ミュール》たちを教会から連れ出して『暗がり森のダンジョン』から脱出してくれ」

俺は、九鬼正宗《くきまさむね》の鞘《さや》を叩《たた》きながらニヤリと笑う。

「オールタイムワーストの俺は、ヘイト役の役目を果たす」

「やだ」

ラピスは、真正面から俺を見つめて手を握ってくる。

「やだ。絶対にゃ――――」

「せっせっせーの！　よいよいよぉーいッ！」

繋《つな》いだ手を上下してから交差させ、俺は思い切りお姫様の手を弾《はじ》き飛《と》ばす。

即席回避アクション『アルプス一万尺』でロマンティックムードを吹き飛ばした俺は、にこやかに笑いかける。

「ラピス、俺たちは手と手を繋ぐ必要なんかない。だって、ライバル同士、敵愾心《てきがいしん》が通じ合ってい――」

なにをどう勘違いしたのか、包み込むようにしてラピスは俺の手を握り込む。

すかさずアルプス一万尺に移行しようとした俺に対し、上には下を、下には上を、右交差には左交差を返してきたラピスは、完璧な逆入力を成し遂げて微笑《ほほえ》む。

「大丈夫。ヒイロの手は、汚くなんかないから。ね、大丈夫だから」

「違う違う違う！　そういうんじゃないそういうんじゃない！　『俺の手は、血で汚れすぎてる……』とか、ハードボイルドかましてる場面じゃない！　ひ、ひぃい……ほ、微笑《ほほえ》みながら、励ますみたいに握り直さないでぇ……いいんちょぉ……！」

「はい、時間です」

握手会の剥《は》がしみたいに、中立の立場にいる委員長はラピスから俺を引き離してくれる。

わんわんと泣きながら、俺は委員長の後ろに回り込んだ。

「うへぇ……おほほぉ……あぼぉ……おぉおん……！」

「泣きながら訴えられても、獣の鳴き声は解せませんので。ラピスさん、敵地ですのでご自重を」

「あ、ご、ごめんなさい。ヒイロの顔を見てると、手の震えと集中力の低下が起こって」

「いえ、薬物依存者じみた弁解は不要です。敵に動きはありませんし、三条《さんじょう》さんもフザケているようで警戒は怠っておりませんので」

涙と鼻水でぐちゃぐちゃになった俺を見て、委員長は口の中をもごつかせる。

「恐らく」

俺は、すすり泣きを続——目の端に赤色。

委員長を抱き寄せ、半身になって彼女の盾となる。

殺気で痺《しび》れた肌の感覚に従い、膝立ちの状態から抜刀して——引き金《トリガー》——喉元に剣先を突き付けた瞬間、俺の喉に氷刃が喰《く》い込んでいた。

「委員長、ゆっくり、俺の後ろに回れ」

全身をローブで覆った人物に、ラピスは生成《クラフト》した矢を向けた。

「名乗れよ。もしくは、出会って間もなく、悲恋に涙散らして心中でもするか？」

ゆっくりと、フードが取り払われる。

「さすが、ヒーくん。そうやって、無意識の行動で女の子のハートを落としちゃうのね」

見知った顔と声、俺は刀を収めながらため息を吐《つ》いた。

「遅いですよ。時間の番人とも謳《うた》われた俺を突破する言い訳は、用意できてるんでしょうね？　どう足掻《あが》いても、罰金は逃れられないと思ってくださ——」

「女の子とデートしてたら遅れちゃった♡」

「金一封、贈呈させていただきます」

微笑を浮かべているフーリィ・フロマ・フリギエンスは、俺の横に腰を下ろして身を寄せてくる。

「待ち合わせもしてない男の子に、遅刻の責を問われる謂《いわ》れはないけどね。貴方《あなた》、どうやって、この場所を突き止めたの？」

呆《あき》れ顔のフーリィに尋ねられ、俺の腕の中にいた委員長が離れる。

「偶然」

「嘘《うそ》の舌触りは苦いから、お砂糖いっぱい分くらいのユーモアは欲しいわね」

「ところがどっこい、語るも涙語られるも涙の涙積《るいせき》された偶然がありましてね」

白皙《はくせき》の美人は、ツンツンと俺の鼻を突《つつ》く。

「ヒーくん、魔神教の次の標的《ターゲット》は知ってたわけ？」

「まさか、ノーヒントでわかったら俺は神か仏の類いだ。でも、神がかった通じ合わせはありまして、運命と運命が見事に衝突事故を引き起こしちゃったみたいですね」

「なら、あの扉を開けて現れるヒーローのことはご存知《ぞんじ》なんでしょうね？」

「当然。顔見知りどころか」

ゆっくりと、教会の大扉は開いていき——俺は、笑った。

「殺し合った仲ですからね」

教会内に光が差して、白金《プラチナ》の髪が躍った。

ステンドグラスのイヤリング。

教会内で朽ち果てたグラスとは異なり、光を浴びて命を躍らせているソレは、橙色の蝋《キャンドルラ》
光《イト》を乱反射する。

生成《クラフト》した土塊の両手で、荘厳な大扉を押し開けた天才は、傲岸不遜を笠《かさ》に着て中央の正道を歩んだ。

紫の外套《がいとう》がたなびき、両眼《りょうめ》が金の螺旋《らせん》を描く。

錬金術師《アルケミスト》の称号を受け、『至高』の位を戴《いただ》く最高峰の魔法士、回天之力を蓄えた俊傑は
堂々たる英姿を見せつける。

次の標的《ターゲット》に指名された彼女は、傲慢な嘲笑を口元に浮かべる。

クリス・エッセ・アイズベルトは、ご来賓の方々に嘲謔《ちょうぎゃく》を投げかけた。

「この私が、わざわざ、ゴミ箱の中にまで足を運んでやったんだ」

繰り返される高速生成、紫の閃光《せんこう》で染まる空間、降り注ぐ光の粒と共に空砲が鳴った。

「六人分の死体袋《ゴミ》は用意できてるんだろうな、腐肉漁《あさ》りのカラスども」

肌が粟立《あわだ》つ程の魔力が迸《ほとばし》り、六人の敵対者は静かに立ち上がった。

六人は、ゆっくりと、クリスを囲むように移動した。

六人の動向には一切の気を払っていないクリスは、拘束されているミュールをぼんやりと眺めていた。

「そこでなにしてる」

目を見開いたミュールは、涙で濡《ぬ》れた顔で姉を見つめる。

「いとも容易《たやす》く拐《かどわ》かされて、景品よろしく飾り付けられるとはな。お前は、フリルの付いたドレスを着込んで絵本の表紙でも飾るつもりか。弱者の正当性を振りかざし、強者の餌に興じているのはさぞ愉《たの》しいらしい」

戦闘態勢を整える六人を無視して、ひとりの姉はひとりの妹を見つめた。

「お前は、もうおしめをしている歳《とし》でもない。姉に泣きつくな。己《おの》が力で立ってみせろ。そうでもなければ、私は、お前を認められない」

目で訴えかける妹に、姉は苦笑で答える。

「自惚《うぬぼ》れるなよ。権力を笠に着られるのは、相応の風格を身に付けてからだ。虎如《ごと》きの威を借りて狐《きつね》程度に甘んじるな」

「余裕だな、クリス・エッセ・アイズベルト。海老《えび》で鯛《たい》を釣るとは、まさにこのことじゃないか。出来損ないの妹のために尽力しているとは、冷血漢のお前には似合わない出鱈目《でたらめ》だと思ってたよ。我々、魔神教の理想のためには、お前には死んでもら――」

「薄汚い口臭を垂れ流すな、生ゴミ」

渦巻く両眼《りょうめ》で、クリスは、口を挟んだ眷属《けんぞく》を睨《ね》めつける。

「今、私は、妹と話している。底辺を這《は》い回《まわ》る蛞蝓《なめくじ》如《ごと》きが、天上の私と口を利けると思うな。汚らしい粘液を飛散させるな、去《い》ね」

猛烈な怒気と共に、空中に赤黒い口腔《こうくう》が開いた。

忽然《こつぜん》と現れたビッグマウスは、ゲラゲラと笑いながら鋭利な前歯を露出する。宙を滑ったその大口は、歯を嚙《か》み合《あ》わせながらクリスへ襲いかかり――弾《はじ》け飛《と》んだ。

赤黒い血痕が長椅子に飛び散り、砕けた前歯が壁に突き刺さる。肉片がこびりついた奥歯は女神像を薙《な》ぎ倒《たお》し、断裂した上唇がぱくぱくと蠢《うごめ》きながら血煙を上げる。

刹那の間で、神聖な教会は血の不浄で満たされた。

思考が追いついていないのか、攻撃を行った眷属はぽかんと口を開けたまま押し黙る。

動作の起こりはなかった。

ただ、視《み》ただけで、大量のガスを口腔内に生成《クラフト》し、内側から爆発させたクリスはじっと妹を見つめる。

「失望させるな、ミュール。お前は、その光で私を照らしてくれた。迷い人を導く星明かり、見上げる先で瞬いている一等星、皆で見つけたあの日から一瞬たりとも曇ってなんていなかった。だから、ねぇ、ミュール」

ほんの数秒だけ、クリスはかつての心を開いてみせた。

「もう二度と、私をあんな人間に戻さないで」

眼を見開いたミュールは、唇を震わせながら涙を溜《た》めて姉を凝視する。

その姉妹の仲を割くように、下卑た笑い声が割り込む。

「アッハッハ、おいおい、くだらん三文芝居《ヒューマンドラマ》が始まったぞ」

笑いながら、三条家《さんじょう》の剣士は刀の鞘《さや》を打ち鳴らした。

「私は、ココまで、そこの妹さんをエスコートしたがね。色々と、愉快なホームドラマを聞かせてもらいましたよ。至高の魔法士、錬金術師《アルケミスト》、概念構造《クオリアハイツ》が誇る天才児のクリス様。あんたのお眼鏡に適《かな》う妹様は、魔法ひとつ唱えられない欠陥品だっていうじゃないですか。かのアイズベルト家のご令嬢だというから、どんなバケモノが出てくるかと思えば、杖《つえ》の形をした棒きれを振り回すだけの偉そうなバカガキだ」

仲間の肩に手を置いて、背をくの字に折った剣士は嘲笑を続ける。

「アッハッハ、魔力不全だってなぁ！　ま、魔力を持たないゴミとは、アハハハハ！　あんたら、アイズベルト家は、血統と女系を徹底するために色々とやらかしているらしいじゃないか。だから、こんな出来損ないが生まれるんだよ」

立ち尽くしているクリスに向かって、罵倒はますます勢いを増していく。

「あんたのその眼《め》。ソレもだ。アイズベルト家は、天才一族なんて呼ばれてはいるが、その実、なにかしらの欠陥を身体《からだ》に抱えてる。殆《ほとん》ど、視力がないんだろ。だから、魔力でしか人を判別出来ない」

——お前が、あの月檻桜《つきおりさくら》か
初めて、クリスと出会った時、彼女は俺を見てそう言っていた。

彼女は、俺が男であると声で認識していたが、視力が乏しかったため確信に至れていなかった。俺が女であるかもしれないという可能性を考慮し、彼女の耳にまで及んでいた月檻桜の名前を挙げていたのだろう。

「三条燈色《さんじょうひいろ》を見張っている最中に、あんたと妹の会話も聞かせてもらったよ。あんたが、殊更にこの子を『出来損ない』と呼ぶのは、自分もそうかもしれないと不安に思っているからじゃないのか。格下の妹を蔑むことで、安堵《あんど》してたんじゃないのかね？　最愛の妹様は、あんたにとって最高の精神安定剤。だからわざわざ、あの寮にまで出向いて文句を連ねてたんだ。違うか？　ん？」

腕を組んで押し黙るクリスを見て、彼女は手を打ち鳴らして笑う。

「おいおい、反論しろよ。可哀想《かわいそう》に。大事な妹様が泣きそうだぞ」

「ミュール、薄々、気づいてはいただろう？　何もかも、コイツの言う通りだ。私は、お前を罵って安寧を得ていた。底のないバスタブの中へと逃げ込んで息を潜めてた」

口に布を噛《か》まされたミュールは、ただ、真っ赤な眼で姉を見つめた。

クリスは、ゆっくりと、女神を象《かたど》ったステンドグラスを見上げる。

「ずっと……ずっと、怖かったよ……今でも怖い……クリス・エッセ・アイズベルトという張子の虎で居続けるのは……どうして、間違えたのだろうと思う……なぜ、誰も正してくれなかったんだろうとも思う……最初は、ただ、主人公《ヒーロー》になりたかった……お前が描いた、理想の存在で在りたかっただけなのに……」

贖罪《しよくざい》を続けるクリスへと、グラスを通した虹色の光が差し込む。

眩《まぶ》しさで眼を細めて、彼女は独り、己と向き合った。

「なぜ、私は、あの愚かな男のようにはなれなかったんだろう……愚かさが賢さを上回る時もあるのに……私は、毎年、妹に誕生日プレゼントを渡せば良かったんだ……無邪気に笑って、才能に縛り付けられる必要はなかったんだ……愚かだと罵られようと、侮辱で名声を汚されようと、居場所がなくなったとしても……ねぇ、そうでしょう、お姉様……」

クリスは、虹色の光へと笑いかける。

「今からでも、私は間に合いますか……？」

「おいおい、正気を失っ——」

六人は、声を失った。

ぐるぐる廻《まわ》る、無限回廊、その螺旋《らせん》絵図。

両の眼《め》で『螺旋宴杖《らせんえんじよう》』を廻転《かいてん》させる少女は、蒼白《あおじろ》い光に包まれて、ぞっとするような笑顔で杖《つえ》を投げ上げた。

くるくる、ぐるぐる。

引き金《トリガー》を引かれた杖は弧線を描き、持ち主の指が障害を示した。

「私は、家族と話してる——黙れ」

瞬間、加圧されて体積が縮小した圧縮空気が、空気の拳弾と化して人体の急所を乱れ打った。

その一秒で、何度の打撃を行ったのか。

俺を含めて、この場にいた人間の誰も捉えられなかっただろう。

同時に弾《はじ》け飛《と》んだ六つの人体は、壁や床や物に叩《たた》きつけられ、赤黒い血痕《アート》を描きながら崩れ落ちる。

ダーンッと、フォルテシモが鳴った。

そのひとりを受け止めたパイプオルガンは、久方ぶりに息吹を取り戻し、強烈な和音をひねり出してから沈黙する。

喝采する人間はおらず、その場は静まり返る。

フーリィは、不用意に飛び出さないよう俺の首根っこを押さえつける。かがみ込んでいた俺は、握り込んだ拳が汗でぬかるむのを感じた。

なんで、俺、アイツに勝てたんだろ……？

難なく障害物を吹き飛ばしたクリスは、妹の下へと歩み寄ろうとして――足を止める。

その視線の先で、血塗《ちまみ》れの眷属《けんぞく》が人質《ミユール》の首筋に刃《やいば》を当てていた。

「勝ったと思い込んだところ悪いわね。神聖な教会だからか、敬虔《けいけん》なる信徒だからか、それとも単に容姿が好みだからか……我々の祈りを神が聞き届けた。この場に踏み入れた時点で、貴女《あなた》のダイスが勝ち目を出すことはなくなったのよ」

腕や足がへし折れている他の五人も、常軌を逸した頑丈さで次々と起き上がる。まるで、繰り糸が付いてるみたいに。

弦音が鳴って、クリスの肩に太矢が突き刺さる。

勢いよく上体がブレて、血飛沫《ちしぶき》が床を濡《ぬ》らした。弩《ど》を構えている三条家《さんじよう》の連中は、ニヤつきながら次矢を番《つが》える。続けざまに、クリスの脇腹へと三本の矢が突き刺さった。

「むーっ、うーっ、むぅーっ！」

藻掻《もが》くミュールの前で、クリスの全身に穴が空いていった。

そのうちの何本かが、肺を傷つけたのか。

口端を伝って垂れ落ちた血が、床上で赤色の円を描いた。ぽたぽたと血を垂らしているクリスは、超然とした態度のままで立ち尽くしている。

「こりゃ驚いた、かのクリス・エッセ・アイズベルトは的としても優秀なのか！」

わざと、急所を外している。

優秀な人間を的にした射的を楽しみ、笑いながら彼女に苦痛を与え続けている。

「お姉様、わ、わたしはもう良《い》いですからっ！」

口を自分の肩に擦《こす》りつけて、口枷《くちかせ》を外したミュールは嗄《か》れた声で必死に叫んだ。

「こ、こんな奴ら、倒してしまってください！　こ、こんな奴ら！　こんな奴らっ！」

クリスの腿《もも》に矢が刺さる。

「こんな奴ら……お姉様なら、簡単に倒せるのに……な、なんで……お、お姉様は、こんな卑怯者《ひきょうもの》には敗《ま》けないのに……なんで……っ！」

ただ、じっと、クリスはミュールを見つめる。

ミュールは、息を呑《の》んで、その視線を受け止める。

クリスの腰に矢が吸い込まれて、よろめいた彼女は膝をついた。その瞬間、弱者の諦観をかなぐり捨てたミュールは、自分の喉に刃《やいば》を当てている手に思い切り噛《か》み付《つ》いた。

「うぅうううううううううううううううううっ！」

「ぐぁあっ!?　な、なんだ、やめろ！　このクソがッ！」

幾度も幾度も拳で殴打されて、ミュールは周りに鼻血を吹き散らした。それでも、唸《うな》る彼女は噛み付いて離れない。

その光景を見て、クリスは楽しそうに笑い声を上げた。

「良いぞ良いぞ、お姫様なんぞに甘んじるな。アッハッハ、噛み付け噛み付け。お前もあの男も、身の程知らずのバカだ。だからこそ」

血塗《ちまみ》れのクリスは、ふらつきながら立ち上がり――自分の膝を殴りつける。

「私は、敗けたんだ」

「お姉様ッ！」

そんな彼女へと、一斉に五本の矢が飛んで――その全てが切断されて床に落ちる。

「招待状をもらっておいて悪いが」

クリスの前に着地した俺は、下方へ斬り落とした矢の残骸を踏みにじった。

「俺の登場は、時間指定不可だ」

「ひ……」

ボロボロと泣きながら、顔を歪《ゆが》めたミュールはささやく。

「ひいろぉ……！」

ふらふらと揺れていたクリスは、前のめりに倒れ――俺は、彼女の頭を肩で受け止める。

「おつかれ」

「……お前なんぞに」

苦笑を交えて、クリスはささやく。

「……労《ねぎら》われる謂《いわ》れはない」

「そう言うなよ、壊れた脳が修復する程に良《い》い姉妹百合《ゆり》だったぜ。間に入るのが遅くなって悪い。俺の首根っこの管理者が、奇襲のタイミングに並々ならぬこだわりをお持ちでさ。まぁ、俺たち、仲良く喧嘩《けんか》した仲なんだし……って、話してる途中に気ぃ失うなよ」

俺は、彼女を長椅子に寝かせる。

ミュールが噛《か》み付《つ》いていた眷属《けんぞく》は、上方から投げつけた長剣型魔導触媒器《タイプ・ロングソード》が直撃して昏倒《こんとう》していた。

意表を突かれた五人の前で、肩に刀を担いだ俺はヘラヘラと笑った。

「ヒロインの成長イベントに協力してもらったのに悪いんだけどさぁ」

笑みを引いた俺は、目を細めてささやく。

「お前らの祈りは、もう届かねぇよ」

予定外の闖入者《ちんにゅうしゃ》を前にして、勝利を確信していた顔が歪《ゆが》む。直《す》ぐ様、正気を取り戻した五人組は、バックステップで距離を取りながら番《つが》えた矢を射《う》ち放った。

魔力を蓄えた足で、思い切り地を蹴りつけ——轟音《ごうおん》と共に足元の瓦礫《がれき》が吹き飛び、強烈な光が眼前で閃《ひらめ》いて、前に吹っ飛んだ俺の体躯《たいく》は弾丸と化した。

視界に横線が走る。矢の雨を掻《か》い潜《くぐ》る。豪剣が太矢を喰《く》い破る。

道中に叩《たた》きつけられた長椅子、一切、スピードを緩めないまま突っ込む。猛烈な勢いで横になった視界、宙空の長椅子に張り付いた俺は魔力線を調整し、次々と飛んでくる椅子から椅子へと跳躍を繰り返して刀刃を流した。

不用意に飛び出さないよう、フーリィが俺を押さえつけていた理由もわかる。

コイツらは強い。隙を突かれてから態勢を取り戻すまでの時間は短く、アレだけの量の長椅子を飛ばしてもなお残存魔力に余裕がある。

投擲《とうてき》した長剣型魔導触媒器が直撃したのも、クリスを痛めつけるのに夢中になって気を緩めていたからだ。余計な嗜虐《しぎゃく》性を発揮せず警戒を続けていれば、生じた魔波の揺らぎを察知して回避されていたかもしれない。

あのタイミングまで伏せていなければ、不意を突くことは困難だっただろう。

突っ込んだ俺を迎え撃つためにスペースを空けた五人の動きは、場馴《ばな》れした熟練者特有の洗練された迎撃動作そのものだった。

至って冷静な顔つきで、三条《さんじょう》家の剣士は前方へ長椅子を蹴り押した。摩擦係数を変化させているのか、氷上を滑る丸石のような動きで質量の塊がスライドしてくる。

囮《おとり》役の剣士と長椅子に視線を集中させて、残りの四人は身を屈《かが》めながら散開する。

体勢と速度を崩さないまま、椅子の背もたれに足をかけた俺は飛んだ。

引き金《トリガー》、十二の生成《トウエルヴ・クラフト》、不可視の矢《ニルアロウ》——経路眼前構築《レール・アクティブ》ッ！

眼《め》が──闢《ひら》く。

コンマ秒、視界に張り巡らされた経路線《レール》。その緋色《ひいろ》の軌跡に沿って、不可視の矢《ニルアロウ》を連射する。

蒼白《あおじろ》い火花を散らしながら、不可視の魔力矢は経路線《ルート》を滑り落ち、その出口から十二の矢が噴出した。

地を揺るがすような破砕音。

教会の壁と天井が吹き飛び、同時に五人の敵対者も掻《か》き消《き》──対魔障壁──否、異常なまでの耐久性と体捌《からださば》きで、不可視の矢を耐えきった五人は、それぞれが異なる方向から向かってくる。

「……マズイな」

嫌な予感がする。

この場に存在しない筈《はず》の教会、クリスと俺の一撃を耐えるだけの耐久力、たったの六人でクリス・エッセ・アイズベルトに勝てると思い込む程の勝算……警戒色で頭の片隅が焼き付いて、視界の端で閃《ひらめ》いた剣閃《けんせん》が俺の頬《ほお》を切り裂いた。

「三条《さんじょう》家の名折れ、出来損ないの男如《ごと》きが、どこまで踊れるか見せてもらおうかッ！」

「口説き文句のつもりなら三流だな」

相手の刀に自分の刀を合わせて、剣戟《けんげき》の舞踏を踊りながら俺は笑う。

「出来損ないかどうか確かめてみろよ」

鋼が立てる風切り音の只中《ただなか》で、急所を隠しながら導体《コンソール》を付け替える。バックステップを踏んで距離を取り、回転させた光剣《ルークス》が背の後ろへと回った。

三時、六時、八時、十時、十二時――高速で動いた目玉が、多方向からの五人分の刃《やいば》を捉える。波状のように金属音が鳴り響き、俺は、手元で刀を回しながらその全てを受ける。

両の眼の裡《うち》で蠢《うごめ》く緋色、見て取った三条家の連中は息を呑《の》む。

「払暁叙事《ふつぎょうじょじ》!?　ば、バカな、その歳《とし》で開眼したのか!?」

「いや、カラコン」

眼を開いた覚えはない。

魔眼を自然開眼したわけではないので、クリスのように己の意思で開閉出来ない。

アルスハリヤが、強制的にこじ開けているわけでもない。先日の強制開眼の後遺症によって、古傷が開くようにして魔眼が勝手に開いていた。

頭が爆発したかのような激痛が、脳髄から噴出して四肢を斬り刻みながら広がる。視界が真っ赤に染まり、ぐにゃりと臓腑《ぞうふ》がねじ曲がる感覚、耐えきれずに思わず蹲《うずくま》る。

あ、やべ。しくじった。

四方から、乱刃が迫り――飛来した矢が、余すことなく、それらを撃ち落とした。

「ヒイロに触れるな」

突風が吹く。

階上で弓を構えたラピスは、五本の矢を弓に番《つが》え、脳天から指先までを一本の線として
――撃った。

魔神教と三条《さんじょう》家は、後方に飛び退《の》く。

矢を躱《かわ》したと思い込んだ彼女らは、眼前で急カーブした矢に愕然《がくぜん》とする。

追尾してきた矢を受け流す。対応しきれず、避《よ》けきれなかった二人は、自身の肩と腿《もも》に突き刺さった矢を見て叫声を上げる。

「『クルエ・ラ』の血筋ッ！　エルフの魔弦の矢《マジックアロー》かッ！」

ふわりと、ラピスは飛び降りる。

撃ち返してきた敵対者には目もくれず、スカートをはためかせた彼女は指を振った。

ぎゅわんっ！

蒼白《あおじろ》い光線を描いた魔弦の矢は、忠犬みたいに彼女の下へと舞い戻る。主人に噛《か》み付《つ》こうとした矢を喰《く》い破り、エルフの姫君の頭上に留《とど》まって指示を待つ。

ゆるやかな追い風が吹いて、ラピスの長髪が前に流れる。その両腕に魔力線が走り、右の三本指に左の三本指が重なって――引いた。

彼女の指の間に挟まって、業風を纏《まと》った三矢が太さと長さを増していく。

ギ……ギ……ギギ……ッ！

ラピスの手元で、鳴った弦が張り詰めてゆく。

黄金の長髪が宙空を躍る。膨大な魔力が立ち昇る。無音で矢が放たれる。

滑る。

空気を切り裂いて、床を掠《かす》めながら長矢は滑空する。物理法則を超越した曲線を描き、受け止めた三人の不埒《ふらち》者を天井まで打ち上げた。

教会内を揺るがす程の轟音《ごうおん》と共に、三人分の身体《からだ》が天井に叩《たた》きつけられて、ぱらぱらと頭上から砂埃《すなぼこり》が降ってくる。

「ヒイロッ！」

ラピスが駆け寄ってきて、ふらつきながら俺は立ち上がる。

背後からラピスに襲いかかった眷属《けんぞく》を蹴り飛ばし、彼女を抱き寄せてから安堵《あんど》の息を吐《つ》く。

「おいおい、詰めの甘さでスウィーッ出来上がっちゃうよ。助けてくれてヴェリ・サンキューだけど、師匠がこの場にいたら『後方不注意』で違反点数加算されて、二十四時間背後から襲撃される人生になるからね。ちなみに、俺はもうなってる」

「ウン、コワカッタ。コワイ。トテモコワイ」

「なに、そのロボカライズされたお返事は。抱き着かないで。コワイコワイ言いながら、しがみつくのはやめ――オッケー、ナイスゥ！」

思い切りラピスを突き飛ばし、振り下ろされた剣刃を受け止める。鍔迫《つばぜ》り合《あ》いに持ち込み、斬りかかってきた三条家《さんじょう》の剣士に満面の笑みを向けた。

「ナイスゥ……！」

「うぉお、なんだコイツ、急に力がぁ……っ！」

激痛で頭が軋《きし》み、目眩《めまい》で視界が揺れて、強制開眼した後遺症《ツケ》を実感する。

踏ん張りがきかず後ろに下がり始めると、三条家の剣士は下卑た笑みを浮かべる。

「所詮、男だな。あのアイズベルト家の腐れ姉妹、出来損ないの欠陥品どもと同じだ。とっとと諦めて、あの世の春を謳歌《おうか》しろスコア0。お前を殺した後、出来損ないの妹の前で、欠陥品の姉を解体してやる」

「……アルスハリヤ」

俯《うつむ》いたまま、俺はささやく。

「闢《ひら》け」

○・五秒の開眼。

勢いよく、俺は顔を上げる。

単純な魔力の出力で、受けていた刀を打ち上げ、緋色《ひいろ》の目で眼前の敵を見つめた。

あたかも、敵《ソレ》は、緋色の管の集合体のように視《み》えた。

眼前に存在する管の集合体は、緩慢に蠢《うごめ》きながら夕色に染まる。九鬼正宗《くきまさむね》を振るった途端、受け止めていた刀身が根本から消し飛び、二の太刀《たち》で彼女の脇腹をトンッと叩《たた》いた。打った箇所を中心にして、錐揉《きりも》みしながら人体が吹っ飛ぶ。六行分の長椅子を薙《な》ぎ倒《たお》し、木片を飛び散らせ、壁に衝突して崩れ落ちた。

「口臭ケアしてから出直せ。クセぇんだよ、その心の底から」

取り残された一人は、劣勢を見て取るや否や、教会の大扉へと走っていき——取っ手ごと、その扉が凍りつく。

「あらあら、やぁね。あの世の春の代わりに、この世の冬がやって来ちゃった」

崩壊した教会の中心。

床に突き刺さった長椅子のてっぺんに腰掛けるフーリィは、かぶったベールを輝かせながら微笑《ほほえ》む。

「本日の主催が、招待客を残してどこに行くつもり？　お手洗いは、そっちにないわよ？」

「ふ」

口に出せたのは、一文字だけだった。

逃走を図った眷属《けんぞく》は、睫毛《まつげ》に霜をびっしりと張り付け冷凍されていた。艶《なま》めいた肌の表面で、うっすらと張った薄氷が煌《きら》めいていた。傍目《はため》から見れば顔色が悪い病人にも思えるが……その実、内外共に凍結している。

「三条《さんじょう》さん、どうやら本日の演目はすべて終了したようですね」

囚《とら》われていたミュールと先輩を救い出していた委員長は、細めた目で腕時計を見下ろしてささやいた。

「宴もたけなわ、名残惜しいところですがお暇《いとま》しましょう」

別に支えてもらう必要はないのだが。

俺に寄り添っているラピスは、正当な介助行為だと思いこんでおり、どうやって彼女を突き離すか考えながら俺は笑った。

「そうだな。何時《いつ》まで待っても、茶のひとつも出てこねぇし帰ろうぜ」

「いぇ～い、カーリング～！」

「……やめろ、フリギエンス家のゴミが」

氷床を滑っているクリスが、半死の状態で眼前を通過していく。見た目はアホっぽいが合理的な運び方をされており、フーリィの手で応急処置を施された彼女は、苦情を言えるくらいの元気を取り戻していた。

「さ、三条燈色《ひいろ》、お前の忠義には感謝してやってもいいぞ！」

とてとてと、俺の前にやって来た寮長《ミュール》は偉そうに腕を組む。

恐る恐る俺の反応を窺《うかが》って、彼女はゆっくりと腕を下ろした。

「あ、あの……ヒイロ……」

腕を組んだり下ろしたり、胸を張ったり張らなかったり、白金《プラチナ》の髪を撫《な》で付けたり撫で付けなかったり。

ミュールの内側と外側でせめぎ合いが起こり、彼女はそわそわしながら唇を噛《か》んだ。

「…………あ、ありがと」

顔を真っ赤にして、俯《うつむ》いた彼女は、モゴモゴとなにかを口ずさむ。

「え？　なに？　なんすか？　リリィさんのことが好き？　大好き？」

「……な、なんでもない」

ミュールは、ちらっと、俺のことを見上げた。

「ひ、ヒイロは……しゅ、趣味とか……あるのか……？」

「百合《ゆり》」

「こ、こんどっ！」

急に大きな声を出したミュールは、またモゴモゴと口ずさみ、救いを求めるかのように隣を見遣《みや》った。

その空きスペースに、忠実な従者がいないことに気づくと顔を伏せる。

「あ、遊んでやるぞ……うっ……あ、遊び……遊びたい……かも……」

「り、リリィさんと!?　ゆ、百合を見せてくれるってこと!?　いつの間に、そんな殊勝な気遣いが出来るようになったんですか!?　らしくねぇな、熱でもあんすか!?」

俺は、満面の笑みを浮かべる。

「是非、ご相伴に与《あずか》りましょう。まさか、俺の趣味に理解を示してくださる方が現れるとは……くーっ！　おっかねぇお姉ちゃんボコボコにした甲斐《かい》があったぁ！」

首を傾《かし》げていたミュールは、ハッと気を取り直して腕を組む。

「わ、わははーっ！　わたしの寛大な処置に恐れ入ったか、三条燈色《さんじょうひいろ》！　わたしとリリィとお出かけ出来るなんて、天文学的確率の幸運だからなーっ！　奥歯でしっかり噛み締めて、二札二拍手一札だかなんだかの礼儀を欠かすんじゃないぞ！」

「承知仕《つかまつ》った。二万円の前払いで礼儀を示し、二回のスタンディングオベーションで場を沸かせ、一万円の後払いで立つ鳥跡を濁さずを実践しましょう」

頬《ほお》が紅潮しているミュールは、俺の返事を聞くなり駆けていく。

「や、やくそくだからなーっ！　忘れたら、シンプルにぶっ殺すからなーっ！」

「くっくっく……！」

思わず笑みを零《こぼ》した俺は、隣のラピスへとささやきかける。

「見たか、ラピス？　あんなちんまい身体《からだ》でも、立派に雌の顔してやがったぜ。クリスかリリィさんか、俺の食卓に並ぶカップルはどっちにな――」

肩に鈍い痛みを覚える。

俺の肩にグーパンをめり込ませ、ラピスはニコリと笑った。

「なにか？」

「あ～ん？　嬢ちゃん、おたくの拳、こっちの肩にぶつかっ――」

ゴッ！　骨の奥にまで響く痛み。再度、拳を叩《たた》きつけたお姫様は満面の笑みを浮かべる。

「なにか？」

「ひっ……！　す、すいませ……ぼ、ぼくの肩がぶつかりました……ご、ごめんなさい」

その後、何回か、絶妙に痛くない拳と肩の衝突事故（肩側の全額補償）が繰り返された。

俺たちは、滞りなく主犯の武装解除と拘束を終える。

最深層から地上までは、魔波も電波も届かないので連絡が出来ない。後始末のために応援を呼ぶことになり、俺たちは教会の裏口から出ようとして――笑い声を聞いた。

「ひっ……ひひっ……ひひひっ……！」

床上で拘束されている眷属《けんぞく》は、天を仰いでけたたましく笑い始める。

その瞬間――俺は、ラピスを突き飛ばす。

「えっ、ヒイ――」

外へ抜けたラピスの姿が掻《か》き消えて、裏口の出入り口は黒く沈殿する。

瞬《まばた》きをする。

厳浄の聖域は涅色《くりいろ》に染まって、真っ赤な絨毯の境目が浮かび、その左右にあった景色は深潭《しんたん》へと沈んでいった。

俺は、深淵《しんえん》を覗《のぞ》いた。

芯から凍りつくような魔力が、奈落のどん底から這《は》い上《あ》がってくる。

肌が粟立《あわだ》ち、脳髄が痺《しび》れて、両手足がひりついた。

予感があった。

果てしなく、嫌な予感が。

死んだ筈《はず》のパイプオルガンが、粘ついた暗黒の中で息を吹き返し、音ズレしたミサ曲を奏で始める。

天のいと高きところには神に栄光あれ《グロリア・イン・エクチエルシス・デオ》。

外れている音律が空間を満たし、調子の外れた幼児の声音が聖歌を唱え、独りでに行われるチューニング合わせの音が響いた。

深い、深い、その底で、火の穂が灯《とも》った。

その聖なる灯火《ともしび》は、逆十字を寓《ぐう》している。ゆらめきながら導きを示し、宙空で花開く火の粉が臭いを立てた。

水平に腕を上げた軀《むくろ》は、ごうごうと音を立てながら燃える。

ぽつ、ぽつ、ぽつ。

水平の腕と直立の脚で、逆十字をとった人間の燈火《ヒューマンキャンドル》。橙色と赤色と黒色、その中間色、陰影入り交じる赤黒い臓腑《ぞうふ》の色合い。逆さ磔《はりつけ》にされた老若男女は、黒ずんだ楽器となって悲鳴を奏でた。

両手を広げた美しい少女が、ゆっくりと舞い降りてくる。

天使か、堕天使か。

長い袖を備えながらも、白く艶《つや》やかな肩は露出している。

特徴的な純黒の修道服を着た美少女は、純白のウィンプルで美しい尊顔を彩り、涙を流しながら祈りを捧《ささ》げた。

糸の切れた人形のように。

かくりと、首を傾けた少女の片目から純赤の涙滴が落ちる。

「あぁ、どうか」

俺は、彼女を知っている。

「どうか、魔の神よ」

彼女の名は――いや、その魔人の名は――

「死にゆく哀れ子に、そしてなによりも、このわたしに祈りをお捧げください」

第五柱、烙禮《らくらい》のフェアレディ。

気圧《けお》されて硬直した身体《からだ》とは裏腹に、俺の脳は生き延びるために全力で回転し始めた。

烙禮のフェアレディ。ミュール・ルートで登場する彼女は、己という神を信仰する信徒である。

要するに、超弩級《ちょうどきゅう》のナルシストだ。

フェアレディは、自己を完璧な存在と称し、他者を『欠けている』と表現する。

彼女は魔人なので、当然、彼女が言うところの『欠けている』人間が基になっている。

にもかかわらず、彼女は自身こそがオリジナルだと信じて疑わない。

自己矛盾の塊である魔人は、自身が『完全無欠の存在』であることを証明し、その矛盾すらも書き換えようとしていた。

その方法は、至極単純である。

自身の眷属《けんぞく》を操って事件を起こし、その事件をフェアレディが解決する。

彼女は、プレイヤーから『マッチポンプの魔人』と呼ばれていた。ありとあらゆる残虐行為を自ら引き起こし、ありとあらゆる穢《けが》れを知らない己《おの》が手で救おうとする。

原作ゲームでは、フェアレディが人間を殺すことは一度もない。

放射線をばら撒《ま》く放射能のように、周囲に死と不幸をばら撒く死神である。

烙禮のフェアレディは、神である己が愛されるのは当然だと思い込み、自分を愛する全人類が不幸になることは幸福であると考えている。

フェアレディは、世界の中心、物語の主人公になりたいのだ。

彼女にとっての主人公とは、完全無欠のメアリー・スー、彼女が定義する弱者のみを救い取る救世主である。

だから、彼女は、今日も誰かの不幸を生み出し続ける。不幸と幸福を秤《はかり》にかけて、己の人差し指で好き勝手に傾ける。

魔人の例に漏れず、彼女は膨大な魔力を持ち、条件付きで無敵に至る権能を併せ持つ。

ミュール・ルートで敵対することとなる彼女は、最後の最後まで悪行を恥じることも悔いることもなかった。

見事なまでの被害者面で、可哀想《かわいそう》なヒロインを気取って消えていった。その清々《すがすが》しさには、プレイヤーたちも称賛《ブーイング》を惜しまなかった。

ミュール・ルートの中盤で、アイズベルト家を蠱毒《こどく》の壺《つぼ》として、家族同士で殺し合いをさせた挙げ句、うずたかく積もった死骸の前で泣きながら「救えなかった」と宣《のたま》うようなクソ女である。

今の俺では到底敵《かな》わない魔人を前にして、取るべき行動はたったひとつしかない。

わざとらしく両手を組んだ俺は、ゆったりとした動作で跪《ひざまず》いて滂沱《ぼうだ》の涙を流した。

「あぁ、美しき我が宵闇の星よ！　フェアレディ様、ついに降臨なされたのですね！」

このアホみたいな耽美的《たんびてき》賛美は、修道女《シスター》・フェアレディが最も好む口調だ。

一時期、エスコ・プレイヤーたちの間では、このように耽美な口調が流行《はや》っていた。

フェアレディをアイコンにしたアカウントで挨拶すると、同じアイコンを設定している信者どもが押し寄せ『降臨なされた！』とマッチポンプを仕掛けてきたりした。

所謂《いわゆる》、フェアレディ構文である。

涙を流しながらとか、笑いながらとか、震えながらとか、情感たっぷりに言うことを求められるせいなのか。

文章の後ろに大量の顔文字が付くことが多く、まるでおじさん構文のようだったので、ネット上のフェアレディ派は『耽美おじさん』と呼ばれ、フェアレディのアイコンを付けたおじさんがネット上に大量発生することになった。

内心、死んだなと思いながら、俺は、寄ってくるフェアレディを見上げた。

確かに、彼女はあまりにも美しかった。

最高峰の画家が、『美』を題として描き上げた傑作のようだ。

絵画の枠《アートフレーム》を踏み越えてきた美少女は、両手を組んだままにっこりと笑った。

「おぉ、我が信徒よ！　いと高き我が足の下に跪く、価値なき哀れ子よ！　その薄汚い口で、歓待の息を吐くことを無下にはしない！」

シャア、オラァッ！　フィッシュフィッシュフィーッシュッ！

片手で口を押さえた俺は、感激で咽《むせ》び泣《な》く信者を装う。

「胸躍る激情で琴線が震えても、貴女《あなた》の美を解することはない！　その白魚のような指先が、我が視界で揺れる度、心の臓が止まる錯覚に極まる！　どうか、哀れ子に慈悲を！慈雨で満たされた海原を航海し、水平線の彼方《かなた》で賛美することをお赦《ゆる》しください！」

微笑《ほほえ》んだフェアレディは、俺に手を差し伸——ぴたりと止まった。

「……アルスハリヤの臭いがする」

笑みを浮かべたまま俺は硬直し、フェアレディは両眼《りょうめ》で微笑《ほほえ》む。

「臭い」

首を曲げたフェアレディは、俺の首筋に鼻を近づけてすんすんと嗅いだ。

「愛《いと》しき我が迷える羊《ストレイシープ》よ。その羊毛を立て整えたのは、穢《けが》れたアルスハリヤの指先であるか？」

数千もの剣先を向けられているかのような殺気で、俺の全身が身震いして粟立《あわだ》つ。

フェアレディとアルスハリヤの関係値は、他の魔人と比べてみれば良好とも言える。

魔人間の『良好な関係値』とは『殺し合いには至ってない』を意味している。フェアレディはアルスハリヤを好んでいるどころか毛嫌いしており、隙あらば殺しておこうと思っている筈《はず》だ。

アルスハリヤが、頑《かたく》なに姿を現さなかった理由がわかった。

直近でアイツが顕現していたら、誤魔化《ごまか》しようもなく俺は焼き殺されていた。

「あ、アルスハリヤ……？」

問われた俺は、アルスハリヤのことを思い浮かべる。

──命を懸けて、好感度を急上昇させた美少女を胸に抱く気分はどうだい？

トラウマで軋《きし》んだ頭を抱えた瞬間、押し殺していた憤怒と殺意が息を吹き返し、煮えた

ぎるような怒りに任せてがなり立てる。

「アルスハリヤァアアアアアアアアアアアアアアアアアアアアアアアアアアア！　ァアアアアアアアアアアアアアアアアアアアアアアアアアアアアアアアアア！　殺してやる殺してやる殺してやるぅうううううううううううううううううううううううううう！」

泣きじゃくりながら、俺は地面に拳を叩《たた》きつけた。

さっきまで、俺にくっついていたラピスのはにかみを思い浮かべる。

「アイツさぇえええええええええええええええええええええええええええ！　アイツさえいなければぁああああああああああああああああああああああ！　クソがァアアアアアアアアアアアアアアアアアアアアアアアアアアアアアアアアアアアアアアア！」

何度も、何度も、何度も。

手の甲の皮が破けて肉が見えるまで、拳を床に打ち付けて絶叫する。

「アイツさえいなければァ……！　俺は……俺は、今頃……今頃ぉ……ッ！」

力なく頭《こうべ》を垂れてすすり泣く俺を見下ろし、フェアレディは満足げに笑いかけてくる。

「聖水で身を清めることを赦《ゆる》しましょう。貴方《あなた》は、悪魔に取《と》り憑《つ》かれている」

聖女を気取った魔人は、俺の肩へと優しく手を置いた。

「貴方の敬虔《けいけん》さは、甘美なる共感を齎《もたら》した。その愚身に巣食う悪魔《アルスハリヤ》の痕跡は、血肉の献身をもって滅びの美学を描くことでしょう」

魔人が、人間に優しい。この光景は、当然、有り得ないことだ。

フェアレディは、俺というゴミ虫に思いやりの言葉をかけているわけではない。

ただ、彼女は、不幸な人間に優しくしたいだけだ。

この世界における最底辺、男である俺は愛する存在（百合《ゆり》）すら奪われて絶望の淵《ふち》にいる。恐らく、今の俺ほど魔人《フェアレディ》の餌食に適している人間はこの世界にいない。

「あはぁ……！」

うっとりとしたフェアレディは、自分の首を自分の両手で絞める。

「な、なんて、わたしは慈悲深い……！　わ、我が神よ……その腕には、どこまで大きな愛を抱けるのですか……！　あ、あぁ……！　せ、世界の中心を胎内に感じる……！」

あ、フェアレディだ！

作中で主人公に『自分で自分を抱ける女』と評されていた彼女は、自身を掻《か》き抱《いだ》いて呼吸を荒らげていた。

「わ、我が神よ、我が神よ、お聞きくださぃ……！　わ、わたしは、世界を救いたい……人間を……すべてを救いたい……！」

この救世願望《ヒロイズム》は、破滅願望《デストルドー》でもある。

とんだ自己矛盾だ。

結局のところ、誰かを救いたいという願望はエゴの一種だ。生来、人間が生得しているそのエゴイズムは、その最奥にまで突き詰めた瞬間に『自己の救済』へと様変わりする。

他者救済と自己救済は、あまりにも儚《はかな》い境界線の上に成り立っている。

他者と自己の視点から己自身を英雄視し、他者を救うことで自己を救う究極のナルシシズム。陶酔に浸るフェアレディを観察し、俺はどうにかやり過ごせそうだと安堵《あんど》する。

このまま、適当に信者を装っていればどうにかなりそ――

「ふぇ、フェアレディ様ッ！」

息も絶え絶えに立ち上がった眷属《けんぞく》は、俺に向かって指先を突きつける。

「そ、ソイツは！　三条燈色《さんじようひいろ》は、アルスハリヤ派の人間で！　我らの敵です！　騙《だま》されてはなりませんっ！」

「愚者は虚偽で口を穢《けが》し、賢者は虚偽で知を蓄える」

頬《ほお》を染めたフェアレディは、花が綻ぶように笑った。

「瑕疵《かし》なき美で輝くわたしを虚言で欺ける迷い子はいません。つまり、貴女《あなた》は、わたしに嘘《うそ》を吐《つ》いたということですか……あぁ、なんと！　なんと、嘆かわしい！」

「……は？」

目にも留まらないどころか、意識下にも留まらない大矛盾豪速球が投げつけられる。

耐性《グローブ》がない眷属は直撃し、ローディングに入った彼女はフリーズする。すかさず不幸ゲージを高めていった俺は、凶悪無比な百合《ゆり》破壊魔人を心から想《おも》った。

「ぢ、ぢくじょぉお……ッ！　あ、アルスハリヤァ……！　ぁあ、ゆ、百合が……！　俺を挟んだヒロインたちが百合園を燃やしていくぅ……！　せ、世界が歪《ゆが》むぅ……！」

「し、信じてください！　我々が貴女を復活させた！　嘘を吐いているのはソイツだ！」

　フェアレディの死角に入った俺は、ニヤつきながら眷属に向かって中指を立てた。

　素人が。フェアレディが、合理的に物事を判断するわけないだろ。このナルシスト・レディは、自分が救いたい方を救うんだよ。

　不幸勝負で勝った方が勝利し、幸福勝負で勝った方が敗北する。

　お気の毒だが、今の俺は不幸自慢に敗《ま》ける気がしない。

「ら、ラピスが！　ラピスが、身体《からだ》をくっつけてくるよぉっ！　お、俺のこと好きなのかなぉ……違う違う違ァう！　原作では！　原作では、主人公と結ばれるんだぁッ！　俺のことを好きなわけがない俺のことを好きなわけがない俺のことを好きなわけがない！　嫌だァ！　嫌だ嫌だ嫌だ嫌だァ！」

　俺は、泣き、叫び、絶望した。

「女の子はァ……女の子と付き合えば良《い》いんだァ……ァ……ァアアアアアアアアアッ！」

　フェアレディは、俺を胸に抱き込み、恍惚《こうこつ》とした表情で目を閉じる。

「あぁ、哀れ子よ。なんと、痛ましい。このようにか弱き愚物が、虚妄を抱くわけもない。哀切に藻掻《もが》く成れの果てよ。高尚なるわたしの抱擁を分け与えましょう」

俺は、既に、フェアレディの取り扱い説明書を完読している。

『頭矛盾女、不幸でたたいて・なぐって・ジャンケングー』では、不幸フィジカルの差で勝てないと判断したのだろう。

俺が得意とする自画自殺バトルに敗《ま》けた眷属《けんぞく》は、恐怖で慄《おのの》きながら逃げ出そうとして──ばったりと、委員長と出くわした。

逃げ損ねていたのか。

教会内に取り残されていた委員長は、とっさの判断で踵《きびす》を返し逃走を図った。一も二もなく、彼女を捕らえた眷属はそのうなじに刃先を突きつける。

「な、なんと無慈悲なことを！」

俺を抱いたフェアレディは、興奮で頬《ほお》を赤らめて両手を組む。

「そ、その哀れ子を殺しな……放しなさい……い、いえ、もっと、酷《むご》いことを……わ、我が神よ、一体、どうすれば……救いを求める声が、わたしを求める熱が伝わってきます……あぁ、苛《さいな》まれるわたしもまた美しい……！」

フェアレディに抱き締められ、動きを封じられた俺は舌打ちする。

焦慮で藻掻《もが》いて、視界の端に紫色が過《よぎ》る。

「おい、神の代わりに救いの時間を与えてやる。その薄汚い男から手を放せ」

生成《クラフト》した長椅子を八角錐《はっかくすい》の形で組み合わせ、頂点に立ったクリスは微笑を浮かべる。

「一秒待った。死ね、ゴミ」

ゴポゴポゴポゴポゴポッ！

生成された正方形状の木材が、波打ちながら、フェアレディへと襲いかかる。機敏に動いた魔人は、まるで俺を庇《かば》うかのような動作で自分を狙った一撃を受け止めた。

「心奪われ、眼《め》が眩《くら》み、身が震える自己犠牲……！」

丸まったその背から、風切り音と共に鋼糸《ワイヤー》が吐き出される。

その鋼糸は、魔力を伴わないものだった。

視覚障害を患っているクリスの弱みを突いた反撃。俺の眼でも捉えきれない極細の鋼糸に搦《から》め捕《と》られ、引き裂かれたクリスは盛大に血飛沫《ちしぶき》を上げる。

負傷した自分は役に立たないと判断し、捨て駒に徹しようとでも思ったのか。

囮役《おとり》となって注目を集めたクリスは、落下の最中に出来た鋼糸の隙間をくぐって、委員長を拘束していた眷属を弾《はじ》き飛《と》ばし――全身を床に叩《たた》きつけた。

「クリスッ！」

「あぁ、や、やめなさい！　群れ立つ狼《おおかみ》が孤立した羊を攻撃するなど！」

フェアレディが召喚した魔物の群体は、波打ちながら血海に沈んだクリスを襲う。

引き金《トリガー》――フェアレディの拘束を撥《は》ね除《の》けて、攻撃地点に飛び込んでいった俺はクリスに覆いかぶさる。

牙、爪、棘《いばら》が皮を喰《く》い破り、肉を斬り刻み、その下にある腸をえぐった。数十秒で血だるまと化した俺は、中指と薬指の間から手首まで裂けた右の手で抜刀する。

白刃が肉を裂いた瞬間、攻撃が止《や》んで、凍りついた魔物の群れが視界に飛び込む。

「ヒーくん、死なないように」

外側から膨らんで、大扉が吹き飛んだ。

「全身、下げておきなさい」

猛烈な勢いで逆巻く氷刃が、床と壁を削りながら純白に景色を染め上げる。

その氷嵐の中心に居座っているフーリィは、蒼白《そうはく》の眼光をたなびかせながら振り上げた右手を叩《たた》き落とし——轟然《ごうぜん》たる大音響と共に屋根が消し飛び、剥《は》がれ飛んだ突板が圧《へ》し曲がり、吹き荒ぶ暴風雪が死を奏でて凍り付かせる。

眼《め》の前が氷粒で埋まり、衣服が皮膚に貼り付き、吸い込んだ冷気が肺を焼いた。魔物を蹴散らしながら、すっ飛んできた雪壁が俺とクリスを覆い込んでぬくもりが戻る。

失《う》せた天井、訪れる冬夜、月白で染まった両眼が魔人を愛《め》でる。

「はぁい、はじめまして、血の色は嫌いだから凍り死んで」

出会いと別れを同時に済ませて、フーリィは五指に纏《まと》った何かを払った。

視《み》えない。否、不純物を取り去って薄く延ばし、屈折率を調整した円形の氷刃。

不可視の氷刃で全身を斬り刻まれ、びくんびくんと魔人の肢体が小刻みに震える。自己憐憫《れんびん》に浸っている彼女は、両手の人差し指と中指で格子を作って右眼を覆った。

「さぁ、夢限の格子においでなさい」

夢畏施《スウィート・スリーピィ》の魔眼――喰らったら、フーリィが死ぬ！

凍り付いた引き金《トリガー》を見た俺は舌打ちし、魔力線で右腕を包んでから踏み込み、全力で九《く》鬼正宗《きまさむね》を投擲《とうてき》して――ドッ――フェアレディの胸の中心に突き刺さる。

「預かっとけ」

ふらつきながら、俺は、魔人を指差す。

「必ず……取りに来る……！」

喜悦の表情で、フェアレディは目を輝かせ――猛吹雪が人と魔を隔てた。

氷雪の帳《とばり》によって、魔人は獲物を見失った。限界を迎えた俺は後方に倒れて、委員長が抱き止めてくれる。

「三条《さんじょう》さん、三条さんっ！」

「大丈夫、呼吸してるから。あの魔人、復活したてで魔眼を開眼出来るなんて……ヒーくんが意識を逸《そ》らしてくれなかったら死んでたわね。一旦、引くわよ」

ぼやける視界に、魔人の姿が映る。

わざと俺たちを見逃すつもりらしい彼女は、救いの担い手になったつもりで祈りを捧《ささ》げていた。

「貴方《あなた》の死路に加護があらんことを」

俺は、震える右手を持ち上げ中指を立てて――意識を失った。

*

真っ白な天蓋にレースカーテン。

俺は、視界に飛び込んできた風景をぼんやりと眺める。

どうやら、お姫様みたいに天蓋付きベッドに寝かせられているらしい。

グロテスクの表現の限界に挑んでいた右腕は、元の形状を取り戻し、血と傷で塗《まみ》れた全身には包帯が巻かれていた。

ベッド脇の椅子に座っているクリスは腕と脚を組み、むっつりとしたまま文庫本に目を落としていた。

本の題名は『君主論』。

コイツ、キャラクター徹底し過ぎだろ。とか思いつつ眺めていると、彼女は俺の視線に気づいて舌打ちする。

「起きたなら起きたと言え」

「起きた」

「ディレイをかけるな、カスが」

立ち上がった彼女は、ＰＴＰ包装シートに包まれた錠剤を放ってくる。ミネラルウォーターで同じ薬を流し込んだ後、呆《ほう》けている俺へと残った水を投げつける。

「解熱剤と痛み止めだ。飲んでおけ」

さすが、高位の魔法士、修羅場を潜《くぐ》り抜《ぬ》けているだけある。

熱を帯びる身体《からだ》と激痛を訴える頭、渇ききった喉に水分と薬剤を支給し、枕元にあったサンドウィッチをつまんだ。

「で、ココどこ？　病院にしては、看護師に向いてないおっかないのが君主面してサボタージュしてるけど」

「軽食を譲ってやったんだ、頤《おとがい》を叩《たた》かず腹鼓を打つのが礼儀だろ。ココがどこで、現状がどうなっているのか、自分で把握してみれば多少は礼節を学ぶ」

ドカッと、座り直したクリスは親指で扉を指した。

びっしりと、Ｌ判の写真が貼り付けられた扉。貼り重ねられた写真の層には、俺が写っており、屈託のない笑みでフェアレディと並んでいた。

すべての写真に、俺とクリスとフェアレディが写っている。

家族であるわけがない魔人とかけがえのない時間を共有し、分かち合える筈《はず》もない感情を重ね合った自分の姿。ナルシストの畜生魔人は、俺の肩を抱いて聖母面をしている。記憶の大海を写し取ったフォトグラフには、ありとあらゆる背景が収められており、数えきれない程の思い出が捏造《ねつぞう》されていた。

どうやら、俺とクリスは、フェアレディの巣に閉じ込められたらしい。

正確に言えば、俺たちは生と死の境目に立っている。フェアレディの夢畏施の魔眼《スウィート・スリーピィ》に囚《とら》われて、深奥に潜む檻《おり》の中へと誘われてしまった。

「クリス、コレ、現実じゃないぞ」

「見ればわかる。この手の魔法には、覚えがあるからな」

「俺たちは、たぶん、現実で瀕死《ひんし》状態だ。アイツは、弱った人間に寄生して、生命力を吸い上げる固有魔法を使う。精神が陥る蟻地獄《ありじごく》だ。脱出する方法を見つけないと、脳みそが干からびてミイラ体で発見されることになる」

夢畏施の魔眼と銘打たれているが、この世界は夢の世界ではなく、茫漠《ぼうばく》としたフェアレディの精神世界である。

この世界では、なにもかもがフェアレディの思い通りに運ぶ。その法則《ルール》に流されれば流される程に、違和感は消失し、当然のものだと受け取るようになる。川底で摩耗して丸みを帯びる石ころのように、徐々に精神性を変じられていく。

フェアレディは、こうして、忠実な信徒を創り上げる。

この手の強制洗脳を仕掛けるのは、肉体・精神ともに弱りきった『お気に入り』のみだ。

俺とクリスは、美食家《グルメ》ぶった魔人様のお眼鏡に適《かな》って、舌の上で踊ることを強制されている。

たった今、俺たちは、フェアレディに精神を喰《く》われている。

コンコンと、ノックの音が聞こえた。

クリスは、静かに立ち上がり、俺に座っていろとハンドサインを出した。

俺の視線は、部屋の中を彷徨《さまよ》った。枕、椅子、写真立て、クマのぬいぐるみ……迷ってから、柔らかなぬいぐるみを手に取る。

魔導触媒器《マジックデバイス》を没収されているクリスは、椅子を頭上に振り上げて扉脇に潜む。ぬいぐるみを抱いた俺を見て、彼女は目を見張った。

「純朴な幼子を気取れば、命を助けてもらえるとでも思ってるのか？」

「いや、コレで良《い》い。お前も、こっちにしとけ」

俺は、クリスから椅子を奪い取って枕を押し付ける。

「おい、フザけ――」

「来るぞ」

ぎぃっと、音を立てて扉が開いた。

「おはよう、我が子たち」

エプロンを身に着けたフェアレディが、可憐《かれん》なステップで部屋に入ってくる。

「おはよう、母さん」

俺は、窓辺の光を浴びながら、爽やかな笑みを浮かべる。

「朝靄《あさもや》が立ち込める青空で、カナリアたちが綺麗《きれい》な歌声を奏でているよ」

「…………は？」

絶句しているクリスの横で、フェアレディは微笑を浮かべる。

「あぁ、麗しき我が子よ！　日はまた昇り、空は翳《かげ》って、雲は夜に包まれる！　この一日が健やかなものであるように共に祈りましょう！」

両手を組んだ若すぎる母親役は、小首を傾《かし》げて微笑《ほほえ》む。

「朝食にしましょうか、ヒイロ」

俺は、手庇《てひさし》を作って目を細める。

「困ったな、朝日を浴びた僕の胸はつかえている。この罪なき眼《まなこ》では、母さんを直視できそうにない。太陽よりも偉大なる母性、そのあたたかな愛は春の陽射《ひざ》しを思わせる」

「子の返愛に返す言葉はない！」

トットット。前のめり、腰を曲げた俺は、つま先で床を叩《たた》く。

対面で同じポーズをとったフェアレディは、同調して爪先で床を叩いてリズムを取った。

笑い合う俺たちは、同時に口を開いた。

「「あ～、美しき日々～♪」」

「意味がわからん、死ね」

急襲したクリスの右拳は、フェアレディを突き抜ける。

驚愕《きょうがく》の表情を浮かべた彼女は、つんのめった体躯《たいく》を片足で支えて、絶妙な体重移動で立て直し――回し蹴りを放った。

風を切った鋭い蹴撃は、魔人を通り抜ける。

「「この清らかな三百六十五日に名前をつけよぉ～♪」」

呆然《ぼうぜん》とするクリスの前で、サビまで歌いきった母親《フェアレディ》はスカートを翻した。

「さぁ、我が子たちよ！　この世の糧に感謝を捧《ささ》げ天明を迎えましょう！」

俺たちの返事を待たず、スカートの端をつまみ上げた彼女は階下へと駆け下りていく。

立ち尽くしていたクリスは、ただ、俺のことを見つめる。

「言ったろ、枕の方が良《い》いって」

「なぜ、攻撃が通用しない。フェアレディと私たちの精神は混ざり合って、好むと好まざると互いに影響を受ける筈《はず》だ。一方的な精神干渉なんて有り得ない」

「魔人に道理を求めるなよ。奴らと俺らじゃ土台が違う。鳥に『なぜ、飛べる？』と問いかけるようなもんだろ。この世界の家主様が、家族ごっこをご所望なんだ。両手を広げて笑顔で迎合し、トーストとスクランブルエッグに舌鼓を打ってやれば良い」

気だるい身体《からだ》をベッドに預けて、仰向《あおむ》けに倒れた俺はささやく。

「思考停止の愚策としか思えない。相手の求める事を為《な》せば、それだけ取り込まれる時間が早まる。精神掌握の魔法をかけられた場合、自己を誇示し反発するのがセオリーだ」

「定石《セオリー》ってのは、教科書通りの解答を書き込めば満点がもらえる学校教育にしか通用しないんだよ。この世界で生き残れるのは、フェアレディ先生が求める優等生のみだ。ヤツに『不合格』の判を押された瞬間、現実の肉体は生命活動を停止する」

「魔人が管理する通信簿で『5』を取り続けながら、この世界を脱する方法を見つけろと？」

枕を放り上げた俺は、キャッチしてから口端を歪《ゆが》めた。

額に青筋を立てたクリスは、ぴくぴくと頬《ほお》を痙攣《けいれん》させながら歯噛《はが》みする。

「ふざけるな、なにが『美しき日々』だ。ミュージカル映画よろしく、日常生活の狭間《はざま》にコーラスを挟み、情感たっぷりのダンスで羞恥を極めろなどと宣《のたま》うか」

「急に回し蹴りかませるくらい足癖が悪いんだ、ダンスくらいは簡――いだっ！」

足捌《さば》きに定評がある魔法士様に、げしりと蹴りを入れられる。

「私の人生には、歌とダンスもなければ愛とピースもない。リズミカルに末席を汚してたまるか、蒙昧《もうまい》が。無益でしかない戯言《たわごと》で、己の寿命を縮めるな」

「こっちとしても、あんたが笑顔でくるくる回りだしても困惑するけどさ」

立ち上がって、俺は、クリスの手をとっ――右拳が、顔面に叩《たた》きつけられる。

「俺の顔面、掘削工事現場みたいになってない？」

「気安く触れるな」

「気安く顔面崩壊させるな。慈愛の聖母様を気取るフェアレディは、俺たちが仲良くすることを好むんだよ。たぶん、アイツの脳内設定的に俺たちは兄妹《きょうだい》だからな」

「姉弟《きょうだい》だ」

「……早い段階で、姉弟の絆《きずな》（笑）を見せつけておいた方が良《い》い。仲良しこよしポイントが溜《た》まれば溜まるほど、フェアレディの評価も上がっていく筈《はず》だからな。あんた、フェアレディ構文作るの下手そうだし、ニコニコしながら俺と腕組んでるくらいが丁度良いよ」

「この私に、男と腕を組めと？」

「おいおい、お姉ちゃん、我慢の仕方くらいは社会で習ってる筈だぜ？　さすがに、命がかかればゴキブリだって指で摘《つま》めるだろ？」

　舌打ちをしたクリスは、俺が差し出した腕の端に自分の右手を引っ掛けた。

「そんな、極悪設定のクレーンゲームみたいな腕の弱さある？」

「黙れ。とっとと歩け」

「先に言っておくが、なにがあろうともフェアレディには逆らうなよ？　ナルシストの神様の機嫌を損ねれば、一足先にご先祖様への挨拶回りに繰り出すことになる」

　嘲りを隠そうともせず、クリスは口角を上げる。

「貴様のような無知蒙昧《むちもうまい》には、理解し難《がた》い真実かもしれないがな。高位の魔法士は、己を律することに長《た》けている。場馴《ばな》れしていない素人とは隔絶している。どのような要求が来ても、私の平常心が崩れることはないだろう」

「ひゅーっ！　稀代《きたい》の魔法士様、かっけー！　俺みたいな素人とは、チッガーウねッ！」

その言葉を信じて、クリスを伴った俺は階下へと下りていく。

「ヒイロ、クリス、わたしは善い考えを思いつきました」

笑顔で振り向いて、俺たちを迎えたフェアレディは手を打ち鳴らした。

「朝食を食べ終えたら、家族一緒にお風呂に入りま――」

俺の腕を振り払ったクリスが逃げ出し、勢いよく跳んだ俺は、鋭いタックルを仕掛けて彼女を押し倒す。

ずざーっと、ふたりで床の上を滑り、俺は彼女を組み伏せる。

「うおらっしゃァ、トラァイ！　平常心、ボロボロで原形ないじゃねぇかテメェーッ！」

「クソが……クソがぁ……ッ！」

這《は》いずり回って汗だくになったクリスは、ようやく諦めてガクリと項垂《うなだ》れた。

＊

夢見施《スウィート・スリーピィ》の魔眼が創り上げている精神世界は、滅多《めった》なことでは揺るがず、壊れず、おかしいと思うことすら出来なくなってくる。

時間が経過すればする程、フェアレディのことを本当の母親のように感じてくる筈《はず》だ。

たとえば、俺たちが暮らしているフェアレディ・ハウス。

階段を上り下りするだけでも、家具の配置が変わっていたり、壁紙の色が白からクリームになっていたり、部屋の数が増えたり減ったりしている。

その変化に気づくことは出来ても、数秒後にはその違和感は霧散している。

巨大なローマ風呂。

同心円状に色違いタイルが敷かれた浴槽へと、水瓶《みずがめ》を傾けた女神像《フエアレデイ》が湯を注いでいた。

もうもうと沸き立つ湯気によって、空間には乳白色の目隠しが施され、水面から漂ってくるハーブの匂いが鼻をくすぐる。

この小さな家屋に収まるとは思えない巨大な浴場。入場した当初には渦巻いていた違和感は消え去り、俺もクリスも疑問を口にしようとしなかった。

バスタオルを巻いたクリスが、円形の浴槽の前で仁王立ちしていた。

その顔面は、歪《ゆが》みに歪みきっている。

腰にタオルを巻いた俺は、その横で腕を組みコリント式の柱を見つめる。

柱頭に莨菪花《アカンサス》の装飾が施された柱は、その細部にまで神が宿っており、見れば見るほど現実のものだと思えてくる。

「あぁ、愛《いと》しき我が子たちよ！　豊かな人生にあたたかな祝杯を捧《ささ》げましょう！」

艶《つや》やかなる肢体。

『刮目《かつもく》せよ、我が美を称《たた》え給《たま》え！』とでも言わんばかりに、裸体を曝《さら》け出しているフェアレディは媚態《びたい》を見せつける。自信と誇張で飾られた芸術品染みた裸身は、美貌の権化と称されても文句は言えないだろう。

ココまで堂々とされると、逆に、劣情を催したりはしなかった。

いや、コレは、フェアレディに親愛の情を抱いているからか？　彼女を家族として見做《みな》しているから欲情していないのか？

俺は、振り向いて、桃色に染まっているクリスの太ももを見つめる。

「……えっちだな」

「は？」

「えっ――」

髪を引き掴《つか》まれて、水面に叩《たた》きつけられ、浴槽の底にまで沈められる。

顔面をブラシ扱いされてから解放され、ようやく我に返った俺はぶるぶると震える。

「た、助かった……姉妹百合《ゆり》の片割れをえっちな目で見るところだった……百合をえっちな目で見て良いかについては意見が分かれるところだが……俺としては、ミュール×クリスは健全百合だからえっちな目で見てはいけない……レギュレーション違反を起こすところだった……ありがとう……」

「目を覚ませ」

再度、水面に顔を叩きつけられた俺は、お湯の中で三十数えてから平静を取り戻した。

家族三人で、湯に浸《つ》かる。

湯気の只中《ただなか》で、足を伸ばした俺は、全身の血管が開いていく感覚に集中した。

「…………」

右を見ると、全裸の美少女《ノーガード》。

「…………」

左を見ても、全裸の美少女《タオルガード》。

「…………」

なんで、俺は、殺し合った魔人と姉上に全裸で挟まれてるんだろう？

「……おい」

小声で呼びかけられ、俺は、クリスの方を振り返る。

頬《ほお》を上気させた彼女は、胸の前で偉そうに腕を組み、ゆらいで形を変じる足も組んでいた。にごり湯ではないので、かなり際どいところまで見えている。健全百合に不埒《ふらち》な思いを抱いたりしない俺は、充血している眼《め》をかっ開いて印を結び無効化した。

「臨《リン》ッ！　兵《ピョオ》ッ！　闘《トオー》ッ！　者《シャー》ッ！　皆《カイ》ッ！　陣《ジエアン》ッ！　烈《レエツ》ッ！　在《ザイ》ッ！　前《ズエーン》ッ！　百合《ユリ》、

百合《ユリ》、百合《ユリ》ィーッャァ！」

すーっと平静に戻っていった俺は、クリスに微笑《ほほえ》みを向ける。

「なに？」

「こ、コイツ、何事もなかったかのように……これから、どうするつもりだ？」

別に聞こえようが聞こえまいが、ココはフェアレディの精神世界で手のひらの上なので意味はないのだが……ひそひそと、クリスはささやいた。

「名湯・ミュージカルバカ女の湯に浸《つ》かってたら、妙案を思いついたんだけどさ」

俺は、ニヤリと笑う。

「フェアレディ、ココでぶっ殺さねぇ？」

愕然《がくぜん》としたクリスは硬直し、うっとりと、水面に映った自分に見惚《みと》れている魔人を窺《うかが》う。

「血管と一緒に蒙《もう》も啓《ひら》かれたとでも？　脱出の手立てを探すんじゃなかったのか？」

「いや、そんなこと一言も言ってないでしょ」

無言で、クリスは、濡《ぬ》れた前髪を掻《か》き上《あ》げる。

「……どうやって？」

「精神を崩壊させる。つまり、この世界を粉々に破壊する。鬼が飲み込んだ一寸法師みたいに小物が大物を上回る場合もあるし、フェアレディはきっとその事態を想定してない。表の世界で、正々堂々、コイツを倒せる気がしないから搦《から》め手《て》で藻掻《もが》き殺す」

「こんなところで、ダビデとゴリアテを再現するつもりか？　あの羊飼いには石ころがあったが、私たちの手にあるのは夢と幻だけだ。しかも、相手は巨人ではなく魔人で、肥大化した自己を併せ持っている。あの愚劣な精神性に傷がつくとは思えない」

俺たちの話に合わせるかのように。

グイド・レーニ作『ゴリアテの首を持つダビデ』が浴場の壁面に浮き上がり、徐々にその様相が変じられていく。

恍惚《こうこつ》とした表情で、魔人《フエアレデイ》の首を見つめる愚人《ヒイロ》。まるで、番狂わせ《ジャイアントキリング》を誘うかのような挑発行為。

己の勝利を確信している美女は、慈愛の眼差《まなざ》しをもって挑戦状を叩《たた》きつける。

「どうやって、あんなヤツの心に傷をつける？」

「手の中に夢と幻しかないなら」

ニヤつきながら胸に手を当てた俺《ダビデ》は、彼女《ゴリアテ》へと丁重に頭を下げた。

「ダビデにならって、それを放り投げれば良《い》いんだよ」

微笑《わら》ったフェアレディは、己の首に人差し指と中指を当てて――ちょきちょきと、切ってみせるフリをした。

風呂から上がった俺は、クリスと別れて精神世界を見て回る。

そこには、海があった。

家の外には潮の満ち引きを繰り返す大海原《おおうなばら》が広がっており、水平線の彼方《かなた》には夜に世界を譲ってゆく日が見えた。

夕に焼ける海。

錆《さ》びついた赤色が、焦げついた青色に差して、渾然一体《こんぜんいったい》の心象と化している。

俺は、ひたすら、波打ち際を歩き続ける。

どこまでもどこまでもどこまでも、コピーペーストされた景色が続いていって……気がつけば、反対側からフェアレディ・ハウスを見つめていた。

A＞B＞A＞B＞A……。

同じ風景が連続して移り変わり、空間と空間の繋《つな》ぎ目《め》を認知することは出来ない。

海原と砂浜しか存在していなかった視界の中に、忽然《こつぜん》とフェアレディ・ハウスが出現している筈《はず》なのだが『おかしい』と思える瞬間が存在していない。

この結果は、フェアレディの精神干渉による短期記憶障害の影響を示していた。

『魔法』といえば、炎を生み出して相手にぶつける……といったイメージを持つかもしれないが、そういった単純《シンプル》な事象は飽くまでも一例に過ぎない。

魔法によって起こる事象は様々あるが、そのすべてが正規の手順を踏んでいる。

例えば、炎を生み出す魔法は、粒子（魔術演算子）操作によって燃焼というオーソドックスな酸化還元反応を満たしているに過ぎない。空気中に存在する水素（H_2）を燃焼物、荷電粒子（魔術演算子）の静電気を点火源とし、空気中の酸素を操作して酸素供給を続ける。

魔導触媒器《マジックデバイス》を用いれば、そんな面倒なことを考えなくても、燃焼の三要素を満たしてくれる。

魔導触媒器は、魔力と呼ばれているエネルギーを用いて、化学反応の途中経過をＳＫＩＰしている。その場に足りないものを補ったり、使用者の想像《イメージ》を発動事象に落とし込んだりしてくれているわけだ。

そういった見た目的に派手な魔法とは別に、人間の体内に存在する内因性魔術演算子を操作することで、アセチルコリンといった神経伝達物質の減少を引き起こし、海馬機能を低下させることで短期記憶障害を起こす魔法も存在している。

まさに、俺が存在しているこの精神世界も、そういった細やかな魔法の連続で形作られている。

エスコ設定担当のブログを参照して、脳内で説明付けてみたが、実際にこの精神世界が魔法の領域に収まるのかは不明だ。

思考に耽《ふけ》っていた俺は、再び、歩き始める。

フェアレディ・ハウスの横にあった倉庫に目をつけた俺は、エンジン付きボートを引っ張り出して水平線を目指してみることにした。

見様見真似《みようみまね》で、スロットルグリップを握ってエンジンをかける。

軽妙な音を立てて、ボートは発進し、波を切って切って切って……気がつけば、俺は、陸に辿《たど》り着いており、目の前にはフェアレディ・ハウスがあった。

座礁したボートから下りた俺は、フェアレディ・ハウスの中に戻る。

「あら、おかえりなさい」

皿洗いをしていたフェアレディに笑みを向けられて、気さくな息子を装《つ》っている俺は片手を上げて応える。

引き出しを開けて、ライターを調達してから家の外に出る。

倉庫からボート用のガソリンを引っ張り出し、フェアレディ・ハウスを囲むようにしてたっぷりとぶち撒《ま》ける。

ガソリンで導火線を引いて、俺は、安全な場所から火を点《つ》けた。

あっという間に、火炎の大口が家屋を包んで盛大に燃え上がる。ガチャリと音を立てて、猛烈な火勢の中から魔人は笑顔を見せる。

「火遊びしてないで、おやつにするからいらっしゃい」

子供の悪戯《いたずら》を叱りつけるような口調で俺に呼びかけ、猛火で焦げ付いている扉を開いたフェアレディに笑みを返した。

慈母を装った魔人は、ゆっくりと扉を閉める。肌で感じていた熱が引いていき、目の端をちらついていた火の粉は消えて、鼻の奥に籠《こ》もっていた焦げ臭さが失《う》せる。

フェアレディ・ハウスは、瞬《まばた》きの合間に元通りの姿を取り戻していた。

なるほど、大体、原作ゲームと同じだな。

「おい、放火魔」

振り向いた先には、渋面のクリスが立っていた。

「それは、もうさっきやったぞ」

「魔人のムカつく笑顔は、何度燃やしてもプライスレスだから」

肩を並べて家の中に戻った俺とクリスは、仲の良《い》い姉弟《きょうだい》のように隣席で顔も並べる。

たっぷりとハチミツがかかったパンケーキが机の上に置かれて、『幸福な家庭のおやつ』という作為めいたディティールを彩る。

「さぁ、おやつの前にお祈りを！　我が神《フェアレディ》に祈りを捧《ささ》げましょう！」

偽母魔人は両手を組んで、自分で自分に祈りを捧げ始める。

偽姉弟の俺たちは、見様見真似でその姿にならってからフォークを突き刺した。

パンケーキの断片をフォークに突き刺したまま、ぷらぷらと先端を揺らしたクリスが肩を寄せてくる。

「で、どこまでも続く美しい波打ち際を巡るツアーの成果はどうだった？」

「どこまで行ってもフェアレディ」

「地獄の底を這《は》いずり回る咎人《とがびと》になった気分だ」

うんざりと首を振ったクリスは、パンケーキにアイスクリームをのせてくれた母親《フェアレディ》に引きつった笑みを向ける。

「私の知る限り、こういった精神掌握の魔法をかけられた場合の対処方法は三つ」

クリスは、ナイフとフォークで、パンケーキを三つの断片に分ける。

「ひとつ、精神世界内に潜んでいる魔法士を無力化する。

ふたつ、精神世界内の亀裂を見つけて広げる。

みっつ、諦める」

「よっつ」

俺は、フォークの先で、クリスの皿にのせられたアイスクリームを指す。

「精神世界を崩壊させる」

どろどろと溶けて、皿の上に引き伸ばされ、形を維持できなくなったアイスクリームを見つめたクリスは首を振る。

「お前の言う通り、考えてはみたが……出来たとしても、それは無理だ。ココはフェアレディが掌握する精神世界で、彼女の世界が崩れればその上に立っている我々も崩れる。脱出方法が見つからなければ心中するしかない」

無言で何も返さない俺を見て、クリスは顔色を変える。

「おい、まさか」

俺は、切り分けたパンケーキを口に運ぶ。

「ココでフェアレディを葬らなければ、恩師に魔の手が及ぶかもしれない。ミュールも傷つけられるかも。フェアレディへの信仰を確立していない状況で、この世界から抜け出せばヤツは間違いなく俺たちを排除する。その時、犠牲になるのは俺とお前じゃない。あの救世主気取りのクソ野郎は、手始めに俺とお前の大切な人を取り巻くように殺していく」

甘すぎるハチミツを堪能しながら、俺はフォークを左右に振る。

「夢畏施《スウィート・スリーピィ》の魔眼を喰《く》らった時点で、俺とお前の精神は掌握されて、その内奥に秘していた弱みは白日の下に晒《さら》されてるんだ。俺たちに覿面《てきめん》な効果を齎《もたら》す嫌がらせなんて、パンケーキにアイスをのせるよりも簡単にやってのける」

照り返した銀フォークの表面を眺め、そこに映っているクリスを見つめる。

「悪いが、俺の天秤《てんびん》は、自分の命よりもあの子たちの未来に傾いてる。なにがあろうとも、俺は、ココでフェアレディを消滅させる」

銀色の光越しに、彼女は俺の視線を受け止める。

苦笑した天才は、真っ白な水たまりとなったアイスクリームを見下ろす。

「……私は、お前が嫌いだ」

「そんな君が俺は好き」

「だが」

優雅に起立したクリスは、アイスクリームを水で洗い流し——跡形もなくなったソレを見せつけ笑った。

「ソレ以上に、ソコで笑ってるソイツが嫌いだ」

「率先して、わたしのためにお皿洗いをしてくれるなんて！　クリス、貴女《あなた》は、なんと心優しい子なのでしょうか！　そんな素晴らしい子を育て上げた偉大なるわたしは、雲上に聳《そび》える太陽のような超越的存在！」

膝立ちになって両手を広げたフェアレディは、窓から差し込む日光《スポットライト》を存分に浴びる。

バラードを歌いながら演劇めいた動作で片膝立ちに移行し、神様《フェアレディ》に祈りを捧《ささ》げ始める。

見事なまでのナルシストぶりを鑑賞していた俺は、クリスへと手を差し出した。

「一時停戦だな、お姉ちゃん。ラブアンドピースの精神で、あの魔人をぶっ殺そうぜ」

間髪を容《い》れず、クリスは、その手を払った。

「勘違いするな。次はお前だ」

俺の座っている椅子を蹴飛ばし、腕を組んだクリスはドカッと椅子に腰を下ろす。

「手を差し伸べて死の縁に誘ったのはお前だ、次に足をかけるステップくらいは用意しているんだろうな？」

「へいへーい、笑顔笑顔。綺麗《きれい》なスマイルで、命を拾おうぜ」

ぴくぴくと頬《ほお》を痙攣《けいれん》させながらクリスは笑って、意思をもった家具と一緒に踊っている母親《フェアレディ》に「いつも、ありがとう」と心無い言葉をかけていた。

「この世界で、フェアレディの精神世界を崩壊させる方法はひとつ」

俺は、笑う。

「俺とお前で、この世界に存在しているフェアレディを倒す」

もう一度、俺は、彼女に手を差し伸べる。

「協力プレイだ。出来るだろ、お姉ちゃん？」

「誰に物を言ってる」

笑い飛ばしながら、再度、クリスは俺の手を払った。

「私は、クリス・エッセ・アイズベルトだぞ」

満足して頷《うなず》いた俺は、笑みを浮かべたまま彼女に手を差し出した。

「じゃあ、まずは恋人繋《つな》ぎから始めよっか」

「……は？」

俺の顔を凝視したクリスは、冗談ではなく本気だと理解して――

「はぁあああああああああああああああああああああああっ!?」

顔を真っ赤にして、勢いよく椅子を倒しながら立ち上がった。

「説明しろ」

二階の子供部屋。

昨日まで存在していた天蓋付きベッドは姿を消し、代わりの二段ベッドが備え付けられていた。勉強机も密着して並べられ、お揃《そろ》いのペンまで準備されている。

仲良し姉弟《きょうだい》への発展に伴って、子供部屋はアップデートされたようだ。

クリスに壁ドンされて、問い詰められた俺は苦笑する。

「おいおい、天下のクリス・エッセ・アイズベルトが、恋人繋《つな》ぎを経験したことがないわけがな……え？　ないの？」

顔を赤くしたクリスは、手負いの獣のように唸《うな》り声《ごえ》を上げる。

「悪いか……！」

「はぁ!?　悪いだろうがっ！」

反転した俺はクリスを壁に押し付け、手のひらを顔の横に叩《たた》きつける。

「ミュールとお泊まり会したんじゃねぇのか!?　あぁ!?　その時に、普通よぉ!?　こう！　恋人繋ぎ繋ぐだろうがっ！　祈りを捧《ささ》げるみたいに、お互いの両手を組み合わせてぇ！　い！　額と額を合わせて、眠りにつくのがお約束だろっ！」

「実の妹とそんないかがわしいことしてたまるかっ！」

　クリスは、俺の肩を掴《つか》んで、位置を交換しようとし――俺は、彼女の足の間に右足を差し込み、軸足を封じてから体重をかける。

　入れ替えに失敗したクリスは、舌打ちをしながら体勢を崩した。

　ニヤリと笑った俺は、壁に手のひらを叩きつけようとして――蛇のようにクリスの右手が絡みつき、左の掌底が俺の顎に入る。

「クソァッ！」

　左の手のひらを軸にした足払い、俺の視界はぐるりと回転する。踏み込んできた彼女は、回転した俺の足を掴んだ。捕まえた足首を起点に振り回し始め、宙空で身を捻《ひね》った俺のハイキックがその狼藉《ろうぜき》を押《お》し止《とど》める。

　受け身をとって着地した俺は、間髪を容《い》れず右手を突き出した。

　ガガガガガガガガガガガガガガガガガガガガガガガガガガガガッ！

　両手足が凄《すさ》まじい勢いで旋回し、無限に等しい壁ドンと位置交換が行われる。汗を飛ばしながら、俺とクリスは壁を懸けた死闘に興じる。

　三十分後、汗だくになった俺は、息を荒らげるクリスをベッドに押し倒していた。

　桜色に染まった肌、上下する豊かな胸、潤んだ瞳でこちらを見上げる美少女。彼女の頭の横に手を置いて、俺は、ハァハァと呼吸を繰り返す。

　ど、どうしてこんなことに……!?　こ、コレが、夢畏施《スウィート・スリーピイ》の魔眼の能力か……!?

仰向《あおむ》けになっているクリスは、片腕で顔を覆って無防備な全身を晒《さら》していた。彼女からそっと離れて、無言で俺は部屋から出る。

着崩れを直した俺は、数秒待ってから再入室する。

「よぉ、クリス」

片手を上げた俺は、爽やかな笑みを浮かべる。

「奇遇だな、これから説明するぜ」

「扉の出入りで、リセットされると思うなよケダモノがァ……！」

夢畏施《スウィート・スリーピィ》の魔眼さんが、俺の味方をしてくれない。

壁に背を預けて腕を組んだ俺は、視線で俺を射殺そうとしている彼女の説得を試みる。

「まず、最初に弁解させてくれ。俺は、ただ、恋人繋《つな》ぎで姉妹が眠る美しい光景を目にしたかっただけだ。その望みは清廉潔白なる欲望《エゴ》で、一匙《ひとさじ》の不純物が混じることもなかった。少しは大人になれたと思ってたが、俺は、流れ星に願いをかける無邪気な子供のままだったよ……そんなロマンティックに免じて、手打ちとしてくれないか？」

「そんなロマンティックに免じて、滅多《めった》打ちにしてやろうか……？」

「すいませぇん！　ちょっと、あのぉ！　押し付けがましいことしちゃいましたぁ！　暴走百合《ゆり》特急、各駅停車せずで、乗客の皆様にはご迷惑をおかけいたしました！」

反省の弁を伝えると、クリスは、隠し持っていた凶器（目覚まし時計）を置いた。

「寝ぼけるなよ、カスが。私とお前は敵同士で、たまたま共同事業に取り組んでいるに過ぎない。平穏な老後を迎えたいと願うなら口の利き方に気をつけろ」

「うい～っす、りょりょりょりょ～かぁ～い！　めっちゃ、反省してまぁ～す！」

なぜか、再度、目覚まし時計を握ったクリスに説明を始める。

「まず、フェアレディの復活につ――」

「おい、どこから歴史の復習を始めるつもりだ」

クリスは、時計の背部にあるツマミを回し、短針と長針を回転させながら口を挟む。

「回りくどい。回せ、もっと、後ろに。今、そこまで遡ってどうする。時の無駄だ。フェアレディは、現実に存在していて、我々は理想型をとった家族ごっこの真っ最中だ。復活したフェアレディについてどうのこうのと、茶飲み話を続ける必要があるのか？」

「なかったら、お茶請けなんて用意しないだろ」

俺は、棚の上にあったクッキーの袋を手に取る。下手投げの姿勢を取ってから思いとどまり、クリスの下にまで歩いて行って手渡した。

「目、殆《ほとん》ど見えてないんだろ。俺が勝機を見出《みいだ》したのもお前との接近戦だし、さっきの壁ドン合戦も勘でどうにかしてたみたいだしな」

そっぽを向いたクリスは、あからさまに舌打ちをする。

「話を続ける。フェアレディの復活の原因はなんだと思う？」

クッキーを齧《かじ》りながら、クリスは俺の質問に答える。

「考えるまでもない、フェアレディ派の仕業だ。あのままごと魔人を復活させた眷属《けんぞく》が、姉をベッドに押し倒すような弟をプレゼントしてくれたってだけの話だ」

「今、俺が問うているのは『HOW』だ。どうやって、眷属はフェアレディを復活させた？」

口を開いたクリスは……静かに、片手で口を押さえた。

「………………」

「あんた、魔人の復活条件は知ってるか？」

「知らずに魔法士をやれるか。復活の引き金《トリガー》は魔人ごとに定められていて、魔法士の間では『六忌避』と称されている」

「仰《おつしや》る通り、さすがは飛び級の才媛。例えば、アルスハリヤの引き金は『興味』。ならば、フェアレディを降臨させたもうた奇蹟《トリガー》は？」

「……『不幸』だ」

彼女は、ゆっくりと顔を上げる。

「フェアレディの復活は、あの教会の内部で完結していた。間違いない。目が見えない分、私の魔力感知は鋭い。アレだけの規模の魔力の揺らぎ、魔人復活以外では有り得ない。つまるところ、あの教会の中でフェアレディを覚醒させる程の『不幸』があったということだが……それは、一体、なんだ……？」

「よく考えてくれ。その『不幸』は、誰にとっての『不幸』だ？」

「当然、復活するフェアレディにとっての――おい、待て、待て待て待て。己《おの》が手で人を幸せにしたいヤツからしてみれば人間の『幸福』こそが『不幸』、それはつまり」

ニヤリと笑った俺は、クリスへと頷《うなず》いてみせる。

「フェアレディが復活する寸前、あの教会の内部には、得も言われぬ『幸福』を感じている人間がいた」

絶句したクリスは、己の考えを振り払うように頭を振る。

「復活を目論《もくろ》んでいた眷属のうちのひとりじゃないのか？」

「タイミングが違う。眷属が『幸福』を感じるのは、フェアレディが復活した後の話だ。前の話じゃない」

「なんの幸福だ……あの陰気臭い教会の中で、どこに幸せを感じる……？」

「正解に辿《たど》り着《つ》くためのポイントは、眷属は標的《ターゲット》の『幸福』を生み出すためにミュールを攫《さら》ったってことだ。明らかに、奴らは、フェアレディ復活の準備を整えていた。ダンジョンの暗がりに建設された教会は、フェアレディとの結びつきが強く、彼女を復活させるための一要素として使われていた」

「誰だ、フェアレディを復活させた、そのバカは……!?」

黙り込んだ俺は、静かに目を伏せる。

疑問で埋め尽くされていたクリスの顔から、日に当たった雪のように、徐々にその謎が溶け落ちていった。緩慢でありながら着実に、彼女の面相は変化していって、ついに正答に辿《たど》り着いた彼女は両手で顔を覆った。

堰《せ》き止《と》めていた感情が決壊した俺は、ニチャニチャと笑いながらささやきかける。

「そのバカが誰なのか、わかってんじゃないですかぁ……？」

「ち、違う！　絶対に違う！　あ、有り得ない！　い、意味がわからないっ！」

よろめきながら立ったクリスの顔は真っ赤になり、必死になった彼女は腕の間に赤面を隠そうとする。

「ええ？　なにが違うんですかぁ？　あれ？　なんで、顔隠してんの？　どうしました？　錬金術師《アルケミスト》さん？　真っ赤なお顔でも、生成中《クラフト》ですかぁ？」

「く、クソが……クソがァ……！」

「天才にも解けない難問の答え、凡才の俺が教えてさしあげましょうかぁ！」

笑いながら、俺は、彼女を指差した。

「クリス・エッセ・アイズベルトはぁ！　妹のミュールを救うというシチュエーションにい！　魔人が復活するくらいの幸福を感じてましたぁ！」

「クソがクソがクソがァ……！」

ベッドに逃げ込んだクリスを追いかけ、俺は布団をかぶった彼女の前で喉を調整する。

きらきらと輝いている笑みを浮かべた俺は、両手を叩《たた》きながらベッドの周りを歩き、追い込み羞恥漁を仕掛ける。

「『いとも容易《たやす》く拐《かどわ》かされて、景品よろしく飾り付けられるとはな』！　『お前は、もうおしめをしている歳《とし》でもない』！　『姉に泣きつくな』！」

「クソがァアア……！」

もぞもぞと動く布団の山の前で、俺は、キリッと顔面を整える。

「『お前は、フリルの付いたドレスを着込んで絵本の表紙でも飾るつもりか』」

罠《わな》にかかった獣のようなうめき声が聞こえてきて、俺は首を傾《かし》げて耳に手を当てる。

「あれれぇ～？　クリスさん？　なんか、厳しいことを仰《おつしや》ってましたけど？　ん？　もしかして、あれ？　そういう姉妹関係に憧れてて？　実現しちゃったことに？　ミュールとの姉妹関係が修復されたことに幸福感じちゃってま――」

ゴッ！　俺の額に目覚まし時計が命中し、茹《ゆ》でダコみたいになったクリスは涙目で枕を構える。

「こ、殺す……お前を殺す……！」

「お、落ち着いて……す、すいませんでした……ひ、久々のまともな供給だったから……ひもじかったから……！」

「死ねッ！　死ね、死ね、死ねッ！」

ばふばふ、ばふばふ。

丸まった俺は、枕による殴打に耐え続ける。

ようやく、気が落ち着いた頃には、はぁはぁと息を荒らげたクリスは飛び散った羽毛にまみれていた。現場に倒れ伏した俺は、舞い上がった羽毛が日光できらめく中で、額から流れた血で『姉妹百合《ゆり》』と書き遺《のこ》していた。

十分後。

頭に包帯を巻いて止血した俺は、分厚い百科事典を膝に抱いた状態で正座させられ、枕打殺人チャレンジに失敗した姉を見上げていた。

「よしんば、貴様の汚れきった思考回路が導き出した妄想めいた推測が、天文学的確率で的中していたとしよう。フェアレディ復活の引き金《トリガー》を私が満たしていることと、お前と私が恋人繋《つな》ぎから始めることとの間になんの因果関係がある？」

俺は、笑って、親指で扉の外を指した。

「いいぜ、わからず屋のお前に解説してやる。表に出な。たっぷりと、妹思いのわがままボディに教え込んでや——目覚まし時計で、二度と目覚めなくされる！」

投げつけられた目覚まし時計を百科事典でガードした俺は、頭をかち割られる前に外へ逃げ出した。

砂浜に打ち寄せる波の音を聞きながら、準備を整えた俺とクリスは対面する。

濡《ぬ》れても良いようにか、シャツとハーフパンツに着替えてきた彼女は、いつもの厳しい戦闘服姿よりも幼く見えて、年相応に人生を重ねてきた可愛《かわい》らしい少女のようだった。

潮風に煽《あお》られて、彼女はなびく髪を押さえつける。

「まず、俺は、あんたに信じてもらわないといけない」

「なにを？」

「勝利、そして、俺自身を」

ふざけるなと言わんばかりに、錬金術師《アルケミスト》の称号を持つ少女は肩を竦《すく》める。

「勝利はまだ良《い》い。私の人生を彩ってきた良き友だからな。だが、三条燈色《さんじょうひいろ》、私はお前に『友』の一文字を与えてやるつもりはない。お前に授けてやれる一文字があるとしたら『敵』だ」

「おいおい、誰が仲睦《むつ》まじく、たまの休日には一緒に遊びましょうなんて言った？　ただ、俺を信じれば良い。それ以上のことは望まない。信頼関係、ビジネスライク、感情的な繋がりは一切もたない仮初の関係性だよ。得意だろ」

「ならば問おう、仮初の関係性に『恋人繋ぎ』なんて戯言《たわごと》が出てくる理由を」

水飛沫《みずしぶき》がかかって、俺は頬《ほお》を拭う。

「クリス、怪我《けが》はどうした？」

「なに？」

「怪我《けが》だよ。初日、俺もお前も、解熱剤と痛み止めを飲んだ筈《はず》だ」

俺は、しゅるりと頭の包帯を解き、綺麗《きれい》に消え去った傷口を見せる。

「解熱剤と痛み止めの錠剤、それにミネラルウォーター。いつも、持ち歩いてるものだろ？」

「あぁ、常に携帯している」

「着替えた時、錠剤とミネラルウォーターは手元にあったか？」

ハッと、クリスは息を呑《の》む。

「俺たちは、この世界に取り込まれつつある。肉体が負っている傷も消え去って、携帯物も消えていることがその証左だ。いずれ、自分がなにを持っていたかどころか、自分が何者かすらもわからなくなる」

立ち尽くすクリスの前で、俺は口角を上げる。

「コレでハッキリしたのは、フェアレディの精神世界は完全無欠じゃないってことだ。解熱剤も痛み止めも、その存在を知っていたのはクリス、お前だけの筈だ。それらを取り出せたってことは、この世界にお前の意思も反映出来るってことだよ」

「つまり、私たちがその気になれば、魔導触媒器《マジックデバイス》も想像《イメージ》して取り出すことが出来る……？」

「それどころか、本来の俺たちが持ち合わせていない実力も発揮出来るようになる筈だ。だからこそ、ココでならフェアレディを倒せる」

沈黙の後、クリスはゆっくりと口を開く。

「……無理だ。この精神世界の基盤はフェアレディそのもので、彼女が思うままにこの世界は組み替えられる。我々に許されていることは、飽くまでも、己に紐付《ひもづ》けられた事物を具象化することだけだ。実際、フェアレディに攻撃は当てられなかった」

「いや、当たる」

「証拠にこだわったのはお前の方だろう？　どこに、その証左がある？」

原作ゲーム。とは言えないので、俺は、誤魔化《ごまか》すように話を続けた。

「フェアレディの精神基盤は、あまりにも強固に備わっている。魔人には道理が通用しない。だから、アイツの精神性を理解出来ない人間には攻撃を当てることすら敵《かな》わない。解せないものは夢幻と同じだからな。だから、俺たちは、アイツを理解する必要がある」

クリスは眉をひそめて、俺は両手を広げる。

「俺たちは」

一際、波が高く打ち上がって、日光を閉じ込めた水の粒が眼前で弾《はじ》ける。

眼《め》の前を落ちていった水滴を透かして、俺は、クリスに微笑《ほほえ》みかけた。

「これから、フェアレディを愛する」

「バカな、このまま家族ごっこを続けて本当の姉弟《きょうだい》に成り変わるつもりか!?」

「接近戦《インファイト》だよ。喰《く》うか喰われるか。俺とお前の精神性が、ヤツの異常性に打ち勝つか。勝負と行こうぜ」

足元の砂を蹴り上げて、クリスは唸《うな》り声《ごえ》を上げる。

「腹の中で消化されている獲物が、喰《く》うか喰われるかを語ってどうする！　己から魔性に魅入られて、勝てる道理があるものかっ！」

「勝てる道理はある。魔人を解して、魔人には解せないものを創り上げることだ」

「なに？」

「言ったろ、夢と幻を投げつけるって」

怪訝《けげん》な顔つきの彼女に向かって、俺は正解を突きつける。

「愛だよ」

ようやく理解したのか、クリスは「愛……」とつぶやいて笑む。

「なるほど、理解《わか》った。それで恋人繋《つな》ぎか。家族ごっこに恋人ごっこまで追加するつもりか。どこまでおままごとが好きなんだ、お前は？　次は砂遊びでもするつもりで、外に誘ったんじゃないだろうな？」

クリスは、俺の胸ぐらを掴《つか》み上《あ》げる。

「大概にしろよ、この戯《たわ》けが。お前のようなフザけた輩《やから》を相手にして、この私がそんなものを解せるとでも思ったか？　お前を想《おも》えるとすれば、『縊《くび》り殺したい』という単純《シンプル》な殺意を抱いた時だ。恋愛どころか、家族愛すら受け付けるわけがない」

「出来るさ。同じくらい、憎んでた妹を愛せたんだからな」

クリスの頬《ほお》に朱が差して、両手の力が緩んでいく。

「ち、違うと言ってるだろうがっ！　私は、ミュールを救おうとしてたんじゃない！　し、幸せなんて感じてなかった！　ただ、借りを返しに行っただけだっ！」

ニチャァとした笑みを向けると、赤くなった彼女にガクガクと揺さぶられる。

「その気色悪い顔をやめろ、カスが！　ボケ！　お前みたいな気持ち悪い男と恋人ごっこなんて出来るか！　恋人繋ぎなんて、想像しただけでも吐き気を催す！」

想いを受け取って感情が昂《たか》ぶった俺は、思わず彼女の胸ぐらを掴み返していた。

「俺だって嫌だよ！　でもなァ、俺は、お前を信じてる！　お前がミュールを助けた時に『幸福』を感じていたという結論に至った時、お前となら、ごっこ遊びを続けても妙な雰囲気になることはないって！　そう信じたからこそ、俺は、己の信念を捻《ね》じ曲《ま》げてセルフ脳破壊へ繋がる道を打ち立てた！　俺は、俺は、俺はァ！」

涙を流しながら、呻《うめ》いた俺は膝をつく。

ズボンが海水を吸い取って、その冷たさに凍えた俺は己を抱いた。

「あ、あんたとミュールの……未来を……咲き誇る白い百合《ゆり》の花を……護《まも》りたいんだよ……そ、そのためなら、この苦しみも甘んじて受け入れる……夢と幻だ……飽くまでも、ごっこ遊びの延長なんだよ……悪い……夢なんだ、コレは……」

　あまりの辛《つら》さに、俺は、蹲《うずくま》って嗚咽《おえつ》を上げる。

「クリス……俺たちは、フェアレディに気に入られてる……つまり、ヤツの考える『不幸な人間』に当てはまっていて……フェアレディは、ヤツの思い描く家族物語《ヒューマンドラマ》通りに、俺たちを『幸福な家族』に作り変えることを望んでいる筈《はず》だ……コレが、どういうことかわかるか……わかるかァ……!?」

「お、落ち着け。わ、わかったから、そんなに泣くな」

「フェアレディは、自分のことを家族物語の主人公《ストーリーテラー》だと思っていて……自らの手で、俺たちのことを救おうとしてる……だったら、別方向から、その物語《ストーリー》をぶち壊してやれば良い……ヤツの手は介さず、俺とお前で勝手に幸せになるんだ……そうすれば、ヤツの精神世界は、その筋書きごと崩壊する……」

「お、おい、待て……それは、つまり……?」

　赤々と色づいた顔で、クリスは、ゆっくりと後退《あとずさ》る。

「ほ、本気で、お前のことを恋人だと思い込んで、幸せになれということか!?」

　クリスは、ぶるぶると震えながら自身を掻《か》き抱《いだ》く。

「け、ケダモノがァっ！　お、お前、わ、私に、な、なにを……こ、こんな、い、命が懸かってる場面で、そ、そういう目で、お、お前、わ、私を、み、見てたのか、お、お前ぇ!?」

「俺だって、同じ条件だわクソがァ！」

砂浜に拳を叩《たた》きつけてから、俺は勢いよく海に飛び込む。

強風と荒波に揉《も》まれながら、どうにか正気を保とうとした俺は、波立っている海で暴れ回った。自然の暴虐性に身を任せながら、両手で顔を覆った俺は絶叫し、弾《はじ》け飛《と》びそうになる脳をバタフライで鎮める。

力尽きて、俺は、砂浜に打ち上げられる。

「…………………」

仰向《あおむ》けでぐったりとした俺は、光を失った目でクリスを見上げた。

「……俺たち、恋人になろうよ」

「こ、こんなに、嬉《うれ》しくない告白は初めてだ……」

しゃがみ込んだクリスは、恐る恐る問いかけてくる。

「他の方法はないのか？」

「……あったら、こんなことしてねぇよ」

震える指で、俺は、砂浜に相合い傘を書いた。

砂の上に描かれた傘の下に『三条燈色《さんじようひいろ》』と書いて、一本線を挟んだ向こう側に『クリス・エッセ・アイズベルト』と書き込――

「うわぁあああああああああああああああああああああああっ！」

顔を赤くしたクリスは、足先で相合い傘を消し去る。

「ひ、人の同意もなしに、急に甘酸っぱいことをするなカスがァ！」

「………………（呼吸停止）」

意識を失っていた俺は、クリスに蹴りつけられて目覚める。なぜか、一目散に逃げ出していった彼女に目線を向けた。

「し、死んでたのか、俺……？」

「ほ、本当に、呼吸が止まってたぞ⁉　お、おい、やめておけ！　お互いのために、これ以上は無理だ……おいッ！」

笑いながら、俺は、両腕に力を籠《こ》めて立ち上が――手が滑り、砂浜に顔を叩《たた》きつけた。

「む、無理だ、他の方法を考えるべきだ！　さ、三条燈色《さんじょうひいろ》、意味がわからんが、お前の身体《からだ》がもたないぞっ！」

「でも、やるしかねぇ……やるしかねぇんだよ……！」

ふらつきながら立ち上がり、俺は、彼女へと手を差し伸べた。

「クリス、俺を信じろ。羞恥と屈辱で満ちた恋人ごっこは、夢と幻で、そう思い込むだけの話だ。ココで、俺たちはフェアレディを倒す」

顔を背けていたクリスは、ちらりと、俺が差し出した手を見つめる。

組んでいた両腕が、徐々に緩んでいった。

上気した頬《ほお》で、彼女は、真正面から俺を睨《にら》みつける。

足元の砂浜を蹴りつけ、唸《うな》り声《ごえ》を上げ、目線を彷徨《さまよ》わせて、俺のことを見たり見なかったりを繰り返し……ようやく、組んでいた腕を解いた。

羞恥で真っ赤になった彼女は、下唇を噛《か》み、そっぽを向いて――俺の手を握る。

「…………死ね」

俺は、無言で、その手を握り返した。

手を繋《つな》ぐというより、指先で摘《つま》んでいる。

「…………っ！」

歯を食いしばって、右斜め下を見つめるクリスは羞恥と屈辱で震えていた。

恋人ごっこ開始から三日目。

クリスは、俺の小指をそっと握る以上のことは出来ていない。俺は俺で、彼女が醸し出す初心《うぶ》な雰囲気にやられ、恋人間で行われるであろうネクストステップには踏み込めず、ふたりの間にはいたたまれない雰囲気が漂い始めていた。

「く、クリスさん、このままだと恋人繋ぎまで数年かかるんですが……？」

「だ、黙れっ！　人の努力を嘲笑《あざわら》うつもりかっ！」

飛び級の才媛、『至高』の位を戴《いただ》く最高峰の魔法士、弱冠十九歳で魔法結社『概念構造《クオリアハイツ》』に勤める天才児。数多《あまた》の異名と名声を誇る彼女が、顔を真っ赤にして、ちんまりと俺の小指を握っている。

　この態度は、当然といえば当然だ。

　彼女は、アイズベルト家の次女として責務を負い、ひたすら魔法士の正道を邁進《まいしん》してきた。

　脇道に逸《そ》れたり、寄り道をしたことはない。

　何もかもを犠牲にして進み続けてきた彼女は、恋愛を必要としたことも経験したことも
ない筈《はず》だ。それどころか、家族以外の誰かと触れ合ったこともないのではないだろうか。

　アイズベルト家は、家内で個々が孤立している。

　クリスとミュールは、物心がついた頃には『クリスの教育に悪い』と引き離されている。

姉妹として、共に過ごした時間はほぼなかった筈だ。

　クリス・エッセ・アイズベルトは、目の当たりにしてきたに違いない。

　実の妹が『出来損ない』呼ばわりされて、弾圧され迫害され虐待され、実の母親にすら
見捨てられる姿を。

　その累がクリスにも及んだ結果、自己防衛反応を生むことになった。幼い妹を罵倒する
『加害者』側に回ることで、自己保身を図ろうとするのは人間としては当然のことで、そ
こまで追い詰められた彼女を責めることは難しい。

　ミュールもそうだが、アイズベルト家の人間は傲慢という名の虚飾を着込み、自分自身

を必要以上に大きく見せようとする。

そうしなければ、彼女たちは『自分』を護《まも》ることが出来なかった。

ひたむきに自分自身とその才能を盲信し、引き返すための道を壊され続けてきた彼女は、気がついた時には十九の齢《よわい》を重ねて孤独の鎧《よろい》を着込んでいた。

ふと、その途上を振り返り、虚《むな》しさを感じる瞬間もあっただろう。

そんな折、彼女は初めての敗北を経験し、見下していた妹に命を救われて……ようやく、虚飾で出来た見掛け倒しの鎧は粉々に砕け散った。

ミュールには、リリィさんがいた。

でも、クリスには、傍《そば》にいてくれる人間《ひと》は誰もいなかった。

どれだけ酷《ひど》いことを言っても、追いかけてくる妹《ミュール》を見て、孤独感に苛《さいな》まれていた彼女はなにを思っていたのか。

ミュールは、己の強さで、己の意志で、己の感情で——姉を救った。

あの時、見失っていた星を捉えたクリスは、ミュールの有り様を認めることが出来た筈《はず》だ。

すれ違っていたふたりは、互いに望んでいた姉妹の有り様を取り戻した。これから、ゆっくりと、仲良くなっていくに違いない。

原作ゲームでは、クリスがミュールを認めたのは今際《いまわ》の際《きわ》だった。

フェアレディの手で、瀕死《ひんし》に追いやられた彼女は、黒ずみとなった妹を見下ろす。かつて、プレゼントした汽車の玩具《おもちゃ》を握って眠る妹の亡骸《なきがら》を抱いて、遠い昔に置き去りにしてきた呼びかけを聞いた。

『あそぼう……みゅーる……』

泣きながら、クリスは、応えられなかった妹の誘いに応じた。

『いっしょに……あそぼう……』

ミュール・ルートでは、クリスは徹底的に憎たらしい敵として描写されていた。憎むべき敵役の虚しい最期は、プレイヤーたちに強烈な衝撃を与えた。

悪役として描かれていた彼女もまた、被害者のひとりに過ぎなかった。クリスは、ミュールとの姉妹関係を取り戻すことを望んでいたのだ。

まぁ、クリス生存ルートでは、最後の最後まで憎たらしいし、反省しないし、ミュールへの嫌がらせも継続するんですけどね。こうして生き長らえて、ミュールとの姉妹百合《ゆり》を構築出来ているのは奇蹟と言ってもいいくらいだ。

この俺が、そんな機会《チャンス》逃すわけないよなァ!?

「まぁ、無理せず、ゆっくりやろうぜ。こういうこと初めてなんだろうし」

「……うるさい、黙れ、気を遣うな、カスが、黙れ、ボケが」

ボソボソつぶやいている彼女には、何時《いっ》もの気迫が感じられず、唯々諾々と俺の小指を握り込んでいた。

俺は、そっと、クリスの手から小指を抜き取る。

砂浜に腰掛けてから、ぽんぽんと隣を叩《たた》くと、彼女は舌打ちをしてからそこに座った。

「なぁ、クリス、俺に戦闘稽古をつけてくれないか？」

「……なにを企《たくら》んでる？」

この短期間で、信用を失ってしまったらしい俺は肩を竦《すく》める。

「言葉通りの意味で、伏せてる情報はないよ。来たるべきフェアレディ戦に向けての調整」

「せせこましく足掻《あが》いたところで徒爾《とじ》に終わる。お釈迦様《フェアレディ》の手のひらの上で、私たちの思惑はすべて筒抜け。こうして、恋人ごっこに精を出していることも露見している。ご親切な魔人様が、大切な命をベットして真正面から勝負に挑むと思うか？」

「思ってるね」

俺は、砂をかき集めて山を作り始める。

目線で手伝うように促す。体育座りしていた彼女は嫌そうに顔をしかめて、砂山へと砂を集め始める。

「論拠もなければ根拠もないだろう？」

「コレは、所謂《いわゆる》、完全情報ゲームだ。フェアレディの精神世界にいる以上、俺たちの考えが筒抜けなのは当然だが、俺たちだってフェアレディの精神世界を目の当たりにしているんだから条件は同じ。如何に互いを理解して、優位性を保つかの勝負になる。そして、俺は、フェアレディの尽《ことごと》くを理解している。アイツは、必ず勝負にのってくる」

　俺は、両手で、砂山にトンネルを掘っていく。

　見様見真似《みようみまね》で、クリスも穴を掘り……開通して、俺とクリスの手が触れ合った。

「おっと、こいつは失敬」

　バッと、手を引っ込めたクリスは、触れた指先を抱え込んで俺を睨《にら》みつける。

「わ、わざとだな……っ！」

「あぁ、わざとだ。でも、あんたには、すべてわかっていた筈《はず》だ。このまま穴を掘り続ければ、手と手が触れ合ってしまうって。なんで、避《よ》けなかったんだ？」

「仕方ないだろ！　わかっていても、避けられなかったんだから！」

「そういうことだよ」

　苦笑して、俺は、膝に付いた土を払いながら立ち上がる。

　釣られて、彼女も立ち上がり、ぶつくさと小声で文句をつぶやいていた。

「上から目線で偉そうに講釈を垂れるのは結構だがな。お前自身は、どうなんだ？　恋愛経験はあるのか？　お前みたいに小癪《こしゃく》なクソガキが、誰かから好かれるとは思えないが」

　思わず、俺は「ハンッ」と鼻で笑った。

「俺が、何度、美しい恋心の軌跡を見守ってきたと思ってる？　イージィ、イージィ！

数多《あまた》の恋愛教本（女性同士限定）を読破した俺は、霊長類を超越した恋長類よ」

「誰かと付き合ったことはあ――」

「俺、実践派というよりも理論派なんだよね。恋愛漫画のひとつも読んだことのないお子様とは違って、ありとあらゆるパターンを網羅した経験豊富なラブ賢者なので」

「黙れ、負け惜しみ早口勝負でグランプリ受賞してそうなマシンガンルーザーが」

嬉《うれ》しそうに、クリスは微笑《ほほえ》む。

「なんだ、やはり、お前も恋愛経験0か。雑魚《ざこ》でボケのにわかが。二度と大口を叩《たた》くなよ。お前のような恋愛弱者は、生涯、孤独に生きる宿命なんだ。私に小指を握られて、内心、ドキドキしていたんだろ？」

「は？　いや、なに？　なんで、残り物みたいに儚《はかな》い勝機で勝ち誇ってんの？　貴女《あなた》、俺より歳上《としうえ》なのに小指ひとつ握れないんですよね？　あの、正直、有り得ないんすけど（笑）。アメリカでは、それが常識なんすか（笑）。ハロー、ナイストゥーミーチュー、ドゥーユーノーラァブ？（笑）」

クリスが勢いよく俺の手を握り、肌のなめらかさとぬくもりが伝わってくる。

わなわなと口元を震わせたクリスは、俺と繋《つな》いでいる自分の右手を凝視し、ふらふらとしながら笑った。

「ど、どうだ、ガキが、お、お前とは、違うんだよ……！」

「………」

「お、おい、なんとか言っ——きゃあっ！」

バッと、クリスは、自分の口を押さえつける。

俺は、クリスの指と指の隙間に自分の指を絡ませる。胃の奥から湧き上がってきた吐き気を飲み込みながら、ニヤけ面で真っ赤になった彼女を見つめた。

「あれ？　あれれ？　なんか、今、可愛《かわい》い声聞こえなかった？　どこの誰が、あんなに可愛い声を出したんだろうねぇ？　まさか、良《い》い歳こいて、恋愛のひとつも学ばないままアメリカから帰ってきた天才児様じゃないよねぇ？」

「お、お前ぇえ……っ！」

額をかち割られる前に、俺は彼女から手を放した。

指を絡ませ合った感覚を振り払うように、右手をブンブン振りながら、首筋まで赤くなったクリスは距離を取る。

ニヤけながら、俺は、両手を広げた。

「恋愛弱者と恋愛強者の格付けは、コレにて落着しちゃったみたいだなぁ～？」

「こ、ココから出たら、お前の頭をカチ割って近所に配ってやる……！」

「ＨＥＹＨＥＹ、ＤＯＤＯ。そんなに怒るなよ、帰国子女。無事に、立ち位置は明白になったんだ。俺は恋愛、クリスは戦闘、互いに教え合って対策を講じていくことにしようぜ」

歯噛《はが》みしたクリスは、拳を振り上げてから、行き場をなくしたソレを下ろした。

「い、いいだろう。この屈辱は、いずれ、殺意に変えてやる。ひとまず受け入れて、鋼の意志で溜飲《りゅういん》を下げる」

労《いたわ》るように自分の右手を擦《さす》りながら、まだ頬《ほお》の赤らみが引いてないクリスが問うてくる。

「それで、具体的に、私はお前になにを教えれば良《い》い？」

「そうだな、まずは——」

気配。振り向けば、夕暮れの黒さで染まっている魔人がいた。

「落日に燃ゆる愛《いと》し子《ご》の児戯はかくも美しい」

踏み出す度に赤黒い足跡を刻み、両手を組んだ彼女は俺たちの前に立った。

「姉の赤と弟の青、入り混じる様相は紫。交わる色相は補色となるか反対色となるか……あぁ、愛を与える母の色もまた配されることを望んでいる！」

「もちろんだよ、母さん。三人でこの夕焼けを共有し、家族のパレットを作り上げよう」

表情を凍らせたクリスの横で、俺は、魔人に笑いかける。

フェアレディは、芝居がかった動きで万謝を伝えてくる。俺の陰に隠れて逆光を浴びた彼女は、闇に包まれた体躯《たいく》の中から手を伸ばしクリスの肩を掴《つか》んだ。

「ヒイロ、我が子よ、わたしは家族という関係性を礼賛しています」

白金《プラチナ》の髪に指を通して、うっとりとしたフェアレディは言の葉を紡いだ。

「決して、互いを裏切らない。いえ、裏切れない絆《きずな》がある。生まれ落ちた瞬間に、血縁という名の呪いを受けて生涯を辿《たど》ることになる。親兄弟の縛りから逃れられる者はいません。あぁ、なんと、いと深き愛と情でしょうか」

「驚いたな、母さんが愛と情なんて言葉を口にするなんて」

笑いながら、俺は、微動だにしないクリスを見つめる。

「そういうのは、人間の専売特許だと思ってたよ」

「あぁ！　ヒイロ、我が迷い子よ、貴方《あなた》は未《いま》だ多岐亡羊の惑に痛み入るのか！」

己に祈りを捧《ささ》げたフェアレディは、ウィンプルの中に閉じ込められた闇中《あんちゅう》から覗《のぞ》き込《こ》む。

「『人間は、神と悪魔の間に浮遊する』……紛《まご》うことなく、我々は人間でしょう？」

凍り付いているクリスは、自分の腰の辺りを凝視していた。

そこに、なにがいるのか。

震える手で、彼女が、なにかを撫《な》でつけようとして――俺は、フェアレディの右腕を握り込んだ。

「嫉妬で我が心は張り裂けんばかりだよ、母さん。姉さんばかり構わないで」

「遊んでほしいの？」

下から覗き込んでくるフェアレディに、俺は満面の笑みで答える。

「遊んであげるよ」

瞬く間に、景色が吸い込まれる。

海水が引いて、夕空が抜けて、砂浜が折り畳まれてから虚空へと引っ張り込まれた。

空間に空いた大穴から、観覧車、メリーゴーラウンド、空中ブランコにコーヒーカップが次々と吐き出される。巨大な絵筆が空を黒く染め上げ、飛んできた色鉛筆が月を描き込み、宙空のボリュームツマミが回った途端に歓声が押し寄せてくる。

色鮮やかな光彩《ライト》が揺れ、飛び去っていく風船《バルーン》が見えた。

忽然《こつぜん》と現れた無人の遊園地。ユリウス・フチークの『剣闘士の入場』が垂れ流されて、半透明の人影が園内へ入場していく。

フェアレディは、クリスから手を離し、正気に戻った彼女は周辺を見回した。

「……みゅ、ミュールは？」

やっぱり、幻覚を見せられてたか。

俺は、彼女に身を寄せて、そっと耳朶《じだ》にささやく。

「しっかりしろ、クリス。ミュールはココにはいない。俺たちは、フェアレディの精神世界にお邪魔してる最中だ。わかるか？」

「あ、あぁ、そうだったな」

彼女は、ニッコリと笑う。

「私たちは、家族みんなで遊園地に遊びに来たんだったな」

思わず、フェアレディの方を振り向く。

喜悦を浮かべた魔人は、人差し指を唇に当てて小首を傾《かし》げていた。

「違う。お前は、クリス・エッセ・アイズベルトだ。本当の意味で、ようやくミュールと姉妹になれそうなんだろ。こんなところで、魔人如《ごと》きに惑わさ──」

ドンッと、腰になにかがぶつかって衝撃が伝わる。

見下ろした先には、白金《プラチナ》の髪をもつ小さな女の子がいた。見覚えのある顔つきの彼女は、敵意を剥《む》き出《だ》しにして俺を睨《にら》みつける。

「おねえさまをいじめるな！」

刹那、理解する。

このクソ魔人、整合性を捨てて、登場人物増やしやがったな。クリスの記憶から、過去のミュールを創り上げやがった。

「ミュール、良《い》いんだよ。ヒイロは、私の弟なんだから」

クリスは、ちっちゃなミュールを抱え上げる。しかめっ面ばかりだった彼女は、今まで見せたことのなかった満面の笑みを浮かべていた。

なぜ、フェアレディが家族という設定を選んだのか理解《わか》った。それこそが、心からクリスが望んでいた願い。この急所を突けば、簡単に籠絡出来ると思ったからだ。

「家族……家族、そうだ……私とミュールは、元から仲の良い姉妹だった……アイズベルト家……違う……私たちは、最初から仲が良かったんだ……どうして、近づいたらダメなの……一緒に遊んだら怒るの……出来損ないってなに……なんで、ミュールには玩具《おもちゃ》をあげないの……」

虚《うつ》ろな目をしたクリスは、ぼそぼそとささやく。

ミュールの姿をとった幻はほくそ笑み、縋《すが》るようにクリスの手を握った。

「おねえさま、こんな男はほうっておいて、いっしょにあそび――」

俺は、幼女《ミュール》の腹に前蹴りをブチ込み――呼吸が止まった彼女と目が合う。

「壱《いち》の型――」

間髪を容《い》れず、俺は、二撃目を脇腹に叩《たた》き込んだ。

「老若男女無差別拳ッ！」

猛烈な勢いで吹き飛んだ小さな身体《からだ》に追いついて、浮き上がった彼女の背中に組んだ両手を叩きつける。

「弐《に》の型、寝取られ防止措置ッ！」

地面に叩きつけたミュールの顔面を蹴り上げると、鼻血を吹き出した彼女はわんわんと泣き始める。ポケットに両手を突っ込んだ俺は、彼女の泣き顔に唾を吐きかける。

「おととい来やがりしくされ、三流がァッ！　おれの女《スケ》に手ェ出しおって、覚悟出来とんじゃろうなわれエッ！」

血相を変えたクリスが、俺とミュールの間に割り込んでくる。

「ひ、ヒイロ、お前、正気か!?　技名まで決まってる児童虐待コンボを披露するな!?」

「正気じゃねぇのはお前だろ」

俺は、両手を広げて盾になったクリスにささやきかける。

「お前が護《まも》りたかったのは、そこでわんわん泣いてるクソガキか？　あ？　捉え間違えてんじゃねぇぞ、クリス・エッセ・アイズベルト。全身に矢を浴びてでも護りたかったのは、お前の大事な妹なんじゃねぇのか。こんなところで、捏造《ねつぞう》された思い出護ってどうすんだ？」

「ね、捏造……な、なにを言って……」

混濁する意識。

夢畏施《スウィート・スリーピィ》の魔眼によって錯乱しているクリスは、幼き日のミュールの存在を疑問にも思っていない。都合の良い虚妄で彼女の思考はかき乱され、どんな絵空事でも受け入れる下地を捏《こ》ね上《あ》げられていた。

「お前は、俺の恋人だろ？」

だから、笑顔で、俺は嘘《うそ》を吹き込んだ。

「こ、恋人……？　わ、私が、お前の恋人……？」

フェアレディの笑顔の仮面にひびが入って、余裕めいた笑みが消《き》え失《う》せる。

舌を出した俺は魔人に中指を立てて、これみよがしにクリスを抱き寄せた。

戸惑いながらも、赤面を伏せたクリスは抱擁を受け入れる。俺は、渾身《こんしん》のニヤけ面で魔人を煽《あお》った。

「お、おねえさま、そのようなクソ男の虚言を信じてはいけません！」

「おいおい、キャンキャン吠《ほ》えるなよ負け犬。クリスは、俺を選んだんだ。とっととお家《うち》に帰って、泣きながらアンパン○ンの再放送でも見てな」

魔人を凝視した俺は、ニヤニヤと笑いながらクリスの頬《ほお》を舐《な》めるマネをする。完璧な三《さん》条《じょう》燈色《ひいろ》ムーブを見せつけて、微動だにしない魔人への挑発行為を繰り返す。

「惚《ほ》れた腫れたで、俺に勝てると思ったか？」

俺は、笑う。

「俺とお前じゃ、役者が違うんだよ。悪いが、こっちは」

クリスを抱き寄せたまま、俺は、真正面から魔人に挑戦状《メッセージ》を送りつける。

「百合《ゆり》ゲー史上、最低最悪のクソ野郎だ」

鋼糸《ワイヤー》が俺の首に巻き付いて、鋭利な刃《やいば》が赤い線を描いた。

闇夜に浮かぶ死線。

回る観覧車を背景《バック》に光彩を浴びた鋼糸がきらめき、夢と幻に過ぎない世界を掌握する魔人の影が地に落ちる。

逆十字。

まばゆい光を浴びて、両手を真横に広げた魔人の影は、逆さになった十字架を描いていた。

彼女は、ゆっくりと、顔を上げる。

幾重にも張り巡らされた光刃の向こう側に、闇夜よりも濃い黒点がふたつあった。

こちらを睨《ね》めつける魔人の前で、俺は微笑を浮かべる。

「お願いだから、殺さないでよ母さん。母さんは素晴らしい女性《ひと》で、選ばれし存在で、誰にも劣ることがない主役なんだから。俺如《ごと》きを脅威だと思って、こんなところで殺したりしないよね？」

不動の魔人を前にして、俺は口を動かし続ける。

「わかるよ、ココで俺を消すのは簡単だって。俺は、母さんを理解してるんだから。でも、こんな中途半端なところで、俺を精神世界から消し去ったりしたらドラマ性は永遠に失われる。そんなつまらない幕切れ、偉大なる母さんには相応《ふさわ》しくないよ」

伝った赤い血が、魔人の十指を染め上げる。

「なぁ、主人公」

深く食い込まれていく鋼糸、周回している赤黒い液体を垂れ流しながら、俺は魔人に笑いかける。

「ドラマティックに殺し合おうぜ」

ひゅんっ。

風切り音と共に鋼糸《ワイヤー》が引っ込んで、余裕と笑顔を取り戻したフェアレディは、祈りの姿勢をとってこちらを観察する。

「息子の反抗に赦《ゆる》しを与えるのも、慈母が抱き抱える責務なのでしょう。ヒイロ、貴方《あなた》が私を理解しているように、私も貴方を理解していることを忘れてはいけませんよ。戸棚からチーズを盗み食いするネズミは、ゆだった熱湯に入れて、どろどろに溶けるまで煮込んでしまいますからね。その時は、まるで、喜劇みたいに笑ってあげましょう」

「スラップスティック・コメディであれば、そのネズミが捕まることはないけどね」

肩をぽんぽんと叩《たた》くと、ぼんやりとしていたクリスは正気を取り戻す。

「三条《さんじょう》……燈色《ひいろ》……ココは……お前、どうした、その傷……？」

「カートゥーンの猫に説教喰《く》らってたんだよ。行こうぜ、家族みんなで遊園地だ」

幻に溺れていた姉は、消え失《き》せた妹の痕跡を探すように目を瞬《まばた》かせる。

＊

魔人と人間の家族は、遊園地で家族ごっこに精を出し、疲れ果ててから家へと戻った。

エスコには、合体技というシステムが存在している。

パーティー内で特定のキャラクター同士を組み合わせた際、掛け合いが発生したり、好感度がアップしたりすることがある。

その好感度が一定以上に高まった時に、解放されるのが『合体技』である。

サブヒロイン・サブキャラクターとの掛け合いのパターン数は、普通にプレイしていては網羅出来ない程に多岐にわたっている。合体技についても、嫌われ者の三条燈色も含めて、ほぼすべての組み合わせで用意されていた。

合体技の発生時には、女の子と女の子が見つめ合っていたり、手を繋《つな》ぎ合っていたり、キスしていたりするＣＧが挿入《カットイン》される。

さすがに、サブヒロイン同士やサブキャラクター同士の合体技には、専用ＣＧが用意されていたりはしないが、主人公とメインヒロイン・サブヒロイン・サブキャラクターの間での合体技にはすべてＣＧが備わっている（正気とは思えない）。

三条燈色の場合は、陵辱ゲームみたいなゲス顔を浮かべたヒイロと顔を赤らめたヒロインが並ぶため、そのあまりの醜悪さにＣＧコンプが出来なかったプレイヤーも多い（ヒイロ関連のＣＧについては、回収しなくてもＣＧ回収率は１００％になる）。

原作ゲーム上の合体技は必殺の一撃扱いで、特に魔人戦においては無類の強さを誇る。

魔人は『人間を模した複製品なので、愛を理解できない』という設定をもっているため、合体技には魔人特攻効果が付与《エンチャント》されるからだ。

欠点らしい欠点といえば、それなりの時間を費やしての好感度稼ぎが必要になること、ターン経過による高揚感《ボルテージ》アップの後でないと発動出来ないこと、消費魔力が膨大なので序盤はまず撃てないということである。

この合体技は、俺にとって必要のないものだと思っていた。

ヒロインの好感度を稼ぐことが、百合《ゆり》を破壊することに繋《つな》がりかねないからだ。

だが、この夢畏施《スウィート・スリーピィ》の魔眼の世界であれば、相手の好感度上昇を気にする必要はない。

原作ゲーム通りであれば、この世界で起きたことはすべてなかったことになるからだ。

俺とクリスがお互いを恋人同士だと思い込んでも、目を覚ました時には元通りの関係に戻っている。

俺がクリスを愛して、クリスが俺を愛しても、泡沫《ほうまつ》の夢として消えるので問題ない。

俺とクリスの絆《きずな》で合体技を習得し、愛の力で魔人を打倒すれば、俺たちは望み通りの関係性を取り戻せる。

だからこそ、打倒フェアレディ討伐に必須となる『合体技の習得』を目指し、遊園地での家族ごっこを終えた翌日から鍛錬に勤《いそ》しもうと思っていたのだが——

「無理に決まってるだろうがっ！　ふざけるな、クソが、ボケが、死ねッ！　死ね死ね死ね死ね死ねッ！　二度と、私に話しかけるなッ！　なにが稽古だ、このケダモノがッ！」

稽古内容を話した途端、ボロクソに罵倒された。

「危急のことなんだし、しょうがないじゃん。覚悟を決めて、ラブちゅっちゅっしようぜ。魔力の共有化には、触れ合うことが必須なんだから」

今、俺がクリスと取り組んでいるのは『魔力の共有化』である。

別に、特別なことでもない。普段から、魔法を用いる時にもやっていることだ。例えば、魔法発動時、魔法士は魔導触媒器《マジックデバイス》と魔力の共有化を行っている。

構築した魔力線と魔導触媒器の導線を接続することで、肉体と魔導触媒器の魔力を共有化し、ｍｐｐｓを基準にした魔力の流入・流出を繰り返しているのだ。

この魔力の共有化は、人間同士でも行えるし、魔導触媒器同士で行うことも出来る。

この手順は、魔法士の間で『同期』と呼ばれている。

魔法士の最大魔力にも依《よ》るが、魔法士の魔力線を仲介して複数の魔導触媒器の導線を繋ぎ、魔導触媒器同士を同期して、同時接続式枠《アクティブ・スロット》の数を底上げしたりも出来る。

人間同士で同期すれば、互いの魔力を分け与えることも出来るし、魔導触媒器にセットしている導体《コンソール》の共有化も行える。

各個人のもつ魔力は似通っているようで微妙に異なっているので、魔力の共有化には魔力⇔電気変換と同様に変換が必要とされる。

各個人ごとの癖を互いに掴《つか》み合《あ》うのにコツがいるため、腕輪のような変換器《コンバーター》も存在している。補助具なしでの魔力共有の難易度は高いとされていた。

人間同士の場合、互いの魔力線を繋《つな》がなければならないが、魔力線は体表と体内に構築されるため肉体的な接触は避けようがない。

血統にある家族や親類の場合は、魔力線が似通っているケースが多いため比較的安全に事を運べるらしいが、俺とクリスのような他人同士であれば魔力線の本数を多くして接触面積を増やした方が事故率は下がる。

以上の理論を踏まえれば、俺の『とりあえず、抱き合おう』という提案は的を射ている。

にもかかわらず、生粋の恋愛クソ雑魚《ざこ》ガールは断固拒否の姿勢をとっていた。

「こ、この蒙昧《もうまい》がっ！　そこらの小娘と同じ括《くく》りにするな！　私は、クリス・エッセ・アイズベルト！　アイズベルト家の次女で、わ、私にまともに触れた女性はいないんだぞっ！」

「だから？」

「だ、だから……こ、断る……」

何時《いつ》もの居丈高な態度はどこへやら。

不慣れな分野で攻められると、罵倒や反論にキレがなくなってしまうらしい。

「天才と褒めそやされた魔法士ならわかるだろ？　本来であれば直接的に行うところを、邪魔な衣服を通してやろうって言ってるんだ。我儘《わがまま》なお姫様ぶりは十分に堪能したから、物わかりの良《い》いワンちゃんみたいに飛び込んでこい」

　俺が腕を広げると「あぁ」とか「うぅ」とか呻《うめ》きながら、視線を彷徨《さまよ》わせたクリスはぼそぼそとつぶやく。

「ど、同期なんて必要ない……わ、私の力があれば、あんな魔人《ヤツ》……」

「現状を顧みろ。俺ひとりじゃ、絶対に魔人《フェアレディ》には勝てない。お前が鍵《キー》なんだよ、クリス。勝利の女神を得て凱旋門《がいせんもん》を開けるため、フェアレディはお前の弱点を突くための家族ごっこなんて始めたんだ」

　俺とクリスの総合力を比較すれば、一目瞭然でクリスの方が勝っている。大変残念なことに、俺ではなくクリスの掌握を優先したフェアレディの判断は正しい。実際、俺は玉《クリス》を取られたら敗《ま》ける。

「ほら、来い」

　再度、俺は、クリスを招く。

　惑い続けていた彼女は、用心深い猫のようにちょっと近づいては離れてを繰り返し、ようやく俺の腕の中に全身を預けた。

「「…………」」

　触れるか触れないかの距離感。

　クリスは、俺の胸に両手を当てていて、彼女の白いうなじが見えた。

本来であれば、彼女の痩身が、男の腕の中に収まることはなかった。愛する妹を腕の中に招き入れている側の筈《はず》で――心臓に、凄《すさ》まじい激痛が奔《はし》る。

「ぐっ……ぉ……ぉぐ……ッ！」

だ、ダメだ、か、考えるな……ッ！　こ、この世界では、自己の確立は想像《イメージ》にゆだねられる……ッ！　も、もし、本気で『死にたい』と考えれば、俺の意識は余すことなく完全《フォー》削除《マット》される……ッ！

「…………」

無言で、身をゆだねるクリスは俺の胸に耳を当てる。

透き通っている白金《プラチナ》の髪から、俺と同じシャンプーの香りが漂ってくる。すり寄った腿《もも》と腿が、微《かす》かに触れ合っては離れる。胸元の辺りに柔らかな肉感を覚えた。漏れた吐息が首筋をくすぐって熱に変わる。

小さな肩を抱いた瞬間、彼女はぴくりと全身を震わせ、うなじが桜色に染まっていく。

ぎゅっと、彼女を抱き締める。

「……い、いたい」

「え、あ、ご、ごめんなさい」

ゆっくりと、力を緩めていくと、彼女はぶっきらぼうにささやいた。

「……へたくそ」

視界が――歪《ゆが》む。

な、なんか、こ、声のトーンが、いつもと違くない……？　な、なんで、そんな猫撫《ねこな》で声《ごえ》みたいな……い、いや、こ、コレは良《い》いことなんだよな……？　お、俺は、クリスを好きにならないといけなくて……クリスは俺を好きにならないといけなくて……で、でも、俺は百合《ゆり》を護《まも》らないといけなくて……じ、自我が……ま、曲がる……ッ！　ほ、崩壊する……ッ！

「り、リードは」

俺の胸板にもたれて、顔を隠しているクリスはささやく。

「ど、どっちがやるの……早くして……しろ……」

「で、では、僭越《せんえつ》ながら某《それがし》から」

自分でも何を言っているかわからず、魔力線を構築して、彼女の魔力線と接続を行う。

「…………ぁ」

小さな声が出て、クリスは、勢いよく両手で自分の口を押さえる。

真っ赤な顔の彼女は、下から俺を睨《にら》みつけてくる。

「き、聞くな……ッ！」

「そんなダイレクトクレームをもらいましても、お客様。両手が塞がっているため、耳を塞ぐことは物理的に不可能でして、お客様」

「なら、私が塞ぐ！」

クリスは、両手で俺の耳を塞いだ。

前のめりになったことで、さっきよりも密着率は上がっていたが、必死な彼女は気がついていないようだった。

数十分かけて、ゆっくりと魔力線を繋《つな》いでいく。

俺とクリスの魔力線は、幅や太さや輪郭、その質がまるで異なっている。最善の状態で接続出来るよう、互いに譲り合って魔力線を再構築していく必要があった。

「お、おい、なんだ、このデタラメな魔力線は？　どうやって、お前、今まで生きてこれたんだ？」

便利な魔人機構《アルスハリヤ・システム》が、そこらへんはカバーしてくれてますので。

俺の中で、なにかが身じろぎしている。恐らく、クリスの魔力を受け入れたことに対するアルスハリヤからの抗議だった。

無視して、俺たちは、魔力共有を続ける。

「魔力線の繋ぎ方が違う！　魔力をそんなに一気に流し込むな！　ｍｐｓを意識しろと言ってるだろ！　私じゃなかったら、共有相手は破裂して辺り一面血の海だぞ！　しっかりしろ、ボケがッ！」

「す、すいません……」

普段は、優しいお師匠様《アステミル》に師事を受けているせいか、クリスの苛烈なご指導はなかなか新鮮だ。

師匠は優しいから『もし別大陸に着いたら、私の功績がグローバル化してしまいますね』とか言いながら、弟子を太平洋のド真ん中に置き去りにするくらいだも——あの脳筋クソゴリラの一億倍、クリスの方が優しかったわ。でも、そんな師匠が好き。

五時間後。俺とクリスは、汗だくになって、息を荒らげながらようやく離れた。

ぺたんと、俺は、その場に尻もちをつく。

「し、死ぬ……垂れ流した汗で川が出来て神話になる……」

げしっと、俺は、足蹴にされる。

「なにしてる、走るぞ。とっとと、手を繋げ。ようやく、まともに魔力線を繋げたんだから、その感覚を忘れないうちに同期時の運動性能も確認しておく。ほら、立て」

手を引っ張られて、俺は涙目で首を振る。

「いやーっ！　手首のひったくりよー！　やーっ！」

「『やーっ！』じゃない！　お前の薄汚い手首なんか誰がいるかっ！　いいのか、ココで心が折れたらミュールたちを救えなくな——」

「行くか（スクッ）」

「……………」

クリスと手を繋《つな》いで、砂浜を走り始める。その様子を見物しているフェアレディは、愉《たの》しげに薄ら笑いを浮かべていた。

魔人の精神世界に囚《とら》われてから——一ヶ月《かげつ》が経《た》った。

波打ち際で、砂の粒が音を立てる。

真っ白なサマーワンピースを着たクリスは、ビーチサンダルを指に引っ掛けて、なびく髪を押さえながら振り返る。

「ヒイロ」

ふわりと、夢見心地なスカート丈が翻った。

陽《ひ》の光で透けた生地を通して、彼女の素足が露《あら》わになる。少し髪が伸びた彼女は、嬉《うれ》しそうに手を振ってくる。

応えずにいると、彼女は、ゆっくりと歩み寄ってくる。

取り残された砂浜の足跡は、打ち寄せる波に抗《あらが》えずに消えて、彼女の痕跡を持ち去っていった。

「ヒイロ、髪」

クリスは、風で逆立った俺の髪を撫《な》で付ける。

微笑《ほほえ》みをたたえたまま、彼女は俺の髪を整えて寄り添ってくる。

「いい加減、自分で髪を整えられるようにならないとダメだぞ？　最近、私に任せっぱなしで自堕落にも程がある」

自然に俺の腕を抱き込んで、彼女はからかうように目を細めた。

「何時《いつ》までも、私にやらせるつもりか？」

「いや、そろそろ終わらせよう」

断言すると、彼女の瞳の色が変じる。

「明日、フェアレディと決着をつける」

弾《はじ》かれたように立ち上がったクリスは、視線を揺らして戸惑いを示した。その表情が『どうして、そんなことを言うの』と疑問を呈していて、拒絶するように彼女は後退《あとずさ》った。

「クリス。最初から、そういう話だった筈《はず》だ。この一ヶ月弱で、俺とお前の魔力共有は完了した。フェアレディを倒して、夢と幻の世界におさらばする準備が出来たんだ。俺とお前の関係も元通りで、ミュールたちとも再会出来る。ハッピーエンドだ、そうだろ？」

手を差し伸べたまま、微笑みを向けると、彼女はゆっくりと首を振った。

「違う……違うよ、ヒイロ……私のハッピーエンドは、ココにしかない……帰ったら……ヒイロは、この一ヶ月のことを忘れるんだろ……それに……ミュールと……あの子と家族になれる気がしない……酷《ひど》いことをたくさんしたんだ……今更、どんな顔をして……」

なんで、クリスが、記憶が消えることを知っ——フェアレディか。

舌打ちをして、俺は、一歩踏み出す。

「クリス」

更に踏み込むと、彼女は、首を振りながら下がる。

「い、いやだ……私は……いやだっ……！　ココで、ヒイロと一緒にいたい……家族が……家族が欲しい……酷《ひど》いことをしない家族が……酷いことをしなくても良い家族が……ひ、ヒイロは、私を救ってくれるんじゃないのか……？」

応えようとしない俺を見て、涙を流したクリスは訴えかける。

「いやだ！　いやだ、いやなんだっ！　ココでしか、私は幸せになれないっ！　アイズベルト家の呪いに囚《とら》われたくない！　もう、元の自分になんて戻りたくないっ！　誰も、誰も、私を救えないっ！　ココでしかっ！　お前とココにいるしかないっ！」

「ミュールがいる。お前には、ミュールがいるだろ」

「あの子に……あの子に、なにが出来る……小さくて弱いあの子になにが……!?」

「その小さくて弱いあの子に、お前は救われた筈《はず》だ。そして――」

クリスは、ゆっくりと目を見開く。

「あの子を救えるのはお前だけだ」

見開いた目から、疑念の渦を巻くようにして――涙が堕《お》ちる。

「家族だろ。ごっこ遊びじゃなくて、本物の家族の筈だ。俺なんぞと遊んでないで、そろそろ、心配してる妹の下に戻ってやろうぜ？」

「断る」

裸足《はだし》のままで、彼女は、俺から遠ざかる。

「わ、私は戦わない。だから、お前も諦めてくれ。た、頼む、一緒にココに残ろう。ヒイロ、お願いだから。そ、そうすれば、きっと、私がお前を幸せにしてみせるから」

「クリス、お前の魔導触媒器《マジックデバイス》。あの杖《つえ》、ミュールとお揃《そろ》いなんだって？」

ビーチサンダルを握り締めて、睨《にら》み返《かえ》した彼女の視線が俺に突き刺さる。

「それがどうした？」

「なんで、魔法を使えないあの子が、あの杖を持ち歩いてると思う？」

惑うようにして、真《ま》っ直《す》ぐだった視線が逸《そ》れる。

「あの子は、何時《いつ》も、俺に言ってたよ。『お前がお姉様に敵《かな》うわけがない』とか『お姉様は凄《すご》いんだ』とか。お姉様、お姉様、お姉様って……あの子にとっての憧れは、格好《かっこ》良いヒーローは、アイズベルト家に囚われているミュールのたったひとつの希望は――」

俺は、震える腕を押さえて、赤くなった目を逸らした彼女にささやく。

「たったひとりの姉であるお前なんじゃないのか？」

「……うるさい」

「護《まも》るためにココに来たんだろ。取り返したいんじゃないのか。お前の魂を。お前の信念を。お前の大切なモノを。こんなところで――」

「うるさい」

俺は、彼女を見つめる。

「何時《いつ》まで立ち尽くしてるつもりだ、クリス・エッセ・アイズベルト」

「うるさいうるさいうるさいッ！　黙れぇぇぇぇぇぇぇぇぇぇぇぇぇぇぇぇっ！」

絶叫して息を荒らげたクリスは、涙で潤んだ両眼《りょうめ》で睨《にら》む。

「お前は……お前だけは、理解してくれてると思ったのに……！　結局、裏切るのか……あ、あんなことまでした癖に……責任をとらずに逃げるのか……！」

ドキンと心臓が跳ねて、俺は明後日《あさって》の方向に視線を向ける。

「な、なななに言ってんの!?　あ、あああれは、じ、じじじ事故みたいなもんだし!?　そ、そそそれに、さ、最初に手を出してきたのは、く、クリスの方でしょ!?」

「は、はぁ!?」

顔を真っ赤にしたクリスは、掴《つか》んだ砂を投げてくる。

「お、お前が、捨て犬みたいな目で見てくるから！　だ、だから、受け入れてやっただけだろ！　卑怯者《ひきょうもの》！　せ、責任とれっ！」

「お、お前、俺がどんな思いでこの一ヶ月《かげつ》を過ごしてきたと思っ――痛い！　やめて、砂はともかく、石はやめて！　血が出ています！　とても痛い！」

「死ね死ね死ね死ねっ！」

　砂やら石やら貝やらを投げつけ、クリスは、ハァハァと息を荒らげながら叫ぶ。

「へたれっ！　ずっと待ってたのに！　アレ以来、なにもしてこなかったへたれがっ！　一線を越える度胸もないのかっ！」

「お、俺からしたら、死ぬような思いで、あそこまでしたんですがっ!?」

「男女の関係なら、あんなもの序の口でそれ以上もあっただろ!?　あの程度で、なにが一線を越えただっ！　わ、私をバカにしてっ！」

「いやだって……そ、それ以上って……」

「結局っ！」

　泣きながら、自分の胸を掴んだクリスは声を張り上げる。

「結局、お前には、私よりも大事なものがあったんだろ!?　だ、だから、一線を越えなかった！　我慢してた癖にっ！　バカ、アホ、ボケッ！　お前は、優しいから！　この夢が覚めるとわかっていても、私の心を支配するような方法はとらなかった！　恋愛経験０の小娘なんて、そういうことをすれば簡単に籠絡出来たのにっ！　このお人好《ひとよ》しがっ！　最後まで、とことん私を大事にしやがって！　死ね死ね死ねッ！」

　さーっと、クリスの指の隙間から、掴みきれなかった砂粒が落ちていく。

　ぽろぽろと涙を零《こぼ》しながら、彼女は嗚咽《おえつ》して顔を歪《ゆが》める。

「ゆ、夢でもいいから……そばにいてよ……」

「……悪いな」

自分でも酷《ひど》いことをしていると自覚しながらも、俺は、笑うことしか出来なかった。

「俺は、百合《ゆり》を護《まも》る者だ」

すべての砂粒を落としきってから、俺に背を向けたクリスは歩き去っていった。

入れ代わり立ち代わり、魔人《フェアレディ》が姿を現し、出番を待っていた女優のように計算された足取りでやって来る。

「あぁ！　斯《か》くも、悲劇は巻き起こった！　シェイクスピアの筋書きと比べれば、杜撰《ずさん》かつ稚拙ではあるが、それは紛《まご》うことなく人間《ひと》の愛！　主役の男女は醜悪かつ愚鈍、下らないメロドラマが巻き起こる！　この腐りきった脚本《ストーリー》も、主演女優《フェアレディ》が現れれば救われることになるでしょう！」

計算尽くのカメラワークで、泣き顔を演出したフェアレディは、両手を組んで祈りを捧《ささ》げる。

「あぁ、どうか悲劇の涙を流し萎《しお》れないで！　世界の中心で瞬く綺羅星《きらぼし》が、貴方《あなた》たちを救うために降臨いたしましたよ！」

「はいはい、降臨、ご苦労さん」

砂浜に座り込んだ俺は石を海に放り、その横でフェアレディは立ち尽くす。

ゆっくりと、俺は口を開いた。

「こうなると思ったから、俺とクリスが仲良くなるのを止めなかったのか。なにもしてこないから、なにかあるとは思ってたよ」

「その通りですよ、無力に打ちひしがれる羊飼いよ！　貴方たちか弱き人間は、私のような完璧なる存在とは異なり、あまりにも脆弱《ぜいじゃく》で醜すぎる！　ただ、脇に引っ込んで、主役の登場を待ち望むしかないのです！」

「で、その主役は、どんな脚本と演技で俺たちを楽しませてくれるの？」

「もちろん、救いましょう」

醜悪な笑顔で、彼女は、俺を覗《のぞ》き込《こ》む。

「クリス・エッセ・アイズベルトは、とある悪役によって最悪の二択を迫られる。恋人か妹か。彼女の身に迫る悲劇の二択、選択によっては貴方に死んでもらいましょう。だいじょうぶ。その悲劇には、この私が寄り添いますから。ぐっ、うぅっ！」

苦しそうに胸を押さえつけて、フェアレディは慟哭《どうこく》を上げる。

「くっ……くふふっ……な、なんて酷いことを……恋人か妹、どちらかしか救えないなんて……ゆ、許せない……ふふっ……なんて可哀想《かわいそう》なクリス……だいじょうぶ……私が、じっくりと時間をかけて……迫りくる不幸から救ってあげましょう……」

「お楽しみの最中、悪いんだけどさ」

「あぁ、なんたる甘美！　我が腕《かいな》に抱かれる悲劇よ！　救いの声を上げ給《たま》え！」

「お前、明日には消えるからな？」

ぴたりと。笑い声がおさまって、緩慢な動きで、フェアレディは顔を上げる。

魔人の相貌に、黒々とした影が差した。そこには人ならざる虚無が潜んでいた。純黒の空洞が開いて、その黒い洞穴から声が這《は》い出《で》てくる。

「いま、なんと？」

「脇役の台詞《せりふ》は聞き取れなかったか」

フェアレディの頬《ほお》に手を当てて、指先で撫《な》でながらささやいた。

「明日、お前は消えるんだよ。お前の腐った脳みそでも解《わか》るように言えば――」

哀れみの表情を浮かべて、俺は、魔人にささやきかける。

「自分で用意した舞台で、自分を消し去る用意は出来たか――マッチポンプ野郎」

俺が触れている反対側の頬。

まるで、相対する恋人同士のように、魔人の指先が俺の頬を撫でた。

「クリス・エッセ・アイズベルトは来ない……消えるのは貴方《あなた》ですよ、三条《さんじよう》燈色《ひいろ》？」

「あぁ、そうか、お前には理解《わか》らないか」

笑い合いながら、俺は、魔人と見つめ合う。

「俺は、クリスを信じてる。だから、お前は敗《ま》けるんだよ」

「ふひっ……ひひっ……いひひっ……！」

フェアレディは、笑いながら手を叩《たた》き、片手で俺の首を絞め上げた。

「お目出度《めでた》い猿頭。その不出来な脳みそは、喜劇の脳汁で満たされているみたい。あの人間の心は折れた。あ、貴方は、ひひっ、み、見捨てられたんですよ。こ、幸福に抗《あらが》える人間はいない。あ、あぁ、か、かわいそぉ！　かわいそぉかわいそぉかわいそぉ！」

両手で首を絞められながら、俺は、彼女に微笑《ほほえ》みかける。

「可哀想《かわいそう》になぁ、お前は、自分のことしか信じられないもんなぁ？　だから、何時《いつ》も、自分の筋書き通りにしか動けない。お遊戯会の舞台のド真ん中で、クソつまらねー脚本《ホン》の通りに救世主を演じて、いひいひ笑いながら、自らの手で幸福と不幸をひっくり返すことしか出来ない。だからさぁ、魔人、可哀想なお前に教えてやるよ」

真正面から、俺は、満面の笑みを浮かべる。

「お前の筋書きにはない――敗北ってもんを」

人間と魔人は、ただ、お互いを哀れみ合って――明くる日を迎える。

時間制限《タイムリミット》が迫る。

魔人との決戦が幕を開けるまで、既に三十分を切っていた。

烙禮《らくらい》のフェアレディは、人間如《ごと》きに敗北するとは露ほども思っていない。幸福と平穏で心を折ったクリスが、舞台上には上がらないと信じていた。

俺が『勝負は明日で』と申し出れば、フェアレディは喜んでその提案を呑《の》む。何事もなかったかのように、偽物の太陽が昇って家族ごっこが再開されるだろう。

そうなれば、おしまいだ。

如何《いか》に精神が図太い俺であろうとも、めくるめく幸福の世界へと堕《お》ちていくことになる。

さすがに、絶対百合《ゆり》領域による精神汚染ガードも限界だからな。アレだけの美少女と一ヶ月《かげつ》も恋人同士でいて、よく我慢したもんだと自分で自分を褒めてあげたい。

フェアレディは、人間心理をよく理解している。

正確に言えば、人間の脆弱《ぜいじゃく》さをくすぐることに長《た》けている。

この一ヶ月間のフェアレディは、ちょっかいをかけてくることはあっても、ロミオとジュリエットの間に水を差してくることはなかった。

思えば、それはフェアレディが張り巡らせた策の糸、忍ばせた権謀術数のひとつ。

フェアレディにしてみれば、俺とクリスが共闘することを避けられればそれで良い。家族ごっこでも恋人ごっこでも、その関係を指定する必要はなかった。

実際、あの魔人の思惑通り、クリスは俺との恋人関係に固執している。

いや、依存と言い換えても良《い》いかもしれない。

幼い頃から他者に頼ることも縋《すが》ることもなく、たったひとりで生きてきた彼女にとって、信頼に足る相手から与えられる愛はあまりにも甘美だったに違いない。

この一ヶ月間。

俺は俺なりに、クリスを愛してきたつもりだが、時を経れば経るほどに彼女から返される愛は倍々に増えていった。

彼女は、ずぶずぶに、この関係にハマっていった。

ミュール・ルートでのミュールもそうだが、アイズベルト家の人間は、一線を越えた相手には甘えたがる性質があるらしい。

ふたりきりになった時のクリスは『お前、正気に戻った時に首を吊《つ》ることになるぞ？』と言いたくなるような甘えぶりで、ハングリーラブモンスターぶりを見せつけていた。

彼女からの罵詈雑言《ばりぞうごん》は、愛及屋烏《あいきゅうおくう》へと傾いていった。

特に、ボディタッチやスキンシップが効いたのかもしれない。

コレに関しては、俺の見通しが甘かった。

俺を嫌っているクリスであれば自制が利くと思い込んでいたが、他者から向けられる愛情に耐性のない彼女にとって、あまりにも甘すぎる毒へと至って脳にまで回ってしまった。

たとえ、それが、忌み嫌う男であっても。ふたりきりで、手を握り合ったり、見つめ合ったり、諸々《もろもろ》していたりしたら……好きになるなという方が難しい。

他の目がないこの世界は、あまりにも、プライドが高い彼女にとって都合が良かった。

永遠に続くふたりだけの時間。俺の口からは砂糖が大量生産されていたが、クリスはその甘ったるい罠《わな》を甘受しているようだった。

この状況下では、クリスと恋人ごっこを続ける以外の対応策をとれなかった。

元々、それが、フェアレディの仕掛けた罠であったとしたら。いや、十中八九、そうなのだろうが……さすがは、魔人、烙禮《らくらい》のフェアレディと言ったところだろうか。

ココまでくれば、もう、俺に出来ることはない。

後は、ただ、クリス・エッセ・アイズベルトを信じるだけだ。

フェアレディ・ハウスの中で、壁掛け時計の短針と長針に目をやった。

現在時刻は、十八時四十八分。最後の最後にクリスと話すため、俺は立ち上がって二階へと上がっていく。

俺は、部屋の扉をノックして――

「……裏切り者は、入ってくるな」

早々と拒絶された。

苦笑して、俺は、扉に背を預けて座り込む。

「なら、そのまま聞いてくれよ」

ギシリと扉が鳴って、向こう側で同じように腰を下ろしたのがわかった。

一枚の扉を隔てて、背中合わせ。

ぬくもりなんて伝わる筈《はず》もないが、なぜか、俺はクリスのあたたかさを感じていた。

「俺は、これから、フェアレディをぶちのめしに行く。俺のワガママに付き合わせるわけにもいかないし、お前が来たくないっていうなら来なくても良《い》い。よくよく考えてみれば、あの程度の魔人、俺ひとりでもどうにかなるしな」

扉の隙間を通して、呼吸の音が聞こえてくる。

「昨日、『お前には、私よりも大事なものがあったんだろ』って言ったよな？　まさにその通りで、俺には自分の命よりも大事なものがある」

――いーくん

目を閉じた俺は、微《かす》かに聞こえた懐かしい声に微笑《ほほえ》む。

「ブレたら終わりなんだよ、俺は。一度、口にした誓いを蔑《ないがし》ろにしたら、俺はもう立てなくなるんだ。この一ヶ月《かげつ》、自分を貫けたのも、その芯が俺の脳天からつま先まで串刺しにしてくれてたからだ」

自分の両手を見下ろして、俺はささやき続ける。

「俺には、命を懸けてでも護《まも》りたいものがあって……クリス、その中には、お前の妹も入ってる……一度、目にした眩《まぶ》しいくらいのハッピーエンドを……俺は、ただ、手に入れようとしてるだけだ」

「……自分が、傷ついたとしてもか？」

「まぁな」

「敗《ま》けるかもしれないのに？」

「あぁ」

「そんなの……」

くぐもった声で、彼女は応える。

「こわいだろ……私は、こわい……こわいよ……よ、ようやく、手に入れたのに……なんで……なんで、手放さないといけないんだ……私は……私は、ただ……お前と一緒にいたいだけだ……もう、誰も死ぬところは見たくない……あの暗闇には、戻りたくない……」

俺は、ゆっくりと、天井を見上げる。

こちらを見下ろす木の目と目が合って、ただ、その一点と目を合わせ続ける。

「あ、アイズベルト家で……私がなにか誤ったことをすれば……ま、満点を取れなかったり……魔法の発動を間違えたり……誰かに敗けたりすれば……う、薄暗い地下室に閉じ込められるんだ……そこは真っ暗で……な、なにも視《み》えない……暗いんだよ……私は、目が悪いから……い、いつも、怖くて……い、いつか、こんな風になにも見えなくなるんじゃないかって……シリア姉様みたいになるんじゃないかって……誰もいない暗がりに取り残されるんじゃないかって……お、おかしくなりそうになる……で、でも、泣いても喚《わめ》いても、出してくれなくて……」

嗚咽《おえつ》を漏らしながら、クリスは内心を吐露する。

彼女の精神の内奥、その奥の奥、誰にも打ち明けられなかったその裏側を。

「そ、そんな時に、いつも灯《あか》りが灯《とも》るんだ……」

クリス・エッセ・アイズベルトはささやく。

「小さな灯りが……暗闇が……晴れて……また、視えるようになって……い、妹の……ミュールの笑顔が視える……あの子は、いつも、私が泣いている時にたすけてくれた……あたたかい灯りを……星を……あの日、皆で、見上げた星を灯してくれた……」

泣き声の中に、彼女の熱が灯る。

「で、でも、私は……私は、あの子が閉じ込められた時……な、なにも……なにもしなかった……なにも……なにも、出来なかった……い、虐《いじ》められてたのに……ひ、酷《ひど》いことをされてたのに……そ、傍《そば》に……傍にいてあげるべきだったのに……わ、私は、なにひとつしてあげられなかった……『出来損ない』呼ばわりして……あの子が差し出した宝物も壊した……今更……今更、もう、あの子の主人公《ヒーロー》にはなれないんだ……」

俺は、振り向いて、泣き続けるクリスの背中に――扉越しに手を当てる。

「クリス」

俺は、言った。

「俺は、お前を信じる」

「信じるな……こ、こんな私を信じるなよ……わ、私は、お前なんかよりも弱いんだ……お前に心で敗《ま》けた……わ、わかるだろ……私の敗因は、心の弱さだ……お前は強い……だから……こんな私を信じないでよ……」

「別に弱くても良《い》いだろ」

笑いながら、俺は立ち上がる。

「自分の弱さを認めて、それでも進み続けるのは強さだ。お前は、自分の命を懸けて、あの教会にミュールを助けに来た。格好《かっこ》良いじゃねーか。あの子の暗闇を晴らしたのは、紛《まご》うことなき、クリス・エッセ・アイズベルトだ。だから、俺は、お前を信じるよ」

俺は、一歩、踏み出して床を鳴らした。

「お、おい、どこに行く⁉」

「決まってんだろ」

笑いながら、俺は、言葉を返した。

「お前を泣かしたヤツをぶちのめしに行くんだよ」

「や、やめろッ！　フェアレディには勝てない！　わかるだろ⁉　この一ヶ月《かげつ》で、アイツのことを理解してわかった！　アレには勝てない！　人間の精神性では、魔人を超えられない！　だからっ！」

「だから」

ポケットに手を突っ込んで、俺は、決戦の地へと向かっていく。

「超えに行くんだよ」

階段を下りて――景色が、切り替わった。

十九時の鐘が鳴る。

不気味な音色を奏でながら夜の帳《とばり》が下りて、人と魔が演じる舞台の最終幕が上がった。

冷たい夜気が、全身を切り裂いていく。

暗黒に包まれた無人の遊園地――掻《か》き鳴《な》らされる愉快な音楽――佇立《ちょりつ》する巨大な観覧車――その巨大な円環遊具は、賓客を地上に置き去りにしたまま回転を続けており、その頂点にひとつの人影を示していた。

両手を広げて、片足立ちで。

右のつま先で己を支え、もう片方のつま先は舞台裏へ。

ぴんと張った一筋の糸のように起立する魔人は、歓迎するかのように頭を傾《かし》げる。

張り巡らされて、紡がれていった運命の糸。

運命の三女神を独りで気取り、十指に括《くく》り付けた鋼糸《ワイヤー》を蠢《うごめ》かしながら――主役《フェアレディ》は微笑《わら》った。

「あぁ、あぁ、夜空が、悲劇の産声を上げている！　おいでませ、今宵《こよい》の惨劇に招待されし哀れ子よ！　愛《いと》おしいまでの感情が、脳髄を貫いている！　愛した女性に捨てられて、孤独に地獄を彷徨《さまよ》い歩く迷い子よ！　貴方《あなた》は、たった独りで、なにを求めて歩くのか！」

苦笑して、俺は応える。

「テメェの無様な死に様だよ」

「ふふっ……哀れな……かわいそぉかわいそぉ……クリス・エッセ・アイズベルトという名の勝利の女神に見捨てられ、孤独に死路を歩く亡者よ……慈母の腕《かいな》に抱かれて、あの世に誘《いざな》われる覚悟はしてきましたか……？」

「お前こそ、覚悟は出来てるんだろうな？」

俺は、自分の胸の中心を親指で指して嘲笑《わら》う。

「返しに貰《もら》いに来たぜ、預けておいた俺の刃《やいば》を。今日この日まで、胸が痛んだだろ……ほら、想像してみろ……テメェの醜い心臓を貫く冷たい痛みを……思い出せよ……たかが人間に、一撃、喰《く》らってたことを……」

フェアレディは、ゆっくりと目を見開き——ズッ——彼女の胸の中心から、九鬼正宗《くきまさむね》が生え出る。

「ぐっ……うっ……！」

まるで、意思を伴ったかのように。

彼女の胸から、抜け落ちた九鬼正宗が落下し——俺は、ソレを受け取った。

「サンキュー。無料で預かってくれるなんて、駅前のコインロッカーよりも良心的だな」

「い、いひっ……あ、哀れな人間よ……確かに、貴方《あなた》の精神力は、人間とは思えないくらいに凄《すさ》まじい……この一ヶ月《かげつ》、貴方の決意が揺らぐことはなかった……それでも、運命は変わらない……あぁ、哀れ子よ……貴方は、死ぬとわかっていて、なぜ、ココに来てしまったのか……理想の世界で、愛する女性と過ごすことを選ばなかったのか……？」

「愚問だろ」

俺は、応える。

「理想の未来《さき》には、なにもないからだ」

「おぉ、なんと愚かな！　裏切られるとわかっているのに！　貴方は、これから、なにも為《な》さずに死ぬというのに！」

「教えてやるよ、魔人……愚か者って言うのはなぁ……ッ！」

俺は、叫ぶ。

「ココで、命を懸けられずに！　アイツのことを信じられずに！　なにも護《まも》れないヤツのことを言うんだよッ！　泣いてるヤツのことも救えずに百合《ゆり》を護れるかよッ！　だから、俺はココで！　ココで、テメェをぶちのめして！　夢幻の向こう側に進むッ！　だから、魔人！　テメェは、黙って！」

叫びながら、俺は、九鬼正宗《くきまさむね》を構える。

「自分《テメエ》で、自分《テメエ》の幻に殺されろッ！」

「愚者がッ！」

視線が交錯し――人間と魔人は――動いた。

振るわれた鋼の網を抜けて、踏み込んだ俺の足元が爆発する。

烙禮《らくらい》のフェアレディは、鋼糸《ワイヤー》と罠《トラップ》の連係《コンビネーション》を得手とする。遊園地という舞台を選んだのも、彼女が得意とする罠《わな》を仕掛けるのに都合が良《い》いからだろう。

爆発で燃え盛る俺の足を見て、フェアレディの口端が歪《ゆが》んで――炎熱で黒焦げになった右足でそのまま踏み込み――彼女の笑みが消えた。

激痛を振りほどくように、俺は魔力を流し込む。

使い物にならなくなった右足を魔力線補強《リインフォース》――蒼白《そうはく》の補強線が右足に絡みつき、筋と骨を形作り、内奥から迸《ほとばし》る魔力に従って操縦を開始する。

右で踏み込み、左で駆け抜ける。

人影が加速した瞬間、地面が弾《はじ》け飛《と》んで地雷が炸裂《さくれつ》した。

「アルスハリヤァ！」

緋色《ひいろ》の両眼《りょうめ》が闇《ひら》いて、俺は、宙空で溶け落ちる最善の可能性を掴《つか》み取《と》る。

火炎の只中《ただなか》を片手で掻《か》き分《わ》けて、黒煙を掻き消しながら、吹き飛ぶようにして前に進む。

フェアレディが用意した鋼糸の巣、その舞台上へと飛び乗って、鋭利なその線でズタボロになりながら俺は駆ける。

廻《まわ》り続ける観覧車の上で、待ち受ける魔人は、風切り音と共に両腕を振るう。

避《よ》け損ねた俺の小指が吹き飛び、その犠牲を顧みず、高く高く、蝋《ろう》の翼も持たずに天高く駆け上がっていく。

蒼《あお》と白。

魔力の励起反応、月夜に躍る火花、赤黒い血で服装規定《ドレスコード》を整えて。

一本の蜘蛛《ワイヤー》の糸を辿《たど》り、俺は、ひたすらに疾走する。

舌打ちをしたフェアレディは、十指を振るい、俺が乗っていた鋼糸《ワイヤー》が歪曲《わいきょく》し――同時に、俺は跳んだ。

満月を背景に。

月夜に浮かぶ緋色《ひいろ》の両眼《りょうめ》、俺はその眼《まなこ》を開いて、ぼんやりと浮かぶ払暁《ふつぎょう》の下に刃《やいば》を構えた。

「よぉ」

無表情で、俺は、ささやいた。

「覚悟は出来てるか」

振り――下ろす。

重なった視線と視線、紫電が跳ね飛ぶ。

幾重にも重ねられた鋼糸が、軽やかに俺の斬撃を受け止める。

「あぁ、今宵《こよい》の月も美しい」

俺の前で、フェアレディは微笑を浮かべて――来るッ！

小指、薬指、中指、人差し指、親指ッ！

猛烈な勢いで動いたその指、結び付けられて応じる糸。それらすべて余すことなく、払《ふっ》暁叙事《ぎょうじょじ》で捉え――斬り落とす。

鋼の音が連続的に響き渡り、上下左右から迫りくる鋼糸に鋼刃を合わせ、宙空を跳ね回る俺は刀剣を振るい続ける。

剣嵐に突っ込んだ俺の全身は、肌色から赤色へと変じる。脳天を貫く激痛は意図も介さず、ただ眼前の魔人を斬り続ける。

「愚者……己《おの》が信念に呑《の》まれた信者が……！」

下方の死角。

跳ね跳んだフェアレディの膝が、俺の鳩尾《みぞおち》を貫いて息が止まる。

ひゅっ！　きらりと、月明かりに照らされて、致死の鋼糸が迫る。

息だ。

その死を見つめながら、俺は、己へと叫ぶ。

息をしろッ！

「がはっ！」

寸前、俺は呼吸と同時に回転し、鋼糸《ワイヤー》を弾《はじ》き飛《と》ばす。

鞘《さや》を身体《からだ》の下に敷いて、張られた鋼糸を滑り、回るゴンドラのうちのひとつに落ちる。

「げほっ……がはっ……はっ……はっはっはっ……！」

揺れるゴンドラの上で、俺は血反吐《ちへど》を吐いて、血溜《ちだ》まりの中に突っ伏す。

笑い声。

愉《たの》しそうに嘲笑《わら》いながら、フェアレディはこちらを見下ろしていた。

「あぁ、あぁ、なんたる無残！　生ゴミの中で、藻掻《もが》き続ける蛆《うじ》の一生！　己の勝利を信じた蛮勇の勇者よ！　理想を追いかけた盲者よ！　赤色の夢を視《み》ながら、己の死を俯瞰《ふかん》する夢遊者よ！　どうか、その悲劇に浸らずに！　敗北を認めることも勇気と呼んで！　慈悲を求めて、頭《こうべ》を垂れてみせて！」

「うるっ……せぇよ……」

ふらつきながら立ち上がって、死に体になった俺は笑った。

「三流役者が……自分の脚本《ホン》しか読めねぇ無能が……これからアドリブが利くか、じっくり審査してやるから……」

血に塗《まみ》れた両手で、俺は、九鬼正宗《くきまさむね》を構える。

「その幻の中に、一生、立ってろ……」

嬉《うれ》しそうにフェアレディは、顔を歪《ゆが》めて――ダンッ！

勢いよくゴンドラを揺らしながら、踏み込んだ俺は、回り続ける遊具を足がかりにフェアレディへと迫る。

その瞬間、視界が傾いて、フェアレディは両手を交差させていた。

「あぁ、美しい……悪と正義の対立構図……無垢《むく》なる光の哀憐《あいれん》細工……我が肢体を求める怪人……頭から潰れて、真っ赤な花を咲かせて……」

音もなく斬り刻まれた観覧車が、崩壊音を奏でながら鉄塊へと変わってゆく。

空中に投げ出された俺は、導体《コンソール》を付け替える。

導体、接続——『操作：重力』、『変化：重力』——発動、重力制御《グラビティ・バランサー》。

落下。

落下、落下、落下！

払暁叙事《ふつぎょうじょじ》で捉えた最善の想像《イメージ》、俺は両手指を動かして、同様に墜落する観覧車の素材《パーツ》とゴンドラの重力を操作し同様に俺の自重も軽くする。

あたかも、パズルを組み立てるように。

右手の小指を失《な》くしたから、全部で九指、フェアレディの手練手管を参考に緋色《ひいろ》の可能《ルー》性《ト》をそのまま構成してゆく。

重力変化を起こした素材《パーツ》が、俺の右足へと落ちてきてからふわりと浮き上がり、それを足がかりに——俺は、勢いよく跳ね上がる。

両足から蒼白《あおじろ》い閃光《せんこう》が迸《ほとばし》り、墜落する数多《あまた》の素材《パーツ》とゴンドラを足場にして、真《ま》っ直《す》ぐにフェアレディへと突っ込む。

「こ、コイツ……!?」

驚愕《きょうがく》。

フェアレディは目を見開いて、十指を振るった。

飛翔《ひしょう》するゴンドラ、勢いよく俺へと叩《たた》きつけられ——斬——真っ二つになったゴンドラの中へと飛び込み、内部の座席を蹴りつけて——外へと飛び出した俺は、白刃を腰の位置で構える。

「言ったろ」

俺は、魔眼で、魔人を捉える。

「幻で立《そこ》ってろ」

フェアレディは、腕を振——右で振り抜くと同時に、左の甲で刃《やいば》を撥《は》ね上《あ》げ——魔人の両腕が吹き飛ぶ。

ゆっくりと、フェアレディの表情が変化していく。

刃を返す。

俺は、そのまま、フェアレディの脳天へと刀刃を叩きつ——フェアレディは、嘲笑《わら》いながら大口を開いた。

真っ赤に咲いた口内。

その内部で、複雑怪奇な機構を描いて、罠《わな》の糸が張り巡らされている。

口の中に隠された鋼糸《ワイヤー》で形作られた矢の発射装置《ボウガン》、艶《なま》めかしく舌を動かした魔人は、その引き金《トリガー》を引いて――俺の右胸に、矢が突き刺さった。

息が止まって、力が緩んだ。

「O Hero, Hero! Wherefore art thou Hero?」

口を開けながら、しゃべった魔人の両腕が再生し……一撃。

二撃、三撃、四撃、五撃、六撃。

いつの間にか、右腕と左腕に鋼糸が食い込み、滅多《めった》打ちにされた俺は血反吐《ちへど》を吐き――

ぐるんっと、視界が、勢いよく回転する。

「Bye, Hero!」

そして、飛んだ。

ぎゅるんっと、回転しながら、俺はミラーハウスへと叩き込まれる。

外壁を突き破り、内装をめちゃくちゃに。

半ば意識を失っていた俺は、上下左右の鏡に映るズタボロになった自分を見せつけられ、何枚もの鏡を自分の身体《からだ》で叩き割りながら振り回されて――ポイ捨てされる。

頭、肩、背中、腕、腕、足、足、腹、腹、頭。

全身を地面に打ち付けながら、転がっていってようやく止まる。

「………」

ゆっくりと呼吸しながら、俺は、どろりと流れる赤色を見つめる。

やっぱ、つえーわ、魔人……どこもかしこもいてぇ……もう少し、俺が強ければ、勝機もあったんだろうけど……さすがに、お釈迦様《しやかさま》の手のひらの上で、お釈迦様相手に勝とうってのが無理な話か……。

「まぁ……でも……」

両手足に力を籠《こ》める。

全身に突き刺さったガラス片から血が滴り落ちて、俺は、笑いながら立ち上がる。

「お前には……絶対……敗《ま》けてやん――」

また、視界が回転する。

メリーゴーラウンドへと叩《たた》きつけられ、すべての木馬を破壊してから地面を転がされる。

「………」

真っ赤に染まった、自分の両手を見つめる。

赤黒く染まった両手は、小刻みに震えていて、俺は立ち上がろうとして――転ぶ。

何度も顔を打ち付けながら、ようやく立ち上がる。

視界まで、赤色に染まっていた。

ふらふらとしながら、俺は、狭まった視界に魔人を入れ続ける。

「あぁ、なんと愚かな！」

両手を組んだフェアレディは、泣きながら訴えかける。

「なぜ、立つのですか！　貴方《あなた》は、この世界の脇役！　私という主役の陰に潜む卑しい下僕であるにもかかわらず！」

嘲笑《わら》いながら、フェアレディは、俺にささやきかける。

「この世界では、誰も、貴方を求めていない……お邪魔者だという理解はお有りですか？」

「ハッ……今更の……話だろ……」

血溜《ちだ》まりでぬかるむ両足、俺は、必死に立ち続ける。

「もう、楽になりなさい。立つ必要はないのですよ。この先、貴方が報われることはない。ただひたすらに、ゴミのように扱われてなにを得られると言うのですか？　現に」

嬉《うれ》しそうに、フェアレディは微笑《ほほえ》む。

「クリス・エッセ・アイズベルトは貴方を見捨てた。そうでしょう？」

爪先でステップを踏んで、大仰に両手を広げたフェアレディは月明《スポットライト》かりに包まれる。

「可哀想《かわいそう》に。貴方に必要なのは、慈愛の精神、この素晴らしき私の誠意。さぁ、おいでなさい。貴方を愛で包んであげましょう。さすらば、貴方は救いの道へと至り、世界は輝きで満ちることになる。さぁ、さぁ、さぁ！　私の胸に抱かれて、幸福になりなさ――」

「くっ……ふはっ……」

思わず俺は吹き出して、フェアレディは怪訝《けげん》そうに小首を傾《かし》げる。

「……なにがおかしいのですか？」

「そりゃあ、おかしいだろ……人間の複製品如《ごと》きが愛を語るなよ……なんで、俺が立つのかも理解《わか》らずに……下卑たセリフを並べ立てる大根役者が……才能ねーんだよ……脚本《ホン》を書く才能も……主人公を演じる才能もな……」

脇腹に突き刺さった木片を引き抜くと、ごぽごぽと音を立てながら大量の血が吹《ふ》き零《こぼ》れる。傷口を押さえた俺は、真っ赤に染まりながら彼女を嘲笑《あざわら》う。

激痛に苛《さいな》まれながらも、ただ、信じ続ける。

魔人が解せない愛を。

「良《い》いか、教えてやるよ……よく聞け、魔人……今回の物語の主人公は、お前でも……もちろん、路傍の石みたいな俺でもない……自分の弱さに立ち向かって……ただ、ひたすらに、暗闇の中を邁進《まいしん》する……何度でも……何度でも立ち上がって……諦めない……そこに筋書きなんてない……闇の中を進み続ける強さを持っている……舗装された道を進むお前みたいな雑魚《ざこ》じゃあ、とても理解出来ないもんなんだよ……だから、教えてやる……魔人……主人公《ヒーロー》ってのは……」

「もう良い」

魔人は、俺に向けて死を宣告する。

「死ね」

＊

力が強くて、指が折れるかと思った。

真っ白な産着の中に、すっぽりと収まってしまうくらいにちいさな手。

両手で隠せそうなくらいにちっちゃな顔をくしゃくしゃにして、むずがっている赤ちゃんは必死で私の手を握った。

握られた人差し指が熱くて、伝わってくる体温が心臓の鼓動に変わる。

驚いて硬直していた私は、小さなスタンプみたいな両足を揺らしている赤ん坊を見下ろし、何時《いつ》まで経《た》っても放そうとしないその手を見つめた。

すべすべで、つやつやで、あったかいおてて。

あまりにも、ちっちゃくて、かよわくて、こわしてしまいそうで怖かった。

私の肩を抱いて、母は優しくささやく。

「護《まも》ってあげて、クリス。この世のたくさんの理不尽から。この世にあふれる残酷さから。この世でたゆたう悲しさから。そのすべてから、この子を護ってあげて」

赤ん坊を見守っていた母の顔が、ゆっくりと曇っていった。

母の手が私の肩から腕に滑り落ちて、いつの間にか彼女は膝をついて震えていた。

「なんで……」

鼻声で、彼女はつぶやく。

「なんで、この子なの……どうして、この子ばっかり……私にしてよ……なんで、私にしてくれなかったのよ……この子には……この子には与えてよ……奪うなら私にしてよ……なんで、なんの罪もないこの子から……取り上げるのよ……」

嗚咽《おえつ》を上げた母はゆりかごに縋《すが》りつき、ゆらゆらと上下に赤ん坊が揺れる。

じっと、私のことを見つめていた赤ちゃんは——笑った。

項垂《うなだ》れていた母は幽鬼のような顔を上げて、よろけながら立ち上がり、小さい口を開けてうえっえっと笑う赤ん坊を見下ろす。

「笑ってる……」

頬《ほお》を引くつかせた母は、ぽろぽろと涙を零《こぼ》しながら笑う。

「わ、笑ってる……この子、笑ってる……た、楽しそうに……楽しそうに……笑ってる……あぁ、そうよ……そうよね……間違えてなんかない……ふ、不幸なんかじゃない……なんにも……なんにも、奪われてなんかない……」

両手で口を覆った母は、嬉《うれ》しそうに笑いながら泣いた。

「この子は、この子として生まれた……そうなのよね……ねぇ、そうでしょ神様……」

「おかあさま。この子のなまえは、なんていうの？」

「ミュール」

泣いているのに幸せそうな母は、私の肩を抱いて揺すりながら答える。

「ミュール……この子の名前はミュール……貴女《あなた》の……貴女のたったひとりの……」

私は、この時――

「妹よ」

この子を護《まも》ると誓ったんだ。


「あーっ！」

私が指差す先で、あぐあぐとミュールは汽車の玩具《おもちゃ》を齧《かじ》る。

「おねえさまーっ！　おかあさまーっ！　ミュールがーっ！　ミュールがぁーっ！」

私の大声を聞きつけて、バタバタと姉と母がやって来る。

「あ～！　ダメよ、ミュール！　食べちゃダメ！　めっ！」

涎《よだれ》まみれになった汽車の玩具を取り上げた母は胸を撫《な》で下ろし、ご機嫌だったミュールの顔が歪《ゆが》んで凄《すさ》まじい泣き声が迸《ほとばし》る。

「よしよし。泣かないで。よしよし」

直《す》ぐに姉がなだめにかかって、今度は私がわんわんと泣き始める。

「ぜ、ぜっがぐ、ミュールのだめにづぐったのに～っ！　た、食べられだ～っ！　ゔぁ～っ！　い、いっしょうけんめい、づぐったのに～っ！　ゔぁあ～っ！」

「ほらほら、泣かないの。お姉ちゃんでしょ。ミュールにバカにされるわよ」

「ゔぁ、ゔぁがにざれでもぃい～っ！　い、いっしょうけんめい、づぐったのに～っ！」

工作の時間に作った木製の汽車は、でろでろの唾液でコーティングされて見る影もない。

泣いては慰められ、泣いては怒られて、泣いてはなだめられて。

母の膝の上でようやく泣《な》き止《や》んだ私は、すんすんっと洟《はな》を啜《すす》りながら、べちゃべちゃになった顔面を母の胸に擦《こす》り付ける。

「落ち着いた？　やだ、首にあざがある。こんなところ、どこでぶつけたのよ。いつまでも甘えん坊で困っちゃう。お友達で、こんな甘えたな子いないわよ」

私の頭を撫《な》でて、母は愛《いと》おしそうにつむじにキスをする。

「ねぇ、クリス。この汽車、ミュールにプレゼントしたら？」

「……やだ」

いつも優しい姉の手を撥《は》ね除《の》けて、私は母の胸の中に逃げ込む。

「み、見せてやっただけだもん……みゅ、ミュールきらい……お、お母様のことひとりじめするし……いっつも泣いててうるさいし……だからやだ……」

「でも、ミュールのために作ったんでしょう？」

微笑《ほほえ》む姉からそっぽを向いて、母の服を握って引っ張った私は黙り込む。

「ミュールの目の届くところに飾ってあげたら嬉《うれ》しがると思うけどな。もったいないよ。せっかくの力作なのに、クリスが独り占めして誰にも見てもらえないのは」

「…………」

「クリスは、優しい子だもん」

よしよしと、私の頭を撫でた姉は微笑む。

「お姉ちゃん、出来るもんね？」

目を真っ赤にした私は、くっついていた母から離れた。

自分の服の裾で汽車についた唾液を拭って（母は悲鳴を上げた）、さっきまで泣いていた癖に今は平然としている妹に差し出す。

「…………あげる」

「うんっ！　クリス、えら――――」

おすわりしていたミュールは、バッと私から汽車を奪って口に入れる。

「「あっ」」

もぐもぐと咀嚼《そしゃく》して、戦慄《おのの》いた私は泣き声を上げる準備をして――

「「うぁあ～！」」

「お、お母様まで、クリスと一緒になって泣かないでください……」

ミュールのお気に入りとなったその汽車は、彼女の目が届いて口が届かない場所に安置されることとなった。


一発の水弾が、ひとりの顔面を捉える。

どしゃりと尻もちをついた彼女は、見る見る間に涙目になって声を荒らげる。

「い、いっつも、お姉ちゃんに守られてて恥ずかしくないのっ！」

私の後ろで、泥まみれのミュールはびくりと身動《みじろ》ぎし——ぐわぁんっと、ジャングルジムが揺れた。

「……黙れ」

自分の頭の横。

私の蹴脚で曲がった鉄棒を見て、負け惜しみを吐いていた彼女は真っ青になる。

「いつも、同級生を虐《いじ》めて恥ずかしくないのかゴミが。次に、その薄汚い面を私の妹に見せてみろ。鉛筆削りで、鼻の先からこそげ落として整形してやるからな」

わっと泣き声を上げて、へっぴり腰のいじめっ子たちは逃げていった。

「ふう……大丈夫か、ミュール？」

微笑《ほほえ》んだ私が手を差し伸べると、髪が茶色になっているミュールは、その手を取ろうとして――引っ込める。

「どうした、お姉ちゃん恐怖症になったわけでもあるまいし」

「お、お姉様の手が汚れます。わ、わたしはバイキンだらけなので、魔法が使えない病気になるって皆が……だ、だから……あっ」

妹の手を握った私は、ひょいっと立ち上がらせる。

ぽんぽんとミュールの頭を叩《たた》いてから、曲がった鉄棒を握って真《ま》っ直《す》ぐにする。

「魔法なしで鉄棒を曲げてみせたが……私は、ゴリラかなにかか？」

ようやく、ミュールは笑って頭を振った。

雲行きが怪しかった空から、ぽつりぽつりと雨粒が落ちてきて、あっという間にどしゃぶりになる。

半球体状の遊具の中へと逃げ込み、薄暗がりで私たちは肩を寄せ合った。ハンカチで濡《ぬ》れた妹の頭を拭いて、泥を落としてやりながら私はささやく。

「……友達は出来たか？」

「はい……あの、さっきのアレも遊びの一環で……話し合いで的を決めて、泥球を生成《クラフト》してぶつけるんです……だ、だから……」

「楽しかったか？」

問われて、ミュールの笑顔が固まる。

「楽しかったか？　あの連中の的になって遊んで」

「……でも、皆、笑うんです」

俯《うつむ》いているミュールは、指遊びをしながら答える。

「わたしに泥をぶつける度に楽しそうで……笑顔になって……こんなわたしでも皆の輪に入れてもらえるんです……こんなわたしでも誰かの役に立てるんです……だから、わたし、学級委員長に選ばれて……頑張らないと……頑張らないといけないんです……」

「お前は、十分、頑張っているよ。優しすぎるんだ、お前は。奴らは、お前の優しさにつけ込むハイエナなんだよ。だから、もう、頑張らなくたって良《い》いんだ」

「お、お姉様の足手まといになりたくないんです……」

外の寒さから逃れるように、膝を抱えたミュールは俯いた。

「わたしが学校に通うようになってからお姉様は変わりました……考え方も言葉遣いも立ち振舞いも……お姉様のことを乱暴で心がない酷《ひど》い人間だと言う人もいます……ほ、本当は、お姉様はとても優しいのに……わたしのせいなんです……だ、だから、出来損ないのわたしは頑張らないといけないんです……もっと……もっともっともっと……頑張らないと」

「ミュ――」

「わたしは、お姉様みたいになりたいんです」

きらきらと輝いた顔で、ミュールははにかみながら言った。

「お姉様みたいに、強くて優しくて格好《かっこ》いい人になりたいんです」

その希望と憧憬に満ちた表情を見て、私はなにも言えずに押し黙る。

雨の音が響く半球体で出来た屋根の下で、ランドセルを引き寄せたミュールは『きもい』や『病気持ち』と書かれた紙屑《かみくず》の中から自由帳を引っ張り出した。

「わ、わたし、漫画を描いているんですっ！」

「……漫画？」

手渡されて、私はぺらぺらと妹の漫画をめくった。

小さな頃から友達がいなかったから、ひとりで絵を描き続けた影響なのだろう。小学生にしては上手な絵で、紫色のマントを身に着け杖《つえ》を振るって悪を薙《な》ぎ倒《たお》す主人公《ヒーロー》の勧善懲悪物語が可愛《かわい》らしいタッチで描かれていた。

その顔立ちに見覚えがあって、思わず私は両眼《りょうめ》を見開いた。

「こ、コレは私か……？」

「お姉様は、わたしの主人公《ヒーロー》なんです」

満面の笑みで、憂いひとつなく、まるで誇らしいことのように妹は胸を張る。

くらくらとした恥ずかしさで、片手で口を押さえた私は赤面する。

「た、確かに、私の魔導触媒器《マジックデバイス》は杖だが。しかし、マントなんて着てはいないぞ。さすがに紫のマントはないだろう。紫のマントは」

「お姉様には、紫が一番似合います！　それにマントはヒーローの証《あかし》です！　だから『ない』わけがありませんっ！　リリィも褒めてくれました！」

お前のことが好きでたまらないあの従者はそりゃあ褒めるだろうよ……と思いつつもクリスは微笑《ほほえ》む。

「凄《すご》いじゃないか。とても上手だ。お前の努力の証だ。出来損ないであるわけがない。将来は画家か漫画家か、ますますミュールの将来が楽しみになってきたな」

「いえ、下手くそなんです。学級新聞の四コマ漫画は私が担当した時だけ、皆、ビリビリに破いて捨ててしまうんです。いつも、ゴミ箱が満杯になって困るって、先生に怒られてしまいました。だから、なんにも凄くないんです」

「…………」

試しにひとり殺してみれば事態は変わるだろうか。いや、恐らく、この社会に長い時を経て染み付いた問題《シミ》はそう簡単には消えない。本当に解決したければ、ミュール以外を皆殺しにする他ない。ひとり殺してもふたり増える、そういう世の中になっている。

現実味のない方法を模索していたクリスは、フッと鼻息を吐いて笑う。

「しかし、私がお前の主人公《ヒーロー》か。コレは下手なことは出来なくなったな」

「主人公《ヒーロー》は、何度でも立ち上がるんです」

爪の間に土がこびりついても平気で、楽しそうなミュールは理想の主人公《ヒーロー》を地面に描いた。

「弱きをたすけ強きをくじく！　コレがお姉様のポリシーです！　お姉様は間違えたことはしないんですっ！　何度、挫《くじ》けても最後には立ち上がる！　そこが、とっても格好《かっこ》いいところなんですっ！」

「おいおい、理想と現実がごっちゃになってないか」

「ここでバーンッ！　相棒の汽車がドーンッ！」

見覚えのある木製の汽車が主人公《クリス》を助けに来て、立ち上がった彼女は汽車と一緒に決戦の地へと向かう。

「また、懐かしい物を持ってきたな。まだ、持ってたのかそんなもの。とっくの昔に捨ててしまったかと思ったよ」

「す、捨てるわけありませんっ！　お姉様からの初めてのプレゼントで、世界で一番大切な宝物ですっ！　棺桶《かんおけ》の中にも一緒に入れてもらって、共に火葬してもらい、あの世にまで持っていきますっ！」

「あはは、あの世にまで連れていかれてはその汽車も迷惑だ。よし貸せ。その汽車、本来の持ち主である私のテクニックを見せてやる」

「線路っ！　線路を描きますっ！」

多彩な色合いをもつマジックを取り出したミュールは、遊具の中に線路を描き込み、クリスはその上をなぞって汽車を走らせる。

「ははは、どうだミュール？　速いだろう？　この汽車はどこまでも走るんだ」

「でも、ココでボスがドーンッ！　細くて固い鋼鉄の糸が行く手を阻みますよ！」

「そんなものは、ギャギャギャギャギャ！　鋭利な車輪で絶ち切る！」

上がった雨に差した光、夜が差し迫る夕暮れの中に、楽しそうな笑い声が響き渡る。

「わーっ！　主人公《ヒーロー》たすけてーっ！」

「大丈夫か、ミュール！　私が来たぞ！　お前の主人公《ヒーロー》が今ココに！」

いつまでもいつまでも、私とミュールは遊《あそ》び呆《ほう》けて――終わりの時間がやって来る。

「……お姉様」

帰路。星空の下で、私たちの小さな影が重なり合う。

「また、遊んでくれますか。今日みたいに、また、ふたりで」

アイズベルト家から派遣されてきた教育係の方針によって、会える時間が減っていくであろうことを理解しながらも私は頷《うなず》いていた。

「あぁ、また遊ぼう。ふたりで」

「約束ですよ！」

繋《つな》いだ手と手、私の小指にミュールの小指が引っかかる。

「約束！」

私は、微笑《ほほえ》んで誓いを捧《ささ》げた。


「お、お姉様……」

執務机の上に広げた資料を確認していた私は、最も見たくなかった姿を見て舌打ちする。

「おい、なぜ入り口で弾《はじ》かなかった？　貴様、路頭に迷いたいのか」

秘書を糾弾する私を見て、愚かな妹はびくりと身動《みじろ》ぎする。

その矮小《わいしょう》で惰弱で才能のない妹が向けてくる媚《こ》びへつらいの視線、苛《いら》つきが募っていき手元でメモ用紙を握り潰す。

「帰れ。お前のような無能と交わす言葉はない」

「お、お忙しいことはわかっています。た、ただ、こ、今回だけは。今回だけは、喜んでいただけると思うんです。も、もう一度だけチャンスをください」

「チャンス？　お前、今、チャンスと言ったのか？」

嘲笑《あざわら》うと、ミュールはいつもの指遊びを始めてきょろきょろと辺りを見回す。

「一体、私が何度、お前にチャンスを与えてやったのか憶《おぼ》えてないのか。その出来損ないの頭は、記憶する術《すべ》すら持たないらしいな。目をかけてやった私を裏切り、お気に入りの従者と遊び呆けるお前のようなゴミになにを期待すれば良《い》いというんだ」

「お、お願いします、お姉様。どうか。どうか、お願いします」

涙目で膝をついて額を床につけた無様な姿を見下ろし、呆《あき》れのあまり天井を仰ぐ。

「他者の前で、薄汚い姿を見せるなと何度言えばわかるんだドブネズミ。とっとと好きに迷惑をかけて失《う》せろ」

うんざりしている私の前で、顔に喜悦を浮かべた妹は原稿用紙を取り出した。

秘書を介して用紙を受け取った私は、紫のマントと杖《つえ》を持った主人公《ヒーロー》が世界を救う子供だましの物語を見つめた。

「わ、わたしの漫画がっ！　おっ、お姉様を主人公《ヒーロー》にした漫画が、チラシに掲載されることになりました！　ち、地方の商店街ではありますが、ネット上に載せていたわたしの漫画に目をつけて声をかけてきたんですっ！　そんな小さな商店街如《ごと》きが、なにを大それたことをと思いましたが！　ついに、わたしの才能を見出《みいだ》す者が出てき――」

私は、原稿用紙を真ん中から裂く。

懇切丁寧に細切れにしてから床に散らして、呆《ほう》けている妹の前で秘書を呼ぶ。

「コイツのSNSアカウントを削除しろ。直《す》ぐにだ」

「あっ、あっ、あっ……！　お、おねっ、お姉様！　や、やめ、やめてください！　たの、楽しみに！　つ、続きを楽しみにしてくれている人がい――」

「完了しました。以前から特定されてはいましたが、クリス様の誕生日をパスワードにしているようですね」

「余計なことは言わなくて良《い》い。私をモデルにしたゴミみたいな話を書いて、なぜ、私が喜ぶと思っているんだこの蛆虫《うじむし》は。本当に迷惑をかけることに関しては天才的だな」

執務に戻った私の前で、顔の前に髪を垂らしていたミュールは、執務室から出ていこうとし……おずおずと、こちらを振り向いた。

「おねえさま……」

紙面から顔を上げて一瞥《いちべつ》した私は、妹の手の上に載せられた汽車の玩具《おもちゃ》を確認する。

「おねえさま……あそびませんか……？」

「おい。ついに壊れたなら、そいつを処分しろ。邪魔だ」

「こ、この間、過労で倒れたと聞きました……い、いつも、仕事ばかりしていたら疲れてしまいます……た、たまには、たまには息抜きも大切で……や、やくそく……やくそくしたから……お、おねえさまは……おねえさまは……」

震える声で、ミュールはつぶやく。

「わたしの……わたしの主人公《ヒーロー》なんです……」

「壊せ」

バッと勢いよくミュールは顔を上げて、既にその手から汽車を取り上げていた秘書は

——思い切り床に叩《たた》きつける。

煙突の部分が折れたが、大部分は無事で形を保っていた。

舌打ちをした秘書は引き金《トリガー》を引き、踵《かかと》で汽車を叩《たた》き潰そうとし――庇《かば》ったミュールの両手の指がへし折れた。

「ひっ……！」

青ざめた顔をした秘書が後退《あとずさ》って振り返り、怒気を漏らした私は思わず立ち上がる。

「貴様ァ……ッ！」

「も、申し訳ございません申し訳ございませんっ！」

逃げるようにして退室した秘書に「クビだ！」とどやしつけ、私は、青紫色に変色してねじ曲がった指で汽車を覆っている妹を見下ろす。

「この汽車は走るんだ……」

大量の涙と脂汗を流しながら、焦点の合っていない目でミュールはささやく。

「どこまでも……どこまでも……わ、わたしの主人公《ヒーロー》を乗せて……どこまでも走る……また、遊ぼうって……また、遊ぼうって約束した……や、やくそく……したから……こ、こわれちゃ……こわれちゃいけないんだ……」

――ごめんな、ミュール。今日は無理だ
アイズベルト家からの評価が下がって、ミュールも巻き込まれるからと理屈をつけて。

――もう、そういう歳《とし》でもないだろう

あの日から、私は、ミュールを遠ざけて一緒に遊んだことはなかった。

――そんなことをしている暇があったら努力しろ
ずっと、コイツは待っていたのだろうか。

ずっとずっとずっと楽しみにしながら、あの日の思い出を抱えて生きてきたんだろうか。

また、この汽車が走る日を願って、虐げられながら私の助けを待っていたのだろうか。

――わーっ！　主人公《ヒーロー》たすけてーっ！

私は、何時《いつ》から。

「医者は呼んでやる。それまでにそのゴミは片付けておけ」

コイツの主人公《ヒーロー》ではなくなってしまったんだろうか。

「おねえさま……」

朦朧《もうろう》としているミュールは、汗だくになって震えながら微笑《ほほえ》む。

「ありがとう……あ、あの日、わたしを救ってくれて……わ、わたしと遊んでくれて……す、すごく、たのしくて……う、うれしくて……あ、あの日から、ずっと、おねえさまは……」

瞠目《どうもく》した私の前で、嬉《うれ》しそうに彼女は笑った。

「わたしの……わたしだけの主人公《ヒーロー》です……」

震える唇を開いて――なにも言わず、医者を呼んだ私は仕事に戻った。

遊具の中で、私とミュールは笑い合いながらひとつの物語を共有する。

「いいですか、お姉様。わたしの描いた主人公《ヒーロー》には、守らなければならない誓いがあります」

「知ってる。『主人公《ヒーロー》は、何度でも立ち上がる』、だろ？」

「いいえ、それだけではありません。他にも、たっくさんあるんです。そういった誓いを守って戦うからこそ格好《かっこ》いいんですっ！」

「しかしなぁ、私だって所詮はただの人間だ。すべての誓いを守れる保証はない。迷ったり横道に逸《そ》れたり、お前の主人公《ヒーロー》から程遠い人間になってしまうかもしれない。そうなってしまったらどうすればいい？」

「大丈夫ですよ！　わたしは、お姉様を信じていますっ！」

「おいおい、なんだそれは」

「どれだけ辛《つら》い目に遭っても、どれだけ間違えたとしても、どれだけ迷ったとしても！　絶対に！　ずうぇーったいに！　お姉様は、わたしの主人公《ヒーロー》になって戻ってきます！　それに、主人公《ヒーロー》の誓いのひとつにはこんなものがあるんです」

無邪気な笑顔で、姉を信じ切っている妹は言った。

「主人公《ヒーロー》ってのは――」

＊

「主人公《ヒーロー》ってのは――」

魔人は、片腕を振って――俺は、笑った。

＊

「『遅れてやって来る』」

＊

俺とフェアレディの間に、杖《つえ》が突き刺さった。
地面に亀裂が走り、鋼糸《ワイヤー》が千切れ飛び、余波で魔人の両腕が上がる。
意表を突かれて、フェアレディの顔が歪《ゆが》んだ。
満月の夜。
ふわりと、人影が下りてくる。

紫色のマントが揺れて、月光を浴びた白金《プラチナ》の髪が輝いた。

『至高』の位を戴《いただ》く魔法士、錬金術師《アルケミスト》、弱冠十九歳で魔法結社『概念構造《クオリアハイツ》』に属した天才児。

その肩書きをすべて捨て去り、たったひとりのクリス・エッセ・アイズベルトとして……彼女は、己の意志をもって舞台へと下り立った。

「悪いな」

闇夜に着地して、今宵《こよい》の主役は、そっとささやいた。

「折角《せっかく》のデートなのに遅れた」

俺は、苦笑して応える。

「ホントにおせぇよ……主役が遅れてどうすんだ」

「なにをホザイてる？　主役は、最初からお前だろうが」

髪を掻《か》き上《あ》げて、美しい笑みを浮かべた彼女は——俺へと手を差し伸べる。

「行けるか、私の彼氏？」

俺は、彼女の手を握って笑った。

「そっちこそ大丈夫だろうな、俺の彼女？」

「誰に物を言ってる」

彼女は、満面の笑みで答えた。

「私は、クリス・エッセ・アイズベルトだぞ」

「さすが、俺が愛した女《マイハニー》」

夢幻の恋人同士は、笑い合って手を繋《つな》いで並び立つ。

「じゃあ、そろそろ、この夢幻ごとあのクソ魔人をぶちのめしてやろうぜ！」

「あぁ！」

接続――魔力線を伸ばして、クリスの魔力線と繋ぐ。

変換――入出力される魔力を整える。

同期――俺とクリスの魔力が共有化される。

全工程を数秒で完了させる。俺の内部でクリスの魔力が渦巻き始め、彼女の全身を巡る源を心の臓で感じる。

この一ケ月《かげつ》。

間近で感じてきたクリス・エッセ・アイズベルトが、頭の天辺《てっぺん》から爪の先端にまで回り、彼女の温《ぬく》もりが心臓の鼓動と共に巡っていく。

「覚悟は……してきた」

そっと、クリスはささやく。

「それでも、私は怖い。怖いと思うよ。あの暗闇が何度も頭をよぎって、ココに来るまでに何度も挫《くじ》けそうになった。辿《たど》り着《つ》けないと思った。暗がりに閉じ込められた幼子の時から、私はなにも変わっていない。いや、変わろうとしなかった」

彼女は、俺の手を強く握って——微笑《ほほえ》んだ。

「でも、お前が居てくれるなら変われると思う。妹が灯《とも》してくれた星が見えれば、主人公《ヒーロー》としての私ならちゃんと進めると思う。だから」

クリス・エッセ・アイズベルトはささやく。

「ココに来た」

「あぁ、だから」

俺は、苦笑して応える。

「お前は、クリス・エッセ・アイズベルトなんだ」

「愚か者の葬列！」

嘆き悲しむ修道女《シスター》は、遊具の群れから発せられる白光を浴びながら、涙を流して両手を組んだ。

「あぁ、斯《か》くも物語は回り始める！　愚者とは死路に導かれるものなのか！　救済を担う聖者の胸は痛み！　悲劇の円環は廻《まわ》り続ける！　我が救いの手は！　どこへ差し伸べられる！　あぁ、どうか、嘆かないで！　この私が」

恍惚《こうこつ》としたフェアレディは、ガラス片に映る自分を見つめ、うっとりと涙を流した。

「救ってみせる……」

「クリス」

クリスは、ゆっくりと魔眼を開いた。

螺旋《らせん》が廻り――

「この夢を終わらせるぞ」

「あぁ」

生成《クラフト》。

左腕を通して俺の魔力を呑《の》み干《ほ》し、渦を巻くようにして行われた高速生成、七色の光を帯びた破片を弾《はじ》き散らしながら水晶剣が生み出される。

魔人も、また、廻る。

鋼糸《ワイヤー》に引っ張られた魔人は、夜空に舞い上がり、満月を背景《バック》に痩身を浮かび上がらせる。

美しき笑顔の下に――斬撃が降り注ぐ。

俺とクリスは、互いが互いを突き飛ばし、回避したと同時に地面が消し飛んだ。

眩《くら》む頭。激痛に苛《さいな》まれながらも、弱りきった心身に魔力を流し込み、俺は真っ赤に染まった視界を駆ける。

「クリスッ！」

ドッ！　呼びかけた瞬間、踏み込んだ先の地面が迫《せ》り上がり、勢いよく俺の全身が前方へと吹き飛んだ。

跳躍。刀身がきらめき、己の腕で己の顔を隠した俺は、下に向けた刃《やいば》を回転させる。

反応《リアクション》。

魔人は、腕を振る——

「おせぇよ」

その腕を斬り落とし、その足を斬り飛ばす。

背に感触。

俺の背中に添えられたクリスの手のひら。一瞬にして完了した同期、光で象《かたど》られた刀の出力を上げながら切り刻み——反転しながら、クリスの腕にそっと触れ——入れ替わったクリスの掌底が魔人の顎に入る。

「『吹き飛べッ！』」

生成《クラフト》ッ！

クリスの五指から創られた水晶《クリスタル》の華が、魔人の頭を吹き飛ばして真っ赤な花が咲いた。

魔人は、酔っぱらいみたいに後ろへとふらつく。

「クリス！」

「ヒイロ！」

パンッ！　手と手を合わせて、くるりと回転、俺はその腹に回し蹴りを放つ。

魔人の体勢が崩れて、俺とクリスは猛然と次手へ繋《つな》げる。

星明かりを頼りに、絡み合った男女は舞踏に興じた。

互いの手を打ち鳴らし、肩と肩で触れ合って、背中と背中を預け合う。

息も吐《つ》かせぬ怒涛《どとう》の連撃が、叫声と共に撃ち放たれる。打撃と蹴脚が魔人の全身を削り取り、互いに互いの身体《からだ》を気遣いながら攻撃を続ける。

魔人の身体が再生し――生成――再生箇所に赤い華が咲いて、徐々に、魔人の肉体は華へと変わっていく。

再生、生成、再生、生成、再生、生成、再生、生成、再生、生成ッ！

無限の螺旋《らせん》、信念が乗じたその渦動、留《とど》まることはなく。

俺が殺して、クリスが生んだ。

視線と視線が、魔眼と魔眼が重なり合った。緋色《ひいろ》が渦巻き、殺しては生み続け、魔人は魔人としての在り方を失っていく。

水晶の華へと変わりゆくフェアレディは、初めて、苦悶《くもん》の息を漏らした。

「ぐっ……うっ……！」

イケる。

クリスが来るまでの間に、張られた鋼糸《ワイヤー》と罠《トラップ》の大半は、俺自身が受けることで処理しておいた。ひたすらに攻め続けた甲斐《かい》もあって、魔人の再生速度は把握しているし勝利の想像《イメージ》も整っている。

勝てる。

俺は勝利を確信し、魔人はニタァと笑った。

その笑顔に怖気《おじけ》を覚えて、クリスの生成《クラフト》が止まる。停止した彼女の視線の先で、幼いミユールが汽車の玩具《おもちゃ》を差し出していた。

赤々とした火炎に包まれている妹の幻は、黒く焦げていきながら涙を流した。

「お前なんか、わたしの主人公《ヒーロー》じゃない」

息を止めたクリスは、両目を見開いて、その夢幻を見つめ——

「クリス、視《み》るなッ！」

彼女の両目に赤い線が走った。

か細い悲鳴を上げた痩身は後退《あとずさ》り、俺は彼女を抱きとめて思い切り後ろに飛ぶ。

「クリス……クリスッ！」

「み、視えない……な、なにも……なにも視えない……」

赤い涙を流したクリスは、俺の腕に収まって子供みたいに縮こまる。

「こ、こわい……ヒイロ……こわいよ……お、お母様、ごめんなさい……ごめんなさい、出してください……みゅ、ミュール、ごめん……ごめんね……酷《ひど》いことばかりして……わ、私は……ひ、主人公《ヒーロー》なんかじゃ……主人公《ヒーロー》なんかじゃないよね……」

俺は、彼女の頭を抱き込んで——魔人を睨《にら》みつける。

「テメェ……！」

「あぁ、可哀想《かわいそう》に！　幼子が怯《おび》えている！」

頭の代わりに咲いた水晶《クリスタル》の華を放り捨て、フェアレディの顔面が綺麗《きれい》に再生する。

彼女は、花開くように笑った。

「見事な連係でしたよ、哀れ子たちよ。飛び散った私の魔力を回収し、その魔力を基にして生成へ繋《つな》げ、水晶の華へと変えてゆく戦法もお見事。対魔人戦を想定したこの戦術は、この一ヶ月《かげつ》、コソコソと練習した甲斐《かい》もあってか少しヒヤリとしました。このプランを考案したのは、三条燈色《さんじょうひいろ》、貴方《あなた》でしょう？」

ニタァと、フェアレディは口角を上げる。

「敬意を払いましょう。貴方は、脇役は脇役でも、重要な役を担う価値がある」

ひゅんっ。魔人は、十本の指を振るって、俺はクリスを庇《かば》い――左肩が吹き飛んだ。

ボタボタと血が落ちていって、俺は、クリスに覆いかぶさる。

無限にも思える痛みが降ってきて、ありとあらゆる箇所が断裂し、真っ赤な線で全身を斬り刻まれる。

赤黒い血の塊になって。

「……………」

その闇の中から、俺は、魔人を覗《のぞ》いた。

「恐ろしい執念……貴方《あなた》の精神性は、人ならざる者に近い……私の精神世界での戦闘は、想像《イメージ》に偏る……現実世界であれば、私は、ココまで追い詰められることもなかったでしょう……」

鋼糸《ワイヤー》に、全身をなぞられて。

ひたすらに、その痛みに耐えながら、俺はクリスを護《まも》り続ける。払暁叙事《ふつぎようじよじ》で致命傷を避けながら、そっと彼女にささやきかけた。

「クリス」

「こわい……こわい……」

「クリス……俺を信じろ……」

クリスは、声に従って俺を見上げる。

視《み》えないことはわかっていても、俺は、笑みを浮かべて彼女を見下ろした。

「俺を信じろ」

「でも……なにも……なにも視えないんだ……こわいんだよ……わ、私……ヘマをしたんだ……ミュールを……妹を信じてあげられなかった……視えなかったんだよ、あの星の光が……ずっと……ずっとずっとずっと、あの子は待ってたのに……」

泣きじゃくりながら、幼い子供のように丸まった彼女は告白する。

「わ、私は……自分のために……あの子を見捨てたんだ……あの子を虐げた最低な奴らと同じように……」

声を詰まらせながら、俺に縋《すが》ったクリスは後悔を吐き捨てる。

「あの子を……自分が生きるための糧にした……っ！」

「でも、お前はココに来ただろ」

俺は、顔を上げたクリスへと微笑《ほほえ》みかける。

「その足で、ココに来たんだろ。主人公《ヒーロー》になるために。たったひとりの主人公《ヒーロー》として、立ち上がるために。大切な誓いを果たすために来たんだろ。約束を守るために頑張ったんだろ。だから、お前は立てるんだ。自分の足で立てるんだ。自分の足で立ち上がって、その先にまで進めるんだ」

血で塗《まみ》れた両手で、俺は、彼女の右手を握る。

その手には、ミュールとお揃《そろ》いの杖《つえ》があって、震える手で彼女はソレをなぞる。

「お前の足で進め、主人公《ヒーロー》」

ゆっくりと、クリスの目に光が戻る。

俺は、彼女の内奥を見つめて――視界から、クリスの姿が消えた。

急激な勢いで引っ張られた俺は、地面へと叩《たた》きつけられて血反吐《ちへど》をぶち撒《ま》ける。幾度も地面に叩きつけられて、血溜《ちだ》まりに沈んだ俺は痙攣《けいれん》しながら――立ち上がる。

「なぜ、立ち上がる？」

困惑している魔人に向かって、よろけながら俺は笑みを送った。

「知ってるからだよ……皆……皆、知ってるんだ……お前だけが知らない夢物語を……愛と希望に溢《あふ》れるおとぎ話を……誰に笑われても……苦しい現実を知っても……そんなものはないと己に信じ込ませようとしても……ッ！」

俺は、笑いながら自分の側頭部に拳を叩《たた》きつける。

「ココはッ！ ココは、憶《おぼ》えてるんだよッ！ 主人公《ヒーロー》はッ！ 主人公《ヒーロー》は、何度でも立ち上がるッ！ 立ち上がって、がむしゃらに、己が信じた道を突き進むッ！ それが誓いだからッ！ それが約束で、護《まも》るべきものだからッ！ 護りたいと願ったものがある限り、人は愛の名の下に何度でも立ち上がるッ！」

血溜《ちだ》まりの中で、俺は、真っ赤な叫声を上げる。

「なぁ、そうだろ、クリス・エッセ・アイズベルトッ!?」

「わ、私は……私は……ッ！」

赤い涙を流しながら、握り込んだ拳で地面を殴りつけ、震える足で立ち上がり――魔人が操った鋼糸《ワイヤー》が彼女を捉えて放り投げる。

べちゃりと音を立てて、彼女の全身が地に叩きつけられる。

それでも、彼女は己の一身に意志を投じる。

もう無理だと痙攣《けいれん》する身体《からだ》に無理を押し付け、溢れてくる涙と恐怖を拭い取り、喉から咆哮《ほうこう》を振り絞って両足に力を籠《こ》める。

「なるんだ……なりたいと願ったんだ……小さな手が……あの子の手が、この心臓を掴《つか》んだその時から……出来の悪い汽車の玩具《おもちゃ》を贈ったあの時から……たったひとりで、なにもかもに虐げられて、それでも希望を捨てなかったあの子が……自由帳にその姿を描いたあの瞬間から……私は……私はっ……クリス……エッセ……アイズベルトは……ぁッ！」

圧《へ》し曲がった足で己を支えて、真っ赤に染まった全身を押し上げ、眩《まばゆ》い星明かりを浴びながら立ち上がり――クリス・エッセ・アイズベルトは、己の意志を証明してみせた。

「あの子の……あの子だけの……主人公《ヒーロー》だッ！」

進む。

進む、進む、進む。

泣きじゃくりながら、よろけながら、誰もが『天才』だと褒めそやした少女には似つかわしくない無様な姿を見せながら。

たったひとりのために、クリス・エッセ・アイズベルトは主人公《ヒーロー》になる。

「お前なんか、わたしのお姉様じゃない」

「酷《ひど》いことばかりした。お姉様は、わたしを出来損ないだと言った」

「主人公《ヒーロー》なんかじゃない。お前なんか死ねば良《い》い」

群がってきた妹の幻には耳を貸さず、視力を失ったクリスは暗闇の中を走り抜ける。

この闇を照らす星の光を探すために。

折れた足を引きずりながら、苦悶《くもん》の声を漏らしながら、たったひとりで探し続ける。

護《まも》るために。

誓いを果たすために。

たったひとつの約束を守るために。

「ミュール……っ！」

彼女は、探し続ける。

「ミュール……わかったんだ……ようやく、わかったんだよ……お前が描いた主人公《ヒーロー》が……たったひとりの主人公《ヒーロー》が、何度でも立ち上がる意味が……お前が……お前が信じてくれた主人公《ヒーロー》は……」

真っ赤な涙を散らしながら、嗚咽《おえつ》を上げて走り続ける彼女は声を振り絞る。

「ココに……ココにいるよ……ミュール……っ！」

探して、探して、探して……ようやく、彼女は見つけ出した。

「あっ……」

紛《まが》い物《もの》の集団から離れて、ぽつんと、ひとりぼっちで地面に何かを描いている女の子。

ゆっくりと、近づいていったクリスはその横にしゃがむ。

「……なにを描いてるんだ？」

「わかんない」

絵にはなっていないぐちゃぐちゃの線。

その線を見下ろして、微笑《ほほえ》んだクリスは手に持った枝で思い出を付け足していく。

視《み》えているわけがないのに、まるで視えているかのように彼女は描いた。

線と線は繋《つな》がって絵となり、その絵は色をつけて夢になる。

魔法の杖《つえ》、紫色のマント、お供の汽車を引き連れて。

可愛《かわい》くて勇ましい主人公《ヒーロー》が出来上がり、見守っていた女の子は嬉《うれ》しそうに笑みを浮かべる。

「格好《かっこ》いい！」

その笑顔を見て、顔を歪《ゆが》めたクリスは目を落とした。

ぽつりぽつりと、涙を零《こぼ》しながら、ぎゅうっと両手で土を握り込む。

「か、格好いいだろ……せ、世界一……世界一、格好いいんだ……お、お前が言ってた通り、む、紫色のマントが似合う……世界一の主人公《ヒーロー》なんだ……だ、だって、当たり前だろ……当たり前……当たり前だったんだ……だ、だって、私は……」

泣きながら、クリスは女の子の頭を撫《な》でる。

「お前の……お姉ちゃんなんだから……」

何度も何度も何度も、クリスは妹の頭を撫でる。

「今度こそ……今度こそ護《まも》るよ……もう、間違えたりしない……な、何度だって……何度だって立ち上がる……ずっと……ずっとずっとずっと、お前のことを護ってみせる……だ、だから……だからね、あの日……あの日みたいに……」

笑いながら涙を流したクリスは、震える手で汽車の玩具《おもちゃ》を差し出した。

「あそぼう……みゅーる……」

泣きじゃくりながら、姉は妹に感情をぶつける。

「いっしょに……あそぼう……」

伝えられなかった想《おも》いを、幾度も幾度も、染み込ませるようにして。

「ずっと……お前の主人公《ヒーロー》でいるよ……」

大切な妹へと誓った。

満面の笑みを浮かべた女の子は、その汽車を受け取って——ぱくっと、口に咥《くわ》えた。

クリスが叶《かな》えたかった願いは、無邪気な笑みを浮かべて消える。

「うぁあ……」

ようやく、約束を果たした主人公《ヒーロー》は天を仰いで泣き声を上げる。

「うぁあ……ぁ、ぁあ……ぁああっ……ぁあああっ……！」

俺が押《お》し止《とど》めていた紛《まが》い物《もの》のミュールは、バラバラと崩れて砂となり消える。

九鬼正宗《くきまさむね》を杖《つえ》にした俺は、よろめきながらクリスの下へと向かい、覆いかぶさるようにして抱き締める。

「帰ろう。帰ろう、クリス。主人公《ヒーロー》を信じ続けた妹が待つ家に。護るべき人がいるところに。大切な約束を果たすために、俺と一緒に帰ろう。大丈夫だ。お前なら大丈夫。進めるさ。だって、お前は」

俺は、笑う。

「紫色のマントが似合う――世界一、格好《かっこ》いい主人公《ヒーロー》だ」

赤い涙の中に、透明の色が混じる。

嗚咽《おえつ》を漏らしながら、笑っている彼女は俺を見上げる。

「信じてくれるの……？」

「あぁ」

「私……弱くて……また、間違えるかもしれない……それでも……信じてくれる……？」

「あぁ」

俺は、クリスと一緒にその杖を握る。

「俺が、お前を乗せて走ってやる」

飛んできた鋼糸《ワイヤー》を――右手で握り締める。

フェアレディは、驚愕《きょうがく》で両目を見開き、俺は小刻みに揺れている手でその糸を握り締めて――クリスと一緒に立ち上がる。

「お前が間違えても、その泣き声を聞き取って」

起立したクリスの横で、俺は笑みを浮かべる。

「開いた扉の先へ、一緒に進んでやる」

「うん……」

涙を拭って、クリスは杖《つえ》を握り締める。

「私は……私は……」

ただ、真っ直《ます》ぐ、進むべき道を——前を向いた。

「お前を……自分を……信じる……」

「都合の良いように私の世界を捻《ね》じ曲《ま》げた……クリス・エッセ・アイズベルトの心が……魂が……愛が……私の筋書きを超えたというのですか……共有されたクリスとヒイロの精神が……稚拙で下らない夢物語が……わ、私の精神を呑《の》み込《こ》んだとでも……？」

歯ぎしりした魔人は、俺に血走った目を向ける。

「三条《さんじょう》ッ！」

俺が放した鋼糸《ワイヤー》を回収し、叫びながら魔人は十指を振るった。

「ヒイロォオオオオオオオオオオオオオオオオオオオオオオオオオオ！」

「行こう」

俺は、笑って、右手を差し伸べる。

「閉幕《フィナーレ》だ」

応えた彼女は、俺の手を握って——巨大な次元扉《ディメンジョン・ゲート》が生成《クラフト》される。押《お》し退《の》けられた鋼糸が弾《はじ》け飛《と》び、衝撃を受けた魔人の両足が浮き上がり、粉々に粉砕された遊具の断片が夜空を切り裂いた。

目を閉じた俺は、鞘《さや》に仕舞《しま》った刀を握る。

ゆっくりと腰を落とし、切り開くべき道を脳裏に描いた。

幾重にも重ねられて、無限にも思える次元扉の道程。

ただ、真っ直ぐに、魔人の下へと続く道筋——魔力線補強《リインフォース》——蒼《あお》と白の魔力線が何重にも絡みついて、黒焦げになって断裂している俺の両足を補強する。

開眼——見開いた両眼《りょうめ》が、光と闇の狭間《はざま》を照らした払暁《ふつぎょう》を捉える。

緋色《ひいろ》で象《かたど》られたその因果、辿《たど》り着《つ》くべき行く末を見据えた。

そっと、クリスは、俺の背に触れる。

「ねぇ、ヒイロ……お前と描いた幸福は、紛《まが》い物《もの》なんかじゃなかったよ……もう二度と、思い出せないのかもしれない……お前と過ごしたあの時間は、魔人が仕組んだ夢幻として消えるのかもしれない……たった三十日間のおとぎ話で……なにも知らない小娘の勘違いに過ぎないのかもしれない……でもね……でもね、私、幸せだったよ……お前が……お前が、私にこの気持ちをくれたんだよ……だから、私は憶《おぼ》えてる……全部……なにもかも

「……この胸に抱えて生きるよ……だから……だからね、ヒイロ……」

泣きながら、笑ったクリスは──そっと、俺の背を押した。

「全部、壊して……」

ただ、ひたすらに、前へと踏み込み──視界が弾《はじ》ける。

爆音と共に生じた閃光《せんこう》に包まれた地面が弾け飛び、空気中を伝わった余波で遊具が軋《きし》んで傾《かし》ぎ、なにもかもを置き去りにした人体の弾丸は迅雷と化した。

次元扉《ディメンジョン・ゲート》を通る。

その度に、異界に満ちた魔力を回収した俺は速度を増し、走り抜けたと同時にその扉は粉々に砕け散る。凄《すさ》まじい勢いで破片が弾け飛び、天に満ちた宵闇を切り裂いて、きらきらとした光を灯《とも》した。

潜《くぐ》る、潜る、潜り抜けるッ！

膨大な魔力が全身に蓄えられて、鞘《さや》の内に溜《た》まった魔力の剣閃《けんせん》が蒼白《あおじろ》い雷光を帯び、俺の右手が蒼と白に赤熱する。

燦然《さんぜん》たる魔力の稲光。

爆光を浴びながら、俺は疾走し、人間と魔人の視線がかち合う。

「ふざけるな……」

鋼糸《ワイヤー》が振るわれて、俺の肉を削《そ》ぎ落《お》とし、通り抜けた扉が吹き飛んで、魔人の顔面が歪《ゆが》

んでいく。

「ふざけるなぁあああああああああああああああああ！」

疾走《はし》る、疾走る、疾走るッ！

踏み込む度に速度を増して、過ぎ去った世界が蒼《あお》く染まって白く消える。

全身にぶち撒《ま》けられた光彩、弾《はじ》けた血飛沫《ちしぶき》が焦げ付き、血反吐《ちへど》を呑《の》んだ喉が——猛《たけ》る。

「お、お、お、ォオオオオオオオオオオオオオオオオオオオオオオオオオオオオオオオオオオオッ！」

受けた魔力、担った信念。

背中に受けた手のひらが浮かび上がり、俺は、一心不乱に魔人の下へと駆け走る。

道連れを選んだフェアレディの鋼糸《ワイヤー》が、跳ね飛びながら敷き詰められて視界を埋める。

世界そのものを殺す斬撃の嵐、空間という空間に線が入って、亀裂が入った天と地がズレて壊れて外れて暗黒へと染まる。

そこに在った筈《はず》の道のりが消《き》え失《う》せて、魔人は会心の笑みを浮かべて——俺は、闇へと踏み込んだ。

踏み込んだ先に生み出された線路、俺はまたその次の闇へと踏み込む。

マジックで描かれた色鮮やかな線路が、想《おも》いを乗せるために高速生成《クラフト》されていく。その道程を駆け抜けていく一条の光線、宵闇を切り裂く一筋の流れ星となって、ただひたすらに未来《さき》へと繋《つな》がる道を疾駆する。

一歩間違えれば、俺は虚空へと消える。

クリスの生成が間に合わなければ、一歩でも誤った道へと踏み出せば終わる。

だが、俺は、信じている。

クリス・エッセ・アイズベルトを——主人公《ヒーロー》を信じている。

だから——

「ふざけるな、人間如《ごと》きがァアアアアアアアアアアアアアアアアアアアアアアッ！」

俺は、彼女の願いを乗せて走る。

「行け……」

この心に、彼女の声が届いた。

「行け……行け……」

たったひとりの妹を護《まも》りたいと願った少女の声が。

抱えた弱さを恐れて暗闇に隠れていた少女の声が。

自分の足で進もうと強さを求めていた少女の声が。

他の誰でもない、自分自身へと誓った——心を、魂を、愛を——叫ぶ。

「行け、ヒーロォオオオオオオオオオオオオオオオオオオオオオオオオッ！」

失せた夢幻の先で、俺は魔人に追いついて——鞘《さや》から閃光《せんこう》が迸《ほとばし》る。

幾重にも張り巡らされた鋼糸《ワイヤー》が、撃ち放った俺の一刀を受け止めて、猛烈な勢いで吹き上がった紫電が空間を染め上げる。

俺の眼前で、魔人の顔面が焦慮で歪《ゆが》んでいく。

「なにが、貴方《あなた》をそこまで掻き立てるのですか人間ッ！　心、魂、愛ぃ!?　そのような下らない演出で、私の脚本《ホン》を超えることはないッ！　私が！　この私が！　この私の世界で敗《ま》けることはないッ！　完全無欠たる私が敗北を認めることはないッ！　この糸がッ！　斬れることなどあってはならないッ！」

視界が、蒼白《そうはく》の輝きで染まる。

星と星がぶつかったみたいに、蒼光《そうこう》の本流が白光の支流と溶け合いながら爆《は》ぜて、その中心で混じり合った人と魔を染め上げる。

情を突き合わせた両者は拮抗《きっこう》し、かち合った意志と意志が火花を散らした。

「斬れるッ！　斬れるんだよッ！　斬れねぇわけがねぇんだよッ！　想《おも》いを投じた心があるんだッ！　約束を果たすために誓った魂があるんだッ！　小さなその身に捧《ささ》げられた愛を、この一身に乗せて走ってるんだよッ！　だから、俺はァッ！　俺はなァッ！」

魔力という魔力を流し込み、肌という肌が泡立ちながら弾《はじ》けて、血という血に染まった俺は笑いながら全身全霊の願いを籠《こ》める。

「テメェが紡いだ運命の糸《ワイヤー》なんてもんは、絶ち切らねぇといけねぇんだよォオオオオオ

オオオオオオオオオオオオオオオオオオオオオオオオオオオオオオオオオオッ！」

「き、斬れるわけがない……」

ぶちぶちと、音を立てながら。

「斬れるわけが……わ、私の紡いだ……い、糸が……」

一本一本、運命の糸が分解《バラ》けていって――

「斬れるわけが……」

「夢幻に消えろォオオオオオオオオオオオオオオオオオオオオオオッ！」

ぷつんと、絶ち切られる。

「ないのに……あぁ……なんて……」

烙禮《らくらい》のフェアレディは、己に捧げた哀れみで顔を歪めて――背に受けた想いと共に、俺は振り抜いた。

散乱していた蒼白《あおじろ》い光が剣先へと集約し、魔人の体表と体内をすべて焦がし尽くして、想像《イメージ》通りになにもかもが吹き飛んだ。

蒼と白の光に包まれた全身、諦観を浮かべた魔人は微笑した。

「バカらしい……己ではなく他のために全てを捧げるとは……他者のために自己を損ない、心や魂や愛といった虚飾で誤魔化《ごまか》し、道徳や倫理に己《おの》が生涯を捧げるとは……それこそが、まさに夢幻ではないですか……」

「夢でも幻でもいい。そこになくたっていいんだよ。意味なんていらない。自分の器は、たったひとつしかないんだ。だからこそ、捧《ささ》げる先が必要なんだよ」

血塗《ちまみ》れの俺は、笑って応える。

「どうだ、魔人、愛が織り成す合体技だぜ？」

「バカらしい……愛、あんな薄汚い交尾の前準備など……所詮、人間如《ごと》きは畜生と同類……けれど……あぁ、けれど……私は敗《ま》けた……私の真実は敗けたのですか……人間と混ざった私の精神が、貴方《あなた》たちこそ正しいと認めた……自己愛は本当の愛ではなかったのですか……いいえ、クリス・エッセ・アイズベルトは、自分を愛したからこそ立ち上がったい……あぁ、そうか……夢でも幻でもない……創ることは叶《かな》わず、紡ぐことすらも許されない……確かに……確かに、そこにはあった……私が……私が愛したかったのは……救いたかったのは……その捧げた先にある……」

煌《きら》びやかな光の中で、愉快な音楽に包まれた魔人は、道連れとなった遊具に囲まれて踊りながら消えてゆく。

「日々を営む人々の瞳に映る……まばゆいばかりの……ありふれた愛そのもの……」

光の中に佇《たたず》んだ彼女は、夜空へと手を差し伸ばした。

「If love be blind, it best agrees with night」

俺を探して這《は》い回《まわ》っているクリスを見つめ、ゆっくりと解けていったフェアレディは運命の糸に導かれて消える。

「あぁ……なるほど、コレが愛……愛……愛とは……なんて……」

魔人は、微笑《ほほえ》んで、光の中にとろけ落ちる。

「憎たらしい……」

烙禮《らくらい》のフェアレディは、消え去り、俺はその場に膝をついた。

「ヒイロッ！」

這い回って地面を探りながら、俺の魔力を辿《たど》ってきたクリスが俺を抱き締めた瞬間、フェアレディが温めてきた精神世界の崩壊が始まった。

空間に裂け目が生じて、亀裂が走り、この世界からの脱出口が露《あら》わになる。

クリスに抱き締められたまま、俺は、ほぼ視《み》えていない両目でその様子を見つめた。

「また現実で、だな」

「うん」

俺を抱き締めたまま、クリスは、くぐもった声で答える。

「ヒイロ……もし、私が忘れても……きっと……また、きっと……」

泣きながら、クリスは俺の髪を撫《な》で付ける。

「お前のことを好きになるよ」

「…………（この場面で、さすがに『それはやめてくれ』とは言えない男）」

「だって、ほら」

俺の髪の毛を整えて、彼女は笑った。

「ひとりじゃ、寝癖も直せないんだから」

この世界から、意識が離れていく。

最後の瞬間、唇に柔らかい感触が伝わって……魔人が創った物語は、粉々に砕け散った。

「やれやれ、世話が焼ける」

満ちた闇の中で、聞き慣れた魔人の声が聞こえた。

「フェアレディの精神世界が崩壊したら、その土台に乗っている君たちの精神も壊れると自分で言っていただろうに。脱出する前に力尽きて、最期とばかりに女とイチャついてる場合か。まぁ、なかなか、愉《たの》しませてもらったからな」

ゆっくりと、声が潰《つい》えていく。

「こういうフォローも、相棒の役割ということで……許してやろう」

そして、なにもかもが消えた。

目を覚ました時、なにが変わっていて、なにが変わっていないのか。

それはわからないが、そろそろ――目を覚ますことにしよう。

あとがき

こんにちは、端桜了《はざくらりよう》です。

皆様の応援のお陰もあり、本作もついに四冊目となります。

第三巻のあとがきで『今までで一番執筆に四苦八苦した』と書いたのですが、本巻はいとも簡単にその四苦八苦を超えていきました。八苦十六苦くらいはありました。

締め切り直前のタイミングで、クリスの回想の書き直し回数が三回目に及んだ時は『どうやら、ココまでのようだな……』と心の中のハードボイルドがささやいてきましたが、根性ゴリ押しでどうにかかなりました。

もし、次巻が出せそうであれば、もう少し計画的に書くようにしようと思います。

本巻では、前巻で前フリを置いたクリスの『自己愛』についての答えと、魔人フェアレディの『自己愛』についての回答を描いたつもりです。

彼女らが求めていた『自己』はどこにあるのか、『愛』とは自己のみで完結し得るものなのか、自己愛と他者愛の線引きは存在するのか……といったところをテーマにしたつもりだったのですが、『自己愛』の対局に居るセルフ破壊マシーン三条《さんじよう》燈色《ひいろ》のせいで、血塗《ちまみ》れニヤニヤフェイスしか印象に残っておらず泣きました。

今巻は魔人戦ということもあり、第二巻と似たような構成になっていて、どちらかといえばシリアスに比重を置いた話になりましたが如何《いかが》だったでしょうか？

文字数制限のない無軌道なＷＥＢ版を下敷きにしている時点で、構成もへったくれもないのですが、一冊の本にした時にどれくらいの塩梅《あんばい》が良《い》いのか、読者の皆様に楽しんでいただけるような形を模索していければ良いかなと思っております。

以降、謝辞となります。

イラストのｈａｉ《はい》さん。毎巻毎巻、素晴らしいイラストをありがとうございます。フェアレディもフーリィも、抜群のデザインでイメージが膨らみました。

担当編集のＭさん。前巻に引き続いて、原稿の提出が遅れてしまいすみません。数えきれないほどのフォロー、いつもありがとうございます。

読者の皆様。どうにかこうにか執筆を続けていけるのは、皆様が本作を楽しんでくださっているからです。毎巻毎巻、本当にありがとうございます。

本作の刊行に携わってくださった方々、すべてに心から感謝します。

では、皆様、またどこかで。

端桜了

MF文庫J

男子禁制ゲーム世界で俺がやるべき唯一のこと4
百合の間に挟まる男として転生してしまいました

2024年 2月 25日 初版発行
2024年 3月 30日 再版発行

著者 端桜了

発行者 山下直久

発行 株式会社 KADOKAWA
〒102-8177 東京都千代田区富士見 2-13-3
0570-002-301（ナビダイヤル）

印刷 株式会社 KADOKAWA

製本 株式会社 KADOKAWA

Printed in Japan　ISBN 978-4-04-683469-0 C0193

●お問い合わせ
https://www.kadokawa.co.jp/（「お問い合わせ」へお進みください）
※内容によっては、お答えできない場合があります。
※サポートは日本国内のみとさせていただきます。
※Japanese text only

◆◇◇

【ファンレター、作品のご感想をお待ちしています】
〒102-0071 東京都千代田区富士見2-13-12
株式会社KADOKAWA　MF文庫J編集部気付「端桜了先生」係「hai先生」係